名家散文自选集

散文就是同亲人谈心

# 退　出

朱　鸿／著

民主与建设出版社

# 退 出

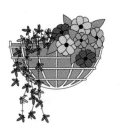

# 题 记

　　进取是好的，它意味着功名，算一种光荣。进取的动力在于教育和影响，也可能它就在基因之中设置着。人皆有进取的心，甚至是进取导致人创造了繁华的世界和壮阔的历史。

　　究竟谁想退出呢？我不知道，因为凡同事、同学、朋友，或哪位学者，哪位作家，没有嚷喝他要退出的。当然，退出是行动，不是宣言，所以我是不知道的。

　　然而这几年，一直有声音对我说：退出吧，退出吧！我听到它是我的声音，是自己对自己说退出吧！我已经为此呼唤感到厌烦了。

　　实际上我也并不清楚从何方退出，怎样退出，退出是什么状态。不过我想象到一个情景：仿佛电脑，我打开了层层叠叠的页面，浏览过，兴奋过，惊奇过，越走越远，终于觉得无聊，遂转念，拿起鼠标，点击着，一一退出。我顿感轻松，似乎还增加了独立和自主的空间。

　　只有道家具退出之思，唯老子退出了。可惜我不是道家，更不是老子。

退出是一种境界，属于我此时此刻强烈的向往。

二〇一七年七月十五日，窄门堡

# 光

我的母亲是一个农村妇女，文化不高，但她在晚年却自修到了可以读福音书和唱赞美诗的程度。光是重要的，我知道她早晨靠阳光，晚上靠灯光。

显然是光把昼夜作了区分。神创造光，大约是想让人白天活动，黑夜睡觉。然而人并不按神的安排行事，人想有一些夜生活，遂只能自己制光，以亮抵暗。

也许火光是人所用的最早的光，然而它还不是最好的，因为尽管火光可以照亮，可它却毕竟是基于烤肉和取暖发明的，也容易熄灭。燧人以钻木取火，普罗米修斯以一根茴香杆盗火，确实也为制光有所贡献，只是那时候火对人具有雪中送炭的性质，而光则属于锦上添花，便总纪念他们务火的伟大，忽略了他们制光的功勋。古人曾经以松明照亮，松明比火光持久，也安全一点。实际上松明就是火炬，火炬就是原始的蜡烛，读苏轼，可以知道他是经常使用松明的。萤火也可以照亮，然而萤火是什么东西？张岱认为它是腐草所化，根据他的考证，有一年隋炀帝在景华宫广征萤火，并拿大囊盛之以助其夜游山谷。司马迁认为商纣王的夜生活以酒为池，以肉为林，让男男女女脱衣相互追逐而取乐。玩的确实超级，可惜不知道纣是用什么制光的。美国人爱迪生发明了电灯，不但照亮了室内，也照亮了街头。电灯还成为一种装饰，客厅有客厅的电灯，书房有书房的电灯，不仅仅各有风格，而且光竟可以调控得柔柔和和，以宜其目，这似乎成了科学有益于人的一个见证。

不过还有一种光，当然这光属于象征，但它却也并非不是实实在在的。约翰，一个加利利人，父亲是渔夫，他经常帮助父亲撒网打鱼。很久很久以前的一天，耶稣在海上喊他，让他过去，他立即弃网告别了父亲，随耶稣走了。遗憾的是，他以后受到放逐，逝世在一个野岛上。约翰曾经说："神就是光，在他毫无黑暗。"

他还说："神就是爱！"

原载散文.2006年2期

# 地

地在今人谓大陆，在古人谓大块，意差并非微妙的一点。谚云生有时，死有地，似乎蕴含着命运的定数。我当然不会考虑我的倒头之地，因为孔子曰："不知生，焉知死。"孔子智者而率性，我从丘，不过我也知道我自有去处的。

我的大地始于我家院子。院子分前后，前院树少遂显开朗，后院树密便葱葱郁郁，前后院子皆砌围墙。居有院子真好，这是我的体会，可惜我现在没有院子了。我对大地的感受是从我家院子发生的。我摸它，捏它，抓它的土，挖它的洞，在它上面跌跤，打滚，给鸡搭架，给兔盘窝，甚至向它撒尿。大地确实让人舒服！它任凭你怎么都行，而且结实得完全可靠！大地是亲爱的。

我以我家院子作大地的原点，渐渐扩大活动的领域。我走出院子，走出村子，又走出故乡。我四处奔波，并从这个大陆进入那个大陆。所到之处，无不发现地是山之根，河之床，海之底。植物长焉，动物生焉，人类赖以生存和发展焉。

现在没有几个人会问地从何处而来。穷追钱之所来是正常的，然而穷追地之所来，除了疯人便是哲人，甚至哲人也会变为疯人若尼采的。经上记着，神把水聚于一处，地遂露出。神说："地要发生青草和结种子的菜蔬，并结果子的树木，各从其类，果子都包着核。"事就这样成了。神造地是让它为人服务，人是地之主，不过地之主又包含着要管理地，并把它管理好。我走过了一些大地，我以为有的人用大地的时候让大地美丽了，不管是官府还是民宅，只要是建筑的精品，我便击掌，但有的人用大地的时候却让它丑陋了，他们留下的完全是垃圾。梅菲斯特是那位引诱浮士德博士的魔鬼，它曾经向神反映世间糟糕透顶，神知道他是一个好发牢骚的家伙，然而神也知道他的意见并非没有根据。

　　中国人在过去显然是十分尊重大地的。历朝历代的皇帝都会恐坛以祭之，而在乡下则有地庙以拜地神，甚至农民收粮也敬，盖房也敬。昔人认为，大地载万物，产五谷，是有德于人的，人不能忘其恩，负其义。想到这些，我每每感到一种人性的温暖，包括皇帝和农民都有一种足以亲爱的人性。遗憾今人把这种习惯已经丢掉了，人变得野蛮起来，从而也在野蛮地对待大地。过去有杞人忧天，我是秦人，我是秦人忧地。我并不怕为能者所笑。我要强调，我确实担心由于有狂妄之徒蹂躏大地而触怒了神。

原载散文.2006年2期

# 问 鱼

　　水素有美誉，上善若水，柔情似水，便是水之颂。不过水中缺了游物，若天空失鸟一样，河水将显空虚，湖水将显沉闷，海水将显恐怖。水中游物，我最常见和最乐见的当然是鱼。实际上很多人都对鱼有感悟。老子反向思维，认为治理大国应该像厨师烹饪小鲜，小鲜便是鱼。庄子相信从容而游是鱼之乐，惠子曰："子非鱼，安知鱼之乐？"庄子曰："子非我，安知我不知鱼之乐？"。孔子对鱼似乎具特别之爱，甚至以鲤命子名，但孟子却舍鱼而取熊掌，所以孔子是大圣，孟子是亚圣，真是理所当然。

　　鱼在古人那里一向是贵重的。梁元帝诗曰："轪锦车而前鹜，驱鱼轩而继踪。"鱼轩者，鱼皮作饰并为贵妇所专乘之交通工具也。唐高祖父名李虎，唐高祖执政，遂废传统的虎符而启鱼符，是避父名之讳。改虎皮为鱼皮炮制皇帝授予臣属的信物，应该是鱼的光荣，不知道鱼以为否？鱼在古人那里还有别的用途，似乎是负面的，不过这也由不了鱼，因为鱼有服务于人的义务。光是吴国的公子，光想当吴王，便派遣刺客专诸完成谋杀吴王僚的任务，其办法是把匕首藏在鱼腹，以献鱼为借口杀之，竟成了。据司马迁调查，在专诸杀吴王那天，恰恰有彗星袭日，显然是很紧张的。陈胜起义，心有所忧，怕人不跟从他，便在帛上用朱砂书陈胜王藏于鱼腹，之后把鱼偷偷放进网中以使民兵买到这条鱼，并发现其帛，从而让人相信陈胜为王属于天意，真是绞尽了脑汁。

我以为约拿在鲸腹的故事最具寓意，也最为生动。是这样的，神吩咐约拿到尼尼微去向那里的住民宣示其厄运将降临，约拿怕不安全，便悄然乘船走向别处。神十分愤怒，遂使海水翻卷，几近覆船。船上的人无不吓得要死，惟约拿在甲板上酣睡。一查是约拿惹的祸，便把约拿扔进海中，以使海水平静下来。然而约拿并没有完，因为包括鲸在内的所有鱼及游物，都是神的作品，神让一条鲸把约拿吞下，鲸当然是巨鲸，于是约拿就在鲸腹呆了三天三夜。他反复祷告，感谢神不使他亡，并发誓忠于神，答应到尼尼微去宣示神意，于是巨鲸就把他吐到海滩上让他走。

我的鱼不知道怎样了？我在小的时候好动，瞎折腾，有一天，我提着竹笼，一个人走出少陵原，到韦曲去。那里是川道，有小溪，小溪里有鱼，我把竹笼置于小溪中，用绳子拉着逆水而行，一趟一趟，竟捞了几尾鱼。我把鱼装在一个罐头瓶，顶着太阳捧回家。我以为井水是养鱼的绝妙之所，遂拉开井盖，把罐头瓶里的鱼全倒进井里。开始几天，我还爬在井口看我的鱼，并注意它们是否会出现在母亲绞水的桶里，以后便忘了，玩别的了。我的叔叔那时候还在，有一次，他的桶里穿梭着一条虾似的微小之鱼，立即惊诧起来。叔叔是医生，非常讲究卫生，我怕他嫌我置鱼于井里会弄脏井水，遂不敢声张。当年我十岁左右，今年我逾不惑，几十年过去了，我的鱼啊，不知道你们过得如何？不知道你们是否由于我而受了委屈？你们的心情好吗？你们已经儿孙成群了吧？

原载散文.2006年2期

# 天

　　从我的窗口向东南方向望出去，可以看到少陵原上的天，当初选房，一个基本原则便是要获得一个能够生情的视野，有天遂能生情。

　　天是古老的存在，世间各民族的那些智者无不研究过天，并对它发表过意见。希腊人让宙斯及其诸神居住在奥林匹斯山上，但他们的活动却常常以天为背景。有一个故事是关于底比斯王后尼俄柏的，她冒犯了太阳神阿波罗和月亮女神阿耳忒弥斯的母亲勒托，尤其她狂妄地宣示自己有七个儿子和七个女儿。在月亮女神的支持之下，太阳神为母亲出气，从天上先射七箭，使尼俄柏的儿子一一倒下，再射七箭，又使她的女儿一一倒下，尼俄柏手上一瞬之间空空如也。希腊人的天充满了斗争，当然它也启示人应该内敛和低调。犹太人认为天是上帝创造的，从而有什么事情总是向上帝祷告。经上记着，上帝的儿子耶稣诞生的时候，东方的几个博士发现了他的星，跑到耶路撒冷，又跑到伯利恒。那星一直在他们前边行，一直行到耶稣的家，他们便进去拜望他，并献上黄金和乳香一类的礼物。这样的天显然是诗，可以审美，又可以歌颂。我不清楚牛顿真实的上帝理念，因为他生活在科学鼎盛的时期，科学带来了革命。有一年，他亲自打磨了一架望远镜，观察日月星辰，并发现了一些著名的定律，特别是万有引力定律，结果，他不得不认为天大而结构精密，非上帝的设计不能有规律的运转。中国人认为原始的宇宙混沌若鸡蛋，盘古居其中，是他以手打开了天，然而以后天竟因故陷落下来，悲惨极了，幸亏女娲炼五色石补之，天又得以支撑起来。中国人也是敢于并善于想象的，不过以理推之，天似乎还有隐患，所以要小心谨慎一点。孔子不语神鬼，并不是他否认神鬼，他只是觉得人事重要，希望把神鬼之事先悬置起来，也许有机会他还会再议。但孔子却是明确承认天的，他对天的体悟和理解有其弟子的笔记为证。孔子显然视天为绝对权威，他见南子，子路不悦，孔子为自己辩白的时候便抬出了天，他说："予所否者，天厌之！天厌之！"在孔子看起来，天还是一种有灵魂和有感受的生命存在。孔子说："天何言哉？四时行焉，百物生焉，天何言哉！"孔子认为："君子有三畏：畏天命，畏大人，畏圣人之言。"窃以为君子之三畏，是从天开始的。智者论天，有原创性和穿透力，吾辈往往只是追随各民族那些前贤的足迹而已，当然吾辈尽管平凡，吾辈对天也还是可以有自己的体验的。

我是一个出生在少陵原上的人，我见惯了天。这个世间除非生即失目，谁都是见过天的，然而不同。我认为天已经把它的形容深刻地烙印在我的心中了，我对天有难以湮灭的感受，我的敬畏意识产生于天。小时候，乡村的夏夜，我会睡在场里，长者辛劳，早就睡着了，但我却久久醒着。天是浩瀚的，半是透明，半是微茫。它包容着月亮和闪烁的星辰，并允许云自由飘游，不过云再放肆，云还是局限于天的范围。万籁俱寂，很宜沉思，然而我什么也琢磨不出来。早晨太阳升起之前，东南边际总是布满了大片大片玫瑰一般的红霞，并呈燃烧状，沸腾状，但红霞之外的广袤的天却静若处子。这样的天总是触动着我某根敏感的神经，汩汩而流的是我的青春之泪。夏雨多是急下而速停，长安人以白雨谓之。白雨以后，天晴得像洗了一样蓝，干干净净，深邃之极，而突然出现的彩虹则会把万家万户呼唤出来。我很想呐喊，我本能地想嘶叫，但我却还是随故乡人悄然地仰望着。年年岁岁，天进入了我的心中，而且使我实实在在地知道了天的奇妙，神秘，无穷无尽，无始无终，变幻莫测，阴晴无常，而人则是渺小的，我是渺小的。

当然天并不是让我对它的了解仅仅停留在一般的印象之上，实际上它会寻找机会，在一瞬之间使我把握它的性格。我以为这一步是天通过我祖父完成的。小时候我真是捣乱到了恶劣的境地，有一天，为了一件什么事情，我不但翻嘴，而且粗言鄙语，鲁手莽脚，几乎无人能压下我的气焰，甚至我竟要犯亲了。祖父走了过来，蓦地大喝一声："天在看你呢！"这一声立即使我发现天的一种审判和惩罚的权威，我悚然而立，十分震撼。祖父之举有画龙点睛的作用，它使我完成了对天的理解，懂得了敬畏。

　　唯物论兴，唯灵论消，人遂明目张胆地抛弃了天。不知有天，何论道德，何论法律，从而谎言弥天，诈行遍地，甚至抢人杀人胆正若助人为乐。吾辈活在红尘之中，难免钩心斗角，甚至偶尔也有恶念，然而我有一个底线，便是孔子所提倡的："以直抱怨，以德报德。"我相信有一个彼岸世界，那里有一双眼睛注视着此岸所有的人，并将人的所行录在其案。这是天的启示。

原载延河.2006年5期

# 日出日入

日出而作，日入而息。
凿井而饮，耕田而食。
帝力何有于我哉！

诵其诗，能获得很多重要的信息。或作或息，完全顺应自
然。有时间观念，不过不是机械的时间观念，遂无压力。日
出，日入，也是时间，然而这样的时间具弹性，是用眼睛和人
性把握的，它的刻度在天空上。由于日出和日入是一个过程，
所以这种时间是舒缓的，从容的，它不逼迫人，人也不紧张。
天空上的时间显然是符合人性的，而钟表上的时间则是摧残人
性的，因为它是科学的产物。科学从开始就是人性的削减者
和蹂躏者，尽管它也总会给欲望以满足。顺应自然，其生存便
简单了，饮井水，食田产，不用什么组织管理，从而灵魂行走
在自己的家园。诗固然可以怨，不过灵魂安宁着，便少怨无
怨了。

据沈德潜考证，这首诗为尧治之下一个老人的所唱，属于古

诗之源。有一天老人很是悠闲，遂屈腿而坐，击壤而歌。老人的状态似乎有一点海德格尔的栖居之意，当然它更像李耳所提倡的一种理想社会：小国而寡民，并自以其食为甘，自以其服为美，自以其居为安，自以其俗为乐。吾辈还不如这个老人，太忙了，忙得行尸走肉，偶尔才看见我的流浪在外的灵魂，也太烦了。吾辈还不如这个老人的别的一个原因是，到处都是科学的产物，没有天籁，没有清风，磨擦之声浑浑而吵闹太大，燃烧之气飘飘而污染太重。

我曾经沿曲江南行，走到少陵原上想一个问题。我以为星布宇宙，月流其光，天行而健，无不是要人注意秩序和节奏。它显然应该与血液的流通相符，与心脏的跳动相合，顺之者康，逆之者病。岂料社会已经发展到了使人疲于奔命的程度，甚至有人日入续作，日出才息，完全倒错了。当然夜以继日，若孟母之织布，鲁迅之抄贴，还是符合神意的，不过若县令王密之夜献金于杨震，李林甫之夜为构陷贤才思谋，其注定会遗臭万年。夜的城如果变成了欲望横流的城，那么所多玛的下场便等着它。

我经常梦想一个家园，在那里，我的灵魂安居于我身，我在世间仿佛散步，我对生活完全是一种既当参与者又当欣赏者的态度，我对万物有敏锐而细致的感觉，我能充分体验爱与情的微妙，我的律动像日出日入一样舒缓和从容，因为生命的质量总是在赶快赶快的催促之中而流失。我想避免这样，不过现在不行。

我听见奥地利诗人特拉克尔在唱着：

　　灵魂，这个大地上的异乡者。

原载延河.2006年5期

# 蟋　蟀

　　地上的活物有大有小，人宠小不宠大，宠猫不宠虎，其所玩乐由血气定，从而西班牙人斗牛，印度人舞蛇，中国人逗蟋蟀。明宣宗便是著名的蟋蟀迷，而且对这种游戏极为娴熟，曾经密诏苏州府领导况钟为他进几个优秀角色。真是上有所好，下必甚焉，一时天下处处有人培训蟋蟀并组织其表演。

　　多年之后我才知道蟋蟀属于昆虫科，直翅目，以产卵繁殖，雄性善鸣而好斗。辨蟋蟀的凶猛，白不如黑，黑不如赤，赤不如青麻头，并以项壮者，腿长者，背宽者为上。察其病有四：一仰头，二卷须，三练牙，四踢脚，犯其一即不可用。然而小时候不懂，在蓖麻地红苕地韭菜地或墙根一带随便捉一个便让拼，结果往往是败下了战场。装蟋蟀的器具十分简陋，往往是一个已经烂得不能饮水的瓷杯，有讲究的，也不过是一个灰色的瓦罐而已。底层铺土，以持地气，由于有养兵的意思，遂给吃栗子，吃馍，甚至吃苹果。这种游戏使人兴趣浓烈成瘾，然而不赌，不赢钱，纯粹自娱而娱人，大约是当时不开化吧！有一天晚上我到一家优雅社区找朋友，灯影之下，草坪之中，有蟋蟀徐疾唱和，不禁弯腰觅之，不料蟋蟀依然灵敏，一进入其势力范围，便噤声以防人犯。我蓦地想到故乡，遂心泛五味。我很久没有回去了，天凉了，不知道故乡的蟋蟀作何打算。

蟋蟀是避寒趋暖的昆虫，古人往往以蟋蟀对气候的反应表达季节的变迁，诗人云："七月在野，八月在宇，九月在户，十月蟋蟀入我床下。"它俗称蛐蛐，别名促织，谚曰：促织鸣，懒妇惊。农业文明以男耕女织为主，一年的生活都按季节安排。蟋蟀之音，预示秋爽秋萧天冷了，女人应该赶快制布作衣以备过冬之需，不然北风吹，大雪飘，一家大小穿什么，遂谓蟋蟀为促织。

原载散文.2007年1期

# 雅　居

　　文化人在昔年谓之士，士农工商不入上流，但王公贵族的生活包括物质的和精神的却全要依赖他们。商作贸易以供异域奇货，工制器具，农种五谷与菜蔬，士赋予了艺术的趣味。士之居，或简陋，或豪华，都会追求一点雅。雅当然也是多种多样的，不过以我之见木为第一，花为第二。这有天人合一的根据，实际上它也是神的意思，伊甸园的植物，便是神为人赏心悦目而创造的。

　　陶渊明诗云："三径就荒，松菊犹存。"遂在归去来兮之后不觉忧戚。他的屋外还有柳，自命五柳先生。鲍参军家境优裕，其妹鲍令晖诗云："袅袅临窗竹，蔼蔼垂门桐。"唐朝盛大，忽然以牡丹为时尚，甚至把它推崇为国色天香，当时凡皇宫，寺院，民宅，无不争种之。王建是河南许昌人，初到长安，是租的房，然而他也要在房边栽几丛牡丹，并有绵绵怜惜之情，其诗云："凭宅得花饶，初开恐是妖。粉光深紫腻，肉色退红娇。且愿风溜着，惟愁日炙焦。可怜零落蕊，收取作香烧。"这种对牡丹残败而引起的怜惜之情，白居易也有，尽管他曾经官至左赞善大夫，不过其文化人底色不变，其讨云："惆怅阶前红牡丹，晚来惟有两枝残。明朝风起应须尽，夜惜衰红把火看。"也许王维在世牡丹还不为高贵，所以他的住处似乎未种牡丹，但王维却让自己在辋川的别墅有银杏拂风，别墅已经成灰，但银杏现在却依然拂风。崔护的作品多少透露了农家的信息，其诗云："去年今日此门中，人面桃花相映红。人面不知何处去，桃花依旧笑春风。"桃花固然可以欣赏，然而农家种之在其果实，因为农人毕竟不是文化人，他要的是经济价值。宋周敦颐好莲，明孙作赞石菖蒲，清郑板桥养兰，龚自珍治梅，真是趣味随世道人心而变。孔子曰："岁寒，然后知松柏之后凋也。"我以为是孔子以松柏比喻君子的节操启示了文化人，甚至打开了文化人的一个审美窗口，从而养成了把某种特定意义赋予某种特定花木的心理，不过也不尽然。人墓树常植白杨，白杨多悲风，萧萧愁杀人，民俗忌白杨种家，但周作人却在北京八道湾院子栽白杨一株，夏夜叶子相拍声响似雨，周以为喜。周心之深，真是难以量测。我无院子，不能种树，只好种花，花有一种铁马尾！

我有朋友赵某，几年之前赴俄罗斯经商，一不小心还发了财，今年起归乡之意，打算在曲江一带购房，问我怎么样。这一带是皇家故地，秦有宜春苑，唐谓之柳衙，王公贵族常在这里游乐，若杜甫诗云："三月三日天气新，长安水边多丽人。"我遂告诉他曲江一带文化含量足够了，只是不知道社区的花木如何，在中国，无花木是不成雅居的。他答所看社区木有松竹梅柳槐，银杏，樱桃及女贞，花有菊兰荷，牡丹并蔷薇，还有草坪。把地产能这样做的，非真诗人好商人而不能为，多乎哉？不多矣！我便说好。

原载散文.2007年1期

# 生活在何处

　　在我身上多少有一些农耕文明的劣根，饭我是吃的，可惜自己不会做，所以妻子休暑假，熬娘家，我便只得寻找一个可以提供餐饮的地方居住，以完成一家出版社所约的希腊神话的写作。人饿了什么都干不成，精神的活动更是难以进行。

　　恰恰朋友告诉我，在世界上存在着一个山村上晓起，既优雅，又寂静，食宿也便宜，应该合乎我的需要。这个上晓起位于江西省婺源县江湾镇，在中国的版图上，它连一个针眼小的标记也没有，不过其昼之绿浓，夜之星繁，朋友都经历过，当然可信，遂托她规划线路图，并买飞机票。之后锁门提包便走了。

　　在这个地方一住就是几十天，确实满我之意。自出生以来，在一个异乡住这么久，对我还真是新鲜之事。小时候，祖母批评我是，金窝银窝，离不开穷窝，但这一次我却迷上了异乡，竟不想回家了。

　　让我对上晓起的好，作一个盘点，似乎也拿不出多少项目，然而我对它的印象永远清晰。那里是不通公路的，进其村，走的都是铺了几百年的石径。朝夕之际，踏着石径散步，林幽禽语，草茂虫鸣，可体原始之味，不过石径上凹陷的车辙及稻田，荷塘、鱼池，也可思历史之深，我当然还可察民生之艰。一条河从两山之间流过，人便依河而聚。虽然上晓起属于赣地，但其房舍却是徽派建筑，一律白壁灰瓦，马头墙，而且高低差落，纵横间隔，望之悦目，品之赏心。上晓起显然还遗存着一种古风，谁家都门户洞开，任我到院子里转，到屋子里坐，任我触摸他的花瓶和木器，其不客气，无戒心。这常常会打乱我固有的一种道德界线，让我紧张，难以适应。这里的樟树多为真正的古木，粗的张开双臂也抱不住，其皮裂生苔，有直立的，有倾斜的，枝叶蓊郁，阳光灿烂的日子，它会在水面投下巨大的阴影，从而生凛冽之感。我喜欢樟树，遂脱了衣服，光着身子，靠着它拍摄了一些照片，以作纪念。樟树十有九空，材料很是珍贵，所制桌、椅、几，耐用而美。它还有异香，能够防蚊。我曾经到一个作坊去，木匠正在刨料锯材，从刨花锯末里流泻出来的异香浓得在空气中发稠。

上晓起的中心是河，不仅仅是房舍，就是石径，樟树，荷塘、鱼池，也都在河两岸。河边似乎永远都有人，他们提河里的水做饭，沏茶，甚至用杯子舀河里的水刷牙。天热了，他们便下水泡澡游泳，不分老幼，也不分男女。男人可以裸体，并拿着毛巾上身搓来下身搓去的，而女人则穿着衫子或T恤，也仅仅是浸一浸，泡一泡，感觉爽了，就钻出水面，一边拢着头发，一边上岸回家。晚上，老人多带着凳子坐在木桥上乘凉，河水潺缓，河水悠长。山村的青壮年几乎都到城里打工去了，他们的孩子便由老人照顾，于是老人乘凉的时候，大大小小的孩子也就或绕膝依怀，或在木桥上窜来窜去。老人偶尔会用过去的故事哄孩子。我在木桥上坐过两次，一次是孤独难耐，一次是写作累了，我觉得山村的秋夜可除万古之愁，可解背石之倦。

　　当然，这里如果没有几个生动的女子，那么异乡的优美便可能是荒蛮，寂静便意味着恐怖。妙的是，我所见的女子，在河边嬉戏的十二三岁的学生，在山坡上采茶的十八九岁的姑娘，在檐下地头劳作的二十几岁三十几岁的少妇，无不闪烁着俏丽和风韵。我平常总能感到一些女子身上茂密的思想观念，这使我对她们望而生畏，怯而止步，泉涌似的喜欢之情往往便堵塞了，或只好让其改道。但这里的女子却天性温暖，热闹，能敏感捕捉你对她们的喜欢，并聪明地感应着。她们真像一些在地面四处移动的鲜花，绚烂，妩媚，妖艳，香，全出于自然！在社会认为不雅并难容的追逐和调情，于斯都是阳光之下的本色，自然若口笑出声，目盼发光。

　　在文明史上，很多艺术家曾经离乡出行，云游天下。达·芬奇生于佛罗伦萨，然而他很少居故乡，恰恰相反，米兰，威尼斯，罗马，安布阿赛，阿姆布斯，到处都晃动着他的身影。高更辞去有固定收入的工作，告别了妻子和儿女，先往布列塔尼的小渔村，再往马丁尼克岛的原始部落，再往阿尔小镇，后往南太平洋上的塔希提岛，以土著毛利族为伴。屠格涅夫之家是贵族之家，不过其家对他毫无吸引力，他之所好是挎着猎枪，在森林里和平原上乱跑，碰到谁家宿谁家。25岁那年，他认识了法国歌唱家波利娜，从此以后，他就追随着这个女人从彼得堡到巴黎，后又在伦敦待了一段。他是一个俄国人，不过长期的羁旅竟使他变成了一个欧洲人。陀思妥耶夫斯基生于莫斯科，但彼得堡却是他生命的重镇。在这里，他总是在大街小巷窜东窜西，赌场，医院，当铺，花园，酒肆，他无所不入。托尔斯泰身为伯爵，然而并不安逸，一生之中，他不断出走，甚至82岁那年还离家而去，在俄罗斯的村庄流浪，终于病倒在一个车站上。莫泊桑比较悲观，他的自我放逐具有寻求刺激的味道，在地中海泛舟，在非洲沙漠打猎，遗憾他未能善终。海明威是整个世界都跑的人，其生地在美国，不过意大利，西班牙，英国，法国，古巴，他都居过，可惜上帝把他的死地选在了非洲，也许这正是他想要的吧。川端康成，似乎不喜欢离开日本，但他在日本却不能安于书斋。这个人反复在浅草浪荡，频繁地去北海道，特别迷恋伊豆半岛，在斯居而往返几十次。

过去我不很明白这些艺术家为什么在家待不住。山村上晓起的生活，让我多少开了一点窍，因为我在那里待得也不想长安了。我竟忘了开学！若不是两个孩子唤我回家，那么我可能一直会待到自己必须上课才归去来兮。遗憾我毕竟是一个有所牵挂的人，俗得很，从而使牵挂显示了它的力量。生活在何处？繁华的都市里未必有生活，甚至权位里，钞票里，豪宅里和名车里，也未必有生活。实际上生活在心中，不过它需要你到路上去寻找。你在哪里觉得自由和轻松，你的生活就在哪里。当然，这样的生活只有到处流浪才可能发现，甚至走遍世界也难以发现，所以我以为它是在路上。

  我将继续出走，下课我就走，只是不知道到何处去。然而有一点非常明确，那便是寻找生活！

原载农业考古.2008年2期

# 楼谷主人歌

自从唯物论流行以后，人就变得狂了，胡长清、成克杰、陈良宇，显然都是这种背景之下的产物，然而张什么呢？长安谚曰：人张无好事，狗张一堆死。实际上唯物论的发明者也未必狂，狂的多是浅薄之徒，没有什么文化的，这是我的体会。我也算一个学习了唯物论的人，皮囊一团，藏有一点胆，但我却常常提醒自己，要谨慎，不要张狂，甚至我是充满敬畏的。阎景翰先生今年八十岁，就连这样的长命也让我敬畏，因为日子并不是好过的，日子几乎是苦涩的，日子是熬出来的。陶渊明就曾经感慨道："人生实难，死如之何！"仁者寿，所以我不但敬畏，而且高山仰止。

认识先生缘于文学，当时我20岁。早就有了作家的梦，一旦碰见教授写作的老师，当然激动，何况仿佛有一把庖丁的刀，分析文章能分析到艺术的细微之处，尤其神态萧条，似乎是忧郁的化身，遂呈上自己的文章请先生指点。那时候我很是积极，嘤嘤其鸣，求其友声，不管是大学里的文学青年，还是社会上的文学青年，我都结交。多年以后，文学之友，十分寥落，几乎为零，但先生却孜孜写作，时有大著，而且在艺术上炉火纯青，为识者所推崇。人各有志，当时的文学之友，由于种种际遇告别了文学，我也完全理解，然而先生居陋室，食粗饭，作艺术的创造一以贯之，让我由衷钦佩。尽管先生的文章鸟奖不多，鬼市不隆，然而源流清正，性灵汪洋，是属于大雅的，从而不失知音，并还会在历史上遇到知音。

我与先生的交往细水流淌，竟有二十余年，这让我也觉得诧异。先生没有权杖抡转，乏势可借，也没有闻达天下，缺光可沾，先生不以财富傲世，分不得他的蛋糕，也不以思想称雄，用不成他的概念，然而先生自有其魅力。先生不易，我也不易，彼此的手便紧握一起，从而相互取暖，聊以解寒。先生难，也便能倾听我之难，并安慰人生之艰。当然，先生并没有因为久处困顿而放弃，恰恰相反，虽然清贫，但先生却不坠凌云之志。先生隐忍，坚毅，抱朴守静，枯木独立。先生仁慈，善良，不念旧恶，畏天悯人。先生沉缓，文弱，然而牙口刚强，也具锋芒。先生是幽默的，趣味横生的，感应了就会欣然朗笑的。先生老而不朽。也许这便是君子之风，国士之风，是吸引我的一种古之余韵。

先生一再嬉称其生活于楼谷之中。楼谷有树，有花，也有蟋蟀之吟与蝴蝶之影，并有先生出进之小径，写作之书斋，所以我想呼阎先生为楼谷之主人。晚辈冒昧，请谅。

二〇〇八年四月十五日于窄门堡

原载西安晚报.2008年4月30日

# 曾**经电话**

读中学是在1973年，那时候，中国显然处于一种困难状态。有一天，上物理课，孙老师教授关于电话的知识。他说："英国人贝尔发明了电话。这是一种通信方式，利用电信号的传输，实现互通语言。经过几年的试验，反复的失败，才取得成功。那天，贝尔和他的助手沃森特各在一处，两室相隔一定的距离。贝尔操弄过程，不慎把硫酸溅到了脚上，灼伤难耐。沃森特愉快地工作着，忽然听筒里传来贝尔的声音：沃森特先生，我是贝尔，快来啊！贝尔想放下装置，擦拭脚上的硫酸，忽然听筒里出现了沃森特的声音：贝尔先生，出了什么事情？我来了。谁也不知道人类电话所传送的最后一句话是什么，然而，非常确切，贝尔的请求是第一句话。那是1876年。"

乡村教室又简陋，又昏暗，但电话的知识却像它的发明一样让我惊奇，我想，我能发明一点什么呢？

在相当一个阶段，我只在电影里看到电话，一种手摇式的，声音时断时续。我的现实中没有电话，也不能想象自己能使用它。那时候，电话像众多事物一样，对中国的普通人无非是梦而已。

1979年，我考进陕西师范大学，报到时，我在政治教育系办公室的桌子上看到一台电话，黄色的，干干净净。我蓦地想到，这是英国人贝尔的发明，一百年有余了。不久我发现在大学门口也有一台电话，黑色的，属于公用，但它却冷冷清清。偶尔有人拨打，手指插入键孔，转一圈，齿轮便吃力地转动着，随之喂喂地大叫。往往不通，便拨打一次，又拨打一次。四年大学，我没有使用过电话，不习惯，我认识的人里面也没有谁安装电话的，我给谁拨打呢？当然，我曾经想象过把手指插入键孔的感觉，我以为，我会转得很顺利的。然而这仅仅是一个青年的想象。

1984年我到一家出版社去工作，先在校对科见习，后在编辑部上岗。校对科有一台电话，放在门边的方凳上，有划痕，也很脏，然而它吸引我，揪我之心。我已经有几个同学的电话号码，西安的，五位数。我以为，不见面，了解一下他们的情况也是一种新的体验。我望着宁静的电话，想了想，便掏出火柴盒大的一个通信录，过去拨打电话。手指插入键孔，转了半圈就卡住了，再转，转到第3个号码又卡住了，又转，转到第4个号码还是卡住了。真是笨拙！暗暗地感叹之中，秦先生过来说："号码给我，这样拨打。"从容地给我示范。照他的样子拨打，电话一下通了，杨华洲说："你怎么样？适应工作了吗！"他是陕西华县人，我的班长之一，今年竟逝世了，才五十二岁，但他的声音却犹在我的听筒里回荡，有喉音，也有杂音。

那时候，通信方式主要还是书牍，因为电话少。彼此都有电话，有住宅电话，使用起来才方便。然而住宅电话，当然是在有了住宅之后才能安装，可惜在20世纪80年代，有几个人会有住宅呢？想见一个人，只能让身体运动：或坐公交车，或骑自行车，或步行。也不约，也无法约，不过一般敲其门，人都会在，不在稍候也会回来。社会交往稀疏，似乎也有它的味道。

编辑部的一台电话，放在杂志主编的桌子上。这位主编人瘦，饭量小，但烟瘾却大，一支一支地吸，于是乳色的电话就成了灰色。久经尘埃，污垢沉积，使电话变成了古玩。稿件和报纸杂乱而堆，狼藉之态，似乎要淹没了它。主编对电话非常敏感，铃声一响，手便伸过去抓听筒。有时候，他早晨来上班，刚刚走到楼道便响起铃声，他会一个箭步冲进办公室接电话。有时候，他在别的办公室或是开会，或是议事，铃声突然响起，他会猛地转身而去。他的声音宏大，几乎是喊，整个楼道都能听见，听见的人觉得可乐，都在微笑。但有人却会把耳朵紧贴在听筒上，并用手遮拦着嘴巴，显得很是机密。五个编辑，一台电话，难免出现矛盾，冲突了还有摔电话撒气的。然而20世纪80年代，毕竟是一个天真的年代，总之是清纯的。之后变了，主编也留起了长过其腹的胡子。

在久久酝酿和久久施工之后，出版社在1992年有了集资盖房，我得到小小的两居室。可惜还不能安装电话，障碍当然在政策。中国社会，住宅电话不仅仅是经济问题，而且也是权利问题，普通人即使有钱，也不能安装。实际上法律并没有禁止在住宅安装电话，然而当时的邮电局，根本不会因为你需要就给你安装。在自己的住宅以电话通信，普通人连想都不敢想。有人见识多，胆子大，敢想，然而不够级别，没有途径，缺乏关系，也享受不上。

　　好在家属院有一台公用电话，我可以使用一下。它安装在传达室，由蓝田人苟氏管理。受出版社顾佣，他负责家属院安全，也负责电话呼叫。那年，我的家庭发生了变化，苟氏认为此乃我的错，对我有意见，遂担任道德警察教育我。凡是我的电话，尤其是女士的电话，他会一律扣下，甚至反复质问之后斩钉挂断。我十分恼火，便找办公室，又找总务科，还找家属委员会，遗憾他们制止不了苟氏。痛苦电话逼得我无法，遂准备动手维护我的通信权利。苟氏显然察觉了我的决心，因为我找他的时候，有人笑着说：苟氏提着铺盖回蓝田去了。

　　禁锢社会渐渐松动的象征是，拨打公用电话的人排起了长队。问题在于，你通话，有人也要通话，其站在旁边等着，甚至是两个三个地等着你。他们完全可以获悉你的通信内容，你很尴尬，他们也很焦躁。有一次，北京田珍颖女士在电话里向我交待如何为贾平凹写一篇文章，她要主编一本评论集。当时贾的小说产生了巨大影响，意见纷纭，田是斯小说的责任编辑，难免关注。她向我透露了一些北京的消息，我也向她通报了西安的反应。形形色色，气氛诡谲，遂交流得时间长了一些。要拨打电话的人显然很烦，不过还是在等着。一个女士站在传达室外边，用她的一只黑皮鞋反复弹着地球，节奏越来越快，仿佛疾风骤雨。这真像射击之下的学术交流，难堪极了，遂切盼有自己的电话。

忽如一夜犁花之开，普通人可以安装电话了。身边的人无不蠢蠢欲动，我也紧急凑款。出版社还出台了一项鼓励措施，若到年终能完成利润五万元以上，那么将报销电话安装费。1994年冬天，我冒着严寒到土门邮电局去申请电话的安装，因为家属院地段属于斯局，其他局不受理。有人告诉我，申请者很多，需要排队。我特别早起，不过到土门邮电局的时候，申请者已经绵延曲折，从营业厅涌流出来，拐到了公路上。我见到同事数位，朋友数位，又兴奋又抱怨，抱怨的是愿意付钱还这样艰难。当时一台电话的安装费是4751元，相当于我三个月的工资，确实昂贵。显然，这不仅仅是中国特色，也是时代特色吧。然而总之，我的床头有电话了。那时候我是独身，电话交流便成了排除孤寂的途径，尤其晚上，常常要使用得它发烫。不久，我为陈忠实出版了文集，收银五万以上。我拿着财务科的证明，要求社长报销。我的速度超快，这使其有一点犹豫。我想，你有什么犹豫的，应该报销，这是制度。然而还不等我张口，他就签字了。

电话带来了极大的方便，所有事情，可以先在电话里商量，后见面定夺，有的不见面也可以定夺。生活的现代化与电话的安装率是成正比的，电话安装率越高，来往面就越大。如果中国人只有一台电话，那么它肯定是无效的。如果中国人的多数甚至全部都有了电话，那么交流便最广泛和最迅捷。可惜中国社会在电话发明之后的一百余年，它只在机关里和朱门里才有，寻常百姓之家是无法使用的。

移动电话，谓之手机，是对种种传统电话的超越。体积小，功能多。随着世界贸易组织的发展，中国普通人有了接触它的机会。1998年，我买到一部手机，摩托罗牌，银色的，典雅而贵气，令我喜欢。但我却不好意思使用，因为当时有手机的人稀稀拉拉的少。我觉得从衣袋里掏出手机，把盖子一翻，拇指匆匆按键，其声音似乎是一种炫耀。我特别反感朋友聚餐，有人掏出手机，轻轻置其于桌面，之后左顾右盼一番，要鹤立鸡群似的。

手机在今天，2008年，已经根本不能体现什么身份了。它只是工具，通信方式而已，谁都在使用它。在街上，在饭店，在所有场合，随时都有把手机贴在耳朵上的男女，这很好。当然，如果不用它的某种功能制造恐怖，如果不用它传播垃圾信息，如果在需要肃静的时候它能悄悄地，那么更好，因为这是一种文明。中国通信方式的发达，靠的是改革与开放，也许让它文明起来，还要靠改革与开放。

谢谢贝尔先生，电话是从你开始的！

二〇〇八年四月一日于窄门堡

原载金秋.2008年12期

# 愿你在天堂里还是花朵和未来

二〇〇八年五月十二日下午，我在家看书，忽然一阵眩晕，意识到发生了地震，我便紧急出屋下楼。

几个小时之后，我才得到消息，是四川省汶川县发生了地震。里氏几级呢？反复研究，终于确定为里氏八级。这已经到了二〇〇八年五月十八日。

我是一个多年不看电视的人，国难当头，我不能漠然处之？有一天，仵埂先生打电话问我干什么？我抽泣着说："我在看电视。这些日子我就是在感动，学习，思考，并准备做一点什么！"我确实无时不在看电视，看报，密切关注着地震所致的灾难和对生命的救援。

当然，我最关注的是地震中心的那些学生，最牵挂的还是小孩的遭际。这不仅仅因为大人一直称他们是未来，是花朵，也因为我是一个教师，一个家长，我也有学生和小孩，而且我想到一个问题：小孩的世界是由大人创造的，小孩是依靠大人的，大人是否曾经为他们尽心尽力了？

老子过去就说："天地不仁，以万物为刍狗！"里氏八级，移山改河，推毁建筑，遇难数万，伤残几十万，天地真是不仁啊！不过最惊吓的显然还是学生，最可怜的还是小孩。然而他们的生存状态到底如何，我没有亲历，便只能从大人的叙述获得，并从大人的叙述猜测小孩的感受。尽管我非常认真地收集资料，可惜资料依然十分有限。

二〇〇八年五月二十二日西安一家报纸的陈楠叙述，他在西京医院见到刚刚到这里治疗的女孩李若兰，十二岁。女孩是绵阳市魏城镇小学六年级的学生，地震之际，她在教室休息。她跑到楼梯的时候，楼摧被困。她失去了右手无名指的一段。她反复嚷着害怕。根据法新社二〇〇年五月二十一日的叙述，汶川县映秀镇一个中学的女孩黄思雨获救之后，沉默数日。护士用粉色塑料扎起她的头发，不过她两条腿断了。她们为什么总是害怕，为什么久久沉默？教室坍塌的阴影是否依然盘踞在她们的脑海？她们是否想着同学之死？

成都一家报纸二〇〇八年五月十九日叙述：汶川县映秀镇渔子溪小学9岁男孩林浩，在地震之中先后背出两个同学，充满赞扬之情。但温家宝望着压在楼板之间的学生却哭了。二〇〇八年五月十三日，温家宝在都江堰新建小学见到了陷在废墟之中的两名学生。温家宝叮咛他们挺住，但自己却老泪盈眶。这是新华社姚大伟的叙述。温家宝为什么哭？是什么触动了国家总理呢？

关于都江堰聚源中学，我注意到几种叙述。成都一家报纸叙述，这所中学初二和初三学生所使用的一座教学楼整体坍塌，不过这位大人并未报告有多少小孩压在楼下。英国一家报纸的吉密欧叙述，有数百学生埋于废墟之中，他们多是十三岁到十五岁的小孩。救援人员挖出一具尸体，家长便按当地风俗放一串鞭炮。问题是，数百学生到底是多少？根据新华社的叙述，二〇〇八年五月十二日晚，温家宝来到这所中学门前的广场上，向在斯摆放着的尸体三鞠躬。法新社在二〇〇八年五月十九日的叙述是：一些失去了女儿的母亲，在这天戴着口罩，捧着女儿的遗像，站在废墟旁哀悼逝者，其情悲伤。没有报告有多少母亲。我也还是不清楚这所中学究竟有多少学生？遇难多少？伤残多少？活着的是多少？新华社在二〇〇八年五月十九日叙述：有一度，20辆120救护车停放在这所中学。

什邡市有一个红白镇小学，地震之后，一片狼藉。救援人员拣起几十个书包，排列得整整齐齐，以待家长认领。这是二〇〇八年五月十七日新华社的叙述，遗憾的是，这所小学有多少学生遇难，语焉含糊。家长把小孩送到学校的时候，其活蹦乱跳，之后小孩没有了，只能认领其书包，这是何等惨烈的命运！

云南一家都市报纸的叙述：北川县曲山小学有教学楼三层，地震沉下一层，便变成了两层，有学生被埋。5年级男生张礼正听见废墟上有人走动，便从楼板缝隙伸出手喊："叔叔，救救我！"之后西安一家报纸陈楠叙述：陕西救援人员只有小型工具，几十个小时也难以把张礼正从楼板之下拉出来，这个男孩便说："叔叔，我支持不住了！"不过救援人员还是拉他出来了。

　　小孩临危，有的表现了强烈的求生愿望。新华社叙述：什邡市蓥华中学教学楼五层，整体坍塌，一片迷濛。大约9小时之后，救援人员进入现场，当时废墟之中到处有学生呼唤："叔叔救我！"救援之艰，速度很慢，救援人员不得不告诉小孩要保持体力，坚持下去。这些学生遂找出课本，一边看着，一边等着，再也不喊，再也不叫。昆明一家报纸的李伟峰和张波叙述：十二岁的李月，是北川县曲山小学女生，当时左腿被卡，救援人员想截其肢而保住她的生命，但她却闹着："我不想失去脚！"因为她喜欢跳芭蕾舞，还想跳下去。然而她的左腿终于在绵阳市404医院取掉了。北京一家报纸叙述：女孩任思雨困在北川县一家幼儿园的楼板之下，久解不得，救援人员很是焦虑，这时候，女孩竟安慰大人说："叔叔，我不怕，你们不要担心。"她还唱歌以转移疼痛，她在废墟里唱道："两只老虎跑得快……"西安一家报纸陈楠叙述：侯丽是一个15岁的女生，在北川县一中读书，从废墟之下得救之后，送她到绵阳市404医院来了。似乎有极大的不安，她对医生说："不要抛弃我，不要不管我。"小孩的求生之举惊鬼泣神，足以慨叹，然而大人不能光是夸他们勇敢，简单地向他们翘大拇指，甚至一味要他们坚强。大人应该反思自己对小孩到底怎么样，还应该怎么样！

　　也有小孩自己叙述的，当然，这样的小孩一定是地震的亲历者和幸存者才有价值。我听到的惟一一个叙述亲历的小孩是刘怡雪，是北川县中学一个高中女生。电视节目主持人朱军问她：

"你告诉叔叔阿姨，地震的瞬间，你看到了什么？"她说："叔叔阿姨你们知道我看到了什么吗？5层高的学校瞬间就成了二三米高的土堆，里面还有一些血肉模糊的手与脚。"我总认为，她的叙述透露了十分丰富的信息，它的真实狠刺我心！

我始终的困惑是，在这次地震之中，到底有多少学校变成了废墟？在废墟之中，有多少小孩遇难，多少小孩伤残？

我想，四川省教育机构应该有学生的档案，核准一些数据并不难。把他们公布出来，也是对逝者的尊敬。实际上对小孩不仅仅要虔诚，而且要尊敬。建立一个纪念馆，给所有逝者一个牌位也是很有必要的。这需要一定的道德勇气。如果对他们有真爱，为他们的遇难有深痛，甚至还觉得惭愧，那么就会产生一种道德勇气。

儿童节就要到了，那些逝者，男孩，女孩，只能在天堂里过自己的儿童节了。我不能想象，他们是否把教室坍塌的恐惧完全留在了人间，从而轻松了一些？他们对人间，对大人给他们所创造的世界是否眷恋？如果在天堂里还可以继续读书，那么他们的学校由谁设计，由谁施工，由谁监理，水泥钢筋的质量是否过关，教室是否坚固得可以抵抗地震？愿你在天堂里还是花朵和未来！

二〇〇八年五月二十二日于窄门堡

原载陕西文学界.2008年3期

# 你为什么沉默

你为什么沉默？中国作家！

索尔仁尼琴昨天逝世了，国际社会一切有文明视野与历史责任并关心人类命运的作家，知识分子，无不为之哀伤，甚至美国总统布什，法国总统萨科齐，领导俄罗斯的梅德韦杰夫与普京，过着退休生活的戈尔巴乔夫，也对他的逝世表示悲痛。理所当然，情不自已。

索尔仁尼琴是苏联和斯大林罪孽的揭露者和批判者。早在1945年他就意识到斯大林统治与影响之下的地域没有自由，缺乏民主，毁灭人权与人道。有一次通信，他向朋友表达了自己的一些思考，结果被查而被劫。他先在劳动改造营服刑，后流放于哈萨克斯坦。1956年，困苦了十二年的38岁的索尔仁尼琴获得平反，得以在一所中学当数学教师。1962年辞职，成为职业作家。

人处边缘，位也卑微，然而志在真理。他以小说抵抗身边滚滚滔滔的邪恶与暴虐。他还发表声明抗议苏联的书刊检查制度。这需要胆量，智慧，尤其需要道德勇气。

当然，在那样一种政治背景之下，索尔仁尼琴的遭遇与他作品的遭遇注定都是惨烈的。1969年苏联作家协会把他开除了，他的活动与作品从1973年开始受到彻底封锁。1972年2月12日，苏联国家安全委员会几个人闯入其家，抓住他，把他塞进一辆吉普车里，直接送到机场，又把他推上一架飞机，直接运到德意志民主共和国，抛下他便扬长而去。显然他被驱逐，不得不流亡天下了。这便是独立思想与怀疑精神在苏联的遭遇。

但索尔仁尼琴却在1970年获得诺贝尔文学奖。瑞典文学院常任秘书拉格纳.基耶尔认为：索尔仁尼琴继承了深厚的俄罗斯传统，并从前辈大师那里学到了一种由俄罗斯的苦难而酿出的深沉的力量与爱，学到了对未来的憧憬。他的作品不但是指控。它所发出的最深情最强烈的信息是：不可摧毁的个人尊严。

索尔仁尼琴由此誉满世界，留名青史。1989年，苏联作家协会撤销了以前开除他的决定，其作品也得以出版，不久苏联消失。应俄罗斯总统叶利钦邀请，他在1994年重返俄罗斯。2006年，他获得俄罗斯国家奖。多么精彩，多么神奇，苏联与俄罗斯用行动向索尔仁尼琴承认了自己所犯的错误，他与自己的父母之邦也实现了和解。

索尔仁尼琴受世界景仰，不仅仅在于他是苏联和斯大林罪孽的揭露者和批判者。实际上他是一切罪孽的揭露者和批判者。他曾经移居美国，是美国荣誉公民，然而他并没有由于美国给了他一个舒适的生活环境便满目春光，大献颂歌，相反，他也一直在揭露和批判美国所存在的问题。流亡几十年之后回到俄罗斯就应该和顺一点了吧！这不是他的性格，因为他还在揭露并批判，甚至拒绝叶利钦给他授勋。

伟大，光荣，索尔仁尼琴先生！从冒死维护个人尊严的角度考查，你不但是俄罗斯的良心，也是天下的良心！我不知道中国作家是否有像你一样的经历，是否有像你一样的体验与思想，特别是，是否有像你一样的胆量，智慧，道德勇气。

你为什么沉默？中国作家！我十分欣赏普京的评价，他说：索尔仁尼琴的逝世是对整个俄罗斯的沉重打击。我以为，索尔仁尼琴体现了俄罗斯的一种文化，是一种软实力，它与俄罗斯的武器和石油一样属于俄罗斯的支柱。普京的悲痛就在于斯。

什么时候一个中国作家逝世了，会让人有它是对中国的沉重打击的一种感受呢？不要像凡夫俗子一样活着了，不能死如鸡毛之轻了吧！当然，中国也需要更宽容，更仁慈，以产生能够象征自己博大精深的一种文化的作家，并让世界见识一下中国的软实力。中国要得到国际社会由衷的钦佩与敬重，只有经济指标，只有高楼大厦，甚至只有鸟巢和水立方是不够的！

二〇〇八年八月五日于窄门堡

原载西安晚报.2008年9月10日

# 我的大学

命中注定，我只有一所大学，陕西师范大学。

我生长在乡下，小学为邻，中学离村子也不出三里，但大学却很是遥远，因为它当时中止了录生工作，上大学是要推荐的，其当然遥远而且渺茫。

中学的班主任是一个活跃的人，有一天，他得意地决定，要率自己的几十个乡下孩子见识一下大学，便是陕西师范大学。步行几十里，进入一个幽美的园，穿梭花木之间，仰望图书馆爬着青藤的红窗，踏了踏又明亮又宽大的教室的台阶，竟对斯大学产生了深度喜欢，并暗中向往。

几个春秋以后，乾坤扭转，大学之门骤然打开，似乎到处都在招手。不过陕西师范大学古雅的图书馆及其周边的垂柳昂杉，曲槐直松，反复挠我的心。别无所念，惟思斯校，从而毅然择之。

我一直不敢骄傲地认为此乃缘分，因为缘分便把我和我的大学对等了。我有种种理由证明，当它的学生属于我的幸运。它给我的多，我报它的少，此账我还是清楚的。

哲学是我的专业，但作家却是我的理想，要兼顾显然不易。

然而在斯校数年，我不但收获了一种哲学思维，而且还得以发表作品，真是有福了。其气氛宽松，老师也能积极给予，确实是求智得智，求道得道。阎景翰老师，刘路老师，刘明琪老师，指导过我的写作。循循善诱，诲而不倦。曹冷泉老师和畅广元老师，评点过我的文章。所圈所批，久而弥新。他们的故事，我曾经一再叙述，因为扬其善就是扬斯校之美，就是颂斯校之风。他们无一是我所修专业的老师，不过他们待我无一不是喜悦的，扶我以诚的，对我有启示的，甚至给我以肩膀让我站立的。

毕业之后，我在社会上闯荡，难免风风雨雨，坎坎坷坷，但陕西师范大学却始终是我的后盾和平台。出版了一点著作，产生了一点影响，我的大学都注意到了，并给以鼓励。我的作品的第一个讨论会，是母校的学生自发组织的，我的关于文学的第一个讲座，是母校的张国俊老师邀请的。2002年春日，陕西省作家协会主持讨论我的一部散文集，裴亚莉老师发言说："朱鸿虽然是一家文艺出版社的编辑，不过我觉得他一直就是陕西师范大学的人。"我和裴老师是第一次见面，我觉得她透露的是一种信息，它使我感到了母校的仁爱和温暖。

忽然有意回到我的大学来执教，便投书时任校长的赵世超先生。之前我并不认识他，我之举显然是冒昧的，不料赵校长的支持坚决而慷慨，于是我就成了斯校的一位老师。教学自有其秩序，作为新手，我确实还有种种陌生的细节，鲍海波老师和王敏芝老师便帮助我，甚至代我做计量和填表之类的琐碎工作。想从新闻与传播学院转到文学院去，李西建院长和付功振老师便设法接收，使我归位于文学岗位。张宗涛老师所安排的课，为我留下了游刃有余的空间，以方便写作。

从1999年起，我便收集陕西的文化大革命的资料，包括一些历史人物的资料，艰难之极，又不清楚怎么筹措经费，遂在外地调查之际，总是寻找朋友，希望旅馆能够打折，难免尴尬，甚至狼狈。回到斯校以后，我仍在悄悄做这件事情。主管人才引进的张建祥副校长发现了我的窘境，立即通知我使用科研启动费，河水便奔流了。我尤其感动的是，现任校长房喻先生在百忙之中还专门约我，认为我的资料收集是抢救工作，有意义，建议我申请科研经费，并说："出门在外，也不能太艰苦，不能住的太差！"我不知道房喻先生是从谁那里获悉了我的状况的，然而我知道有一次，他到文学院去考察，还提到学术要包容，要尊重个性，给了我准备之中的研究以肯定。

也许有人以为我是在发布感恩榜。有这样的意思，我不会掩饰。在世间，即使给我一臂之力，我对他的谢忱也永无止境。一张感恩榜根本不能尽我之意。

有时候我会问自己，我究竟凭什么得到这所大学如此之久且重的支持呢？我究竟给它做了什么呢？我何德之有，何功之有，何言之有？遂感到十分惭愧和歉疚。有时候便安慰自己，认为斯校固有其厚德载物之品质，人文主义之蕴含，所以凡是它的学生，对谁都是支持的。然而我仍觉得自己幸运之极，它给我的多，我报它的少。

我偶尔会想应该以什么方式给我的大学一些贡献。我有瓦当收藏的兴趣，也收藏了几个好的瓦当，我愿意在合适的时候捐出来，充实斯校的博物馆，以表达我的感情。然而大学如此久且重的支持，显然不是为了得到几个瓦当，而且瓦当也担不起，遂觉得自己的所想有一点荒诞和可笑。

也许这所大学支持我，根本就没有任何要求，它仅仅是按照斯校固有的原则行动。只要它的学生有追求正义和真理的意志，它对谁都是支持的，这是它的传统。人一旦在斯校浸染，斯校的传统便要渗进他的血液。我以为，感恩榜上的那些人，都是斯校传统的担当者和发扬者。不过我还是一直在提醒自己，必须加紧努力，争取有大的文章，否则就辜负了我的大学。

希腊英雄珀耳修斯是冒险才取得女妖墨杜萨之头的。把墨杜萨之头对准谁，谁就会变成石头，珀耳修斯当然伟大。我以什么成果完成我的精神冒险呢？亚当和夏娃在伊甸园也是舒服的，不过他们吃了禁果，从而辨别善恶，懂得羞耻，遂有文明，亚当和夏娃当然伟大。我以为在艺术上和思想要超越一点，就应该像珀耳修斯学习，像亚当和夏娃学习。苟且偷安是不行的。

我只有一所大学，但它的激励却是强劲的，这就够了。我喜欢我的大学。

原载光明日报.2008年12月5日

# 出城踏雪

冬天不下一场好雪，就像人生少了一场热恋一样平淡，乏味，庸庸碌碌，甚至浑浑噩噩。只是这时代，这风气，多发生含金量高的男女关系，含情量大的热恋便物以稀为贵了，甚至是难以发生的。不过一场好雪毕竟还可以希望，遂盼着盼着。终于在钟楼与秦岭之间出现了一片黑云，其反复酝酿，极端努力，黄昏之际，便有雪飘扬了。

不知道什么缘故，雪总是让人兴奋，尤其是小孩。我的儿子今年七岁，早晨起床，见窗外一白，有雪斜飞，惊呼着，操起一把手枪便开门，急得连外套也不穿了，匆匆向楼下窜。社区有一个贫困的花园，素日并不使人青睐，但雪落一层却顿生魅力。那里已经有几个小孩以雪作球，互相抛掷。儿子奔突而去，径直加入了战斗。一个少妇似乎情不自禁，参与到小孩的游戏之中了，于是形势骤变，她作为一方，几个小孩作为一方，就开始对打起来。她的感觉也太夸张了，其呼其叫，弯弯绕绕，起起伏伏，竟穿过了我家的玻璃。也太夸张了，是由于太高兴了吧！

有一些经典的故事涉及到雪，程颐门外的雪，便是一个。程颐是思想大师，当年杨时和游酢慕其学识，往洛阳拜他为师。一日见程，程也愿意解惑。只是程年迈身倦，竟瞑目而眠。二弟子出于敬仰，不去，一直侍立旁边。等程觉醒，门外积雪已经一尺深厚。斯故事在于表达师之尊严，传播近乎千年。然而我以为它虚伪，并从心里反感。雪落一尺，需时不会短吧，此间二弟子没有离开，继续站在大堂，自以为是礼，实际上是把礼变成了打扰，好在程眠得坚实，才未梦断而起。程也是的，为人之师，自己困了，思寝了，本应该让二弟子规避一下，因为学问高并不保证睡态也雅，万一打鼾，呓语，或是口流涎水，岂不是有失师之道貌和威仪。我以为作家杜撰这种故事就像杜撰七十岁的老莱子晃着小摇鼓逗弄父母欢笑一样让人肉麻，而且虚伪。世纪之初，有几个学者模样的人猝尔换上所谓的唐装或汉服，大肆鼓噪什么国学，认为国学之中有实力。我不识时务，竟把国学的一点元素损毁了，真是罪过啊！不过请宽容，宽容才是文明。关于涉及到雪的故事，丹麦那位卖火柴的小女孩，我觉得还有一些意思，主要是它有美感。雪天雪地，小女孩又饿又冻，几近于死，但她却能在一点火柴所闪的光芒之中，看见吊灯，台布及其昂贵之瓷器，而且欣然看见了早就逝世的奶奶，并由奶奶领她到天堂去了。这完全是一种幻象，然而它的美感可以融化其雪，甚至让寒心获得暖意。

　　我想踏雪去！可惜在都市的雪有轮胎挤压，尾气污染，摊在路面便化成墨汁，又处处是高楼，缺乏辽阔的视境，又满是广告，五颜六色的，显得迷乱一团，难免龌龊和局促。

那么就出城踏雪吧！应该极美，若有二三子或一二女同行，那么一定更妙。然而这时代，这风气，忙者多，痴者少，我怕我的邀请遭到拒绝反而扫兴。也许会有响应的，不过他们若仅仅是出于礼，其性不率，情不动，那么即使相伴，也难满兴。到旷野去踏雪，完全是一种自由行动，仿佛苏轼当年贬谪于黄州的一个夜晚，他已经解衣上床，倾见月色入户，睡意速消，遂入承天寺，寻张怀民夜游一样。难得张怀民，他未窝苏轼的性情。

下午三点，我愉悦出城，独上少陵原。天地浩然，穹苍尽雪，走数公里，才遇一村，房，树，电杆，水井，皆陷于雪，车声，人声，鸡犬声，一声也没有。我的路线是，出城向南，走小道，一直穿过少陵原，到樊川北岸回头。我悠然地走着，真是体轻魂喜，澄明在胸。我想，如果碰到一位像我一样在旷野踏雪的人，那么他一定会觉得我是少陵原上茫茫大雪皑皑白雪之中悄然移动的一个信息，一个鼠标，或是像明朝大雪三天之后出现在杭州湖心亭的其中一粒。遗憾我四下张望，竟没有任何人。不过天地为家，有何孤独。

原载文艺报.2009年2月21日

# 贵在忏悔

　　这几天李辉和文怀沙之间发生了一点争辩。李辉认为文怀沙出生日期有伪，入狱原因有诈，国学大师有虚，文怀沙机巧回应，在柔和的太极拳招式里暗藏反戈。李和文都是闻达之士，一时之间风带云来，蛟冲浪起，顿生哗然之议。

　　为长者讳，是中国文化所久弄的，所以即使文怀沙行迹不洁，也可以让其含混过去，毕竟文怀沙高寿了。然而李辉是学者，实事求是，以获真相，属于他的职责，他也一直是这样做的。比之为长者讳，真相之探似乎更具积极意义，也更道德。研究问题不避长者，也不避亲者和尊者，需要勇者无惧，智者无惑，并非容易。这样的人从来鲜见，于今仍少。李辉之道是大道，应该鼓励。李辉质疑的权利也为天赋，而且是国家文明程度的标志，任何人都可以反驳李辉，然而动用诉讼的方式欠妥，并会失败的。

　　无论如何，文怀沙属于学者，非等闲之辈，更非引车卖浆之流，李辉之质疑也是一个著名作家对一个著名学者的质疑。当然，学者是分级的。在一个领域有造诣不易，有建树极难，建树比造诣高。我观文怀沙，其研究以楚辞为主，涉及国学。他在楚辞方面也是下过一定功夫的，具专业知识，然而多是一些今译著作，学术价值难有分量，传播便狭而不广。著作本就不丰，又因为见解平庸，遂言而不立。固然主编有浩瀚古籍，但主编之图书并非真正的学术著作。所谓主编，也常常会主而未编或主而少编的。即使文怀沙是真正的主编，那些古籍的传世也是因为其自身固有的魅力，不是文怀沙为其输入了魅力，何况传世的古籍一直都在传世，文怀沙只不过换了它的封面以适应这个时代的审美趣味而已。文怀沙有劳，不过二百卷古籍之中没有他一个语词。文怀沙的问题主要出在头小帽大，撑不起学术皇冠，遂以所谓的百岁年龄垫之，以反对江青的英雄主义填之。他还在一些学术论坛上残论学术，轱论美人，显得不正，不清，不和，从而污染学风，误导学子，以大师之派头损国学之华严。李辉把其高帽从谢顶上揭下来，难免使文怀沙尴尬，然而此举的积极意义在于警戒整个学术界，甚至整个文化界。

文怀沙的回应很是苍白，遂消音不成，净化无果。中国人嘴硬，是因为好面子。实际上人非圣贤，孰能无过。其过一旦白于天下，妥善的办法是承认它，以便给他人一个交待。这不但会为他人所理解，而且会获得尊严，反之，好面子往往要丧失尊严。谁想做公众之师，谁就要为公众的推崇有所担当，明星也不可以让公众浪费感情之投资。当然，承认错误十分艰险，也许十年经营，一朝倾倒。

　　还有一种高尚的境界为忏悔。基督徒会向自己的神忏悔，临终的忏悔，尤其彻底。人之将死，其言也善，不过有忏悔，才会有善言。信仰释迦牟尼的人也是会忏悔的，可惜文怀沙不是佛教徒，也不是基督徒，遂只有哀鸣。

　　中国缺乏忏悔的传统，但中国却具反省的习惯，曾子就养成了一天反省三次的功夫。反省几近于忏悔。反省是一种默然的检讨，把所检讨的表达出来，便是忏悔了。从反省跨入忏悔，变化颇大，做到颇艰。窃以为文怀沙对李辉的质疑是会反省的，往事多少将在他的脑海回放，然而贵在忏悔。忏悔了自己轻松，社会也将笑而了之，文怀沙基本上还是文怀沙，甚至对他还将有新的发现。文怀沙一再得意于自己的正清和。闻过则喜为正，见素抱朴为清，同舟共济为和，盼高寿的他能为后生做一个正清和的榜样。

　　人会犯错误，制造罪孽，人的联合体也会犯错误，也会制造罪孽，如德国法西斯主义之与犹太人，如日本军国主义之与中国人和其他亚洲人，所以反省必要，忏悔必要。基于此，人也便有追索与批评其错误并罪孽的自由。时代的进步大约就在于斯。

　　谨祝二位先生愉快！

二○○九年二月二十三日于窄门堡

原载中国文化报.2009年3月3日

# 窈窕淑女

大学毕业，工作一年以后，我得到一次组稿的机会，地点是北京和天津。我与孙商山并往，不过杂志社的领导私下交代，这一路由孙商山负责，我听他的。

有十二位作家要见。他们是北京的王蒙、刘心武、李国文、张承志、梁晓声、郑万隆、刘绍棠、陶正、张洁，天津的孙犁、冯骥才、蒋子龙。领导给这十二位作家每人写了一封信，铺满了桌子。他先一封一封地捡起来，拿在手上，是厚厚的一叠，微笑着点点头说："都是一流的！"后一封一封地递过去，于是孙商山的手上就是厚厚的一叠了。能见这些一流作家，非常难得，我真是窃喜，高兴极了。那时候我还是一个对文学抱有热望的青年，我想，即使一面之交，他们的智慧与风度也会给我以启示和影响。我遂作了充分的心理准备。

以我所接受的教育，北京何等神圣，我早就心向往之。当天晚上，我便兴奋地到天安门广场徜徉去了。孙商山有一点旅行之倦，还要为明天的工作进行筹措，所以我是一个人。很好，在这样的地方最宜一个人，若有幽情，那么也可以尽兴而发。

一九八五年仲夏夜的风在天安门广场悠扬地漂流着，它多少舒缓了我的心律。灯光晕黄，有朦胧之调，建筑之轮，建筑之奂，都生出一种岛立海面似的坚定。可以看到一些人，他们像点一样在远方散落和移动。我也是一个点，并按我的轨道运行着，似无所想，又似有所思。我过去走在故乡少陵原上，总有渺小之感，不过天安门广场给我的渺小显然还甚于故乡少陵原上给我的渺小。在这个世界上，人应该谦逊一点才对！

远方似乎发生了什么事情，有一起一伏的噪音。我很是好奇，便赶过去。小小的事情，也几近平息了。是一伙青年，看起来他们像日本学生或韩国学生，因为普通话不好，向执法者辩解得疙疙瘩瘩的。也没有什么，无非是聚在一起唱歌跳舞，击打腰鼓。如此而已，不过执法者禁止这样做。实际上他们是一群朝鲜族学生，从吉林省蛟河县来的，属于师范学校的一个毕业班，先在北京参观，再往天津，之后返回。

明白了事情的缘由和经过，我便向执法者抗议了一声，完全是出于同情和道义。还好，执法者晓之以理，待之以礼，免去了我的任何麻烦。但我平常的一举，却赢得了这些学生的敬意，他们热烈欢迎我到他们的住所去，因为明天他们就要离开北京了。我的血一向是热的，只要一燃，便会沸腾起来，当然随他们走了。

他们二十一位男女学生，只有张梅花的普通话流利。在天安门广场，是她给我介绍了争执的情况，在路上，又是她介绍了这一批学生的职业方向，到了他们所租的院落，还是她向我介绍了朝鲜族的风俗与习惯。那天晚上，他们一点也没有把我目为异客。女生换上了裙子，广袖轻摇，高调低回，尽显风流品质，而男生则豪迈奔放，甚至借酒达意。我是一个内敛的人，又深受儒家文化的浸润，总是有所约束，然而那天晚上，我竟羞涩一弃，唱且跳，疯狂了一次。当然，张梅花活泼而亲近的指点，也是我融入快乐歌舞的关键因素。不知不觉，东方既白。张梅花把她家乡的地址留下来，送我一程，握手作别。

我在北京的晨曦之中有一点醉意，醉之意，不在酒。我一直想着张梅花的形容。她的样子颇像一个日本演员，短头发，清瘦脸，不大不小的一双眼睛，笑的时候，丰厚的嘴唇一启，会露出两颗玉白的虎牙。张梅花像山口百惠，酷似其人。不过她比山口百惠素净一些，肌肤与灵魂也有一种温暖。

娶她做妻子怎么样？在北京，我忽然如是想，想得十分有胆。我一直认为，北京是一个让人大胆的地方，这种感受便是从要娶张梅花做妻子产生的。也并不荒诞，因为我有百分之一的可能。尤其我不能像一头拙劣的雄鹿，由于害怕折断自己的角就不敢搏斗。我应该是优秀的雄鹿，即使粉碎其角也要冲上去争取一下。

我在沙滩的中国作家协会地下室找到孙商山，见我回来，他迷迷糊糊地叮咛了一声，便继续入眠。我上床躺下，然而望着由防空洞改建成旅馆的椭圆的屋顶，睡意是没有的。我内而省之，

严格地审察自己。我要知道自己究竟是何种状态，是否对张梅花
产生了爱？如果是，那么这种感情是否将在骤起波澜之后渐渐复
原，并归于寂灭。不是，我发现自己的情感显然趋向惊涛骇浪，
难以对付。

　　那时候，北京的胡同有卖煎饼的，小车，小炉，小锅，把面
粉用水一和，再把鸡蛋一搅，打进去，摊开烙一烙，便是一片又
黄又脆的煎饼。早晨我吃了两个煎饼，喝了一碗稀饭，转身进入
地下室。孙商山看了看我，定着神情安排工作：今天见张洁，向
张洁组稿。他以为我会十分兴奋，张洁又有才，又漂亮，名震天
下，文学青年谁不求一见呢？然而我一五一十，坦率告之：我喜
欢上了一个朝鲜族姑娘，今天我要乘火车到吉林省蛟河县去。我
补充说：我决定了。

　　孙商山眼睛一睁，嘴唇便会撮小，这是他的习惯。他发紫的
嘴唇紧缩了一分钟之后急速张开，当然不同意。不过对他的态度
我当时理解，现在仍能理解。

　　他说："张洁是重要作家呀！"

　　我说："她没有爱重要！"

　　他说："一批重要作家啊！王蒙、孙犁，你都不见了？"

　　我说："他们都没有我的爱重要！"

　　他低沉地说："你会后悔的！"

　　我平静地说："不见朝鲜族那个姑娘，我才会后悔！"

　　他说："总得有组织纪律吧！"

　　我说："组织纪律也比不上我的爱！"

　　他说："领导分派的任务怎么完成啊！"

　　我说："你一个人完全可以组稿，你就一个人跑吧！我走的事情，你还得担当，不敢让领导知道。请多多包涵！"

　　他的态度明显软化了，并承诺不会让领导知道。须臾之后，他忽然又发现了新的问题："不行！万一你出了什么差错，单位向我要人怎么办？你父亲向我要人怎么办？"

　　我坚定地说："不让你负责！"

　　我便掏出笔，在一张信纸上留言，大意是：我某日从北京外出，赶几日之前回来，并随孙商山结束所有组稿工作，同返西安。若不能赶几日之前回到北京，那么孙商山可以一个人走。我离开北京以后，发生任何问题，由我负责。我不能随孙商山同返西安，由此产生的擅离工作的问题，也都由我负责。

　　我把这个多少像遗书的信纸交给孙商山，他一下笑了，说："现在的年轻人，真厉害，真厉害！"我也笑了，并向他提出了一个新的要求："如果事情不成，那么在我结婚并有孩子之前，一定保密，不要告诉任何人我曾经到东北去追求过一个朝鲜族姑娘。"

　　孙商山答应了，而且在久长的岁月，我从来未发现有谁旁敲侧击我的东北之行，我很安宁，证明他遵守了承诺。人到中年，偶尔才有朋友笑着询问这件事情，甚至陈忠实先生也获悉了，并把斯案作为素材融入了他的一篇关于我的文章之中。陈忠实先生还专门向我核实它，我告诉他：真的。显然，这是孙商山传播的，不过孙商山是通过斯案分析我的个性，并无别意。

达成协议以后，我便跟孙商山告别。我在王府井北京百货商场买了一件织着梅花的白色衣衫作为礼物，我想，我已经有工作了，不能空手见面。北京并没有直达蛟河县的火车，我先坐汽车到天津，再从天津坐火车直达。我是下午三点买到票的，但火车却是在晚上七点出发，将有四个小时轮空，我就坐在候车室里等候。嘈杂，孤独，蒸得一身的大汗，没有把握的惆怅，这些固然干扰着我，然而它们一点也不能损害我的希望，我只盼赶快检票。检了票，上了火车，找到了靠窗的我的38号的硬座，长长地吁了一口气。我想，幸福之旅开始了。

我注意到火车上有朝鲜族人，便向他们了解其风俗与习惯，称长辈男人怎么称，呼长辈妇女怎么呼，吃饭注意什么，睡觉注意什么，有什么特别的禁忌。我还悄悄询问，汉族人与朝鲜族人可以通婚吗？一个瘦削的男人很是慈祥，他说："朝鲜族小伙可以把汉族姑娘娶过来，汉族小伙不可以把朝鲜族姑娘娶过去。"坐在他身边的一个阿妈妮点点头说："朝鲜族姑娘一般不嫁出去的。"这多少是一个打击，起码是一瓢凉水，然而我已经执迷于自己的情感，不到黄河是不死心的。两位精明的朝鲜族老人注意着我的神色，不明白我为何对他们的风俗习惯产生了兴趣，岂不知来者自有目的。不过交流也只能悠然而止，因为我一向善于保密，即使无关的人，也不会轻易向他透露正在进行的一些事情。

车厢里的黑夜还不太热，一宿之后，白天便难熬了。所有的车站都上人，人越来越多，坐不下，也立不下，遂不得不挤进卫生间。太热，既无洗脸的凉水，又无止渴的开水。一九八五年七月五日下午一时我竟在火车上向列车长追究责任了。列车长是一个高大的青年，他从我38号的硬座经过，我霍地站起来，质问天如此之热，人如此之多，为什么凉水开水都没有，你是怎么向乘客负责的！列车长举起手，上下作揖似的摇了摇，作为道歉。不过道歉是不够的，乘客需要的是服务。不知道我的勇气从何而来，我站到硬座上，向乘客呐喊：在每一张火车票里，已经含有为乘客提供凉水和开水的钱了，既然交了钱，就不能没有水！乘客醒悟过来，纷纷要求列车长解释。车厢里的义愤有膨胀之感，列车长面有怯色，连连检讨，并提出马上把所有乘务员和他的水提出来让大家用。为了扭转忽然而至的强风乌云，我提议大家鼓掌，向列车长的态度与措施致敬。一阵热烈的掌声之后，车厢里出现了一种胜利之后的和谐。

爱就是欲，欲源于性，性属于一种生殖的能量。爱可以表现为创造力，也可以表现为破坏力。在达.芬奇的绘画背后，在贝多芬的音乐背后，都隐藏着神秘的爱。拿破仑的战争，希特勒的屠杀，也许都可以从扭曲的爱而发现诡谲之源。流畅的爱甚至会导致一种民主和宽容的制度，而郁结且肿痛的爱则会导致一种专制和苛刻的制度。爱是重要的，不管对个人还是对社会，它都非常重要。把爱的问题处理妥当，世界就会安宁，所以有歌唱道：

"让世界充满爱！"可惜爱是艰难的，爱总是碰到麻烦！

　　一片晚霞与我几乎同时落在蛟河县的街道，不过我无意欣赏。我立即掏出联络图，扶清凉之风寻找张梅花留下的门牌，任凭晚霞在辽阔的天空展示其美。我在她家所处的一条落着细微煤灰的小巷恰恰碰到她弟弟，一经介绍，他就转身呼唤她的姐姐与母亲。她们是跑出来的，手足之间充盈着只有朝鲜族妇女才有的热情，但我却是十足的不速之客。她们能否知道我日夜兼程，匆匆而来，意在何为呢？

　　张梅花有哥哥，在长春一所大学读书，还没有放假。弟弟是小学三年级学生，下课在玩。母亲在制帽厂工作，有难得一见的慈善面目。父亲是一位老师，晚餐之前才回来，也是祥和之人，不过极具主见。

　　遗憾张梅花拘谨多了，显然把我在北京所看到的那种活泼与亲近收藏起来了。她变成了淑女，乖乖女。当然，她要帮助母亲做饭，晚餐又是宾主共进，之后大家坐在一起聊天，交流基本情况。我和她独处的机会在当天没有了，于是在一个欢乐的空隙，我就取出那件白色衣衫作为礼物递上去，她和母亲同时笑着接住了。张梅花略带羞涩，一副向母亲依偎并收敛的姿态。

　　我在社会上已经打磨了一年，尽管不可能世故，但比我当学生却是增加了一点老练。见张梅花，我开始就打算像亲戚或朋友一样在其家住宿下来，当然要不失尊严和体面。爱之求，尽管属于风雅之事，美妙之事，正大之事，不过求总是求啊！夜深了，张梅花的母亲安排我的下榻。实际上这个家只有一间屋子，临窗一个大炕，墙角一张床，床是张梅花哥哥的，他未在家，就是我的了。大炕是张梅花他们所有人的，依次是：张梅花，阿妈妮，弟弟，张梅花的父亲。

这家人既会普通话，又会朝鲜族话。他们与我交流，用普通话，他们之间偶尔会用朝鲜族话，我以为这很正常，就像我偶尔会用方言一样。那天晚上，熄灯之后，张梅花的父亲与母亲说话，说朝鲜族话，这使我忽然感到一种文化的差别。他们所涉及的，显然是我，起码有我，但我却由于语言有阻，处于信息之外，我不得参与，无法参与。他们气氛冲淡，腔调平和，似乎惟恐我生疑以影响我的情绪，不过我还是感到一种隔阂。当然，他们的忠厚是绝对的，我相信。

我竟休息得出奇地踏实。我醒来睁开眼睛一看，发现他们的大炕上空空如也。我也不以为怪，更无愧疚，起床便自己洗漱，等待早餐。我清楚自己的毛病，衣来伸手，饭来张口，所以不想在张梅花家装样子。

朝鲜族素以狗肉招待贵客，那天有一道菜便是闷狗肉。在大炕上放了一张方桌，张梅花的父亲和弟弟坐一边，我坐一边。张梅花和阿妈妮挤在我和弟弟之间，管我们用饭，但她们却不动筷子。大约三个男子吃了十分钟之后，张梅花的父亲说："好，好，好，一齐吃饭吧！"张梅花和阿妈妮才愉快地操起筷子。在男子提箸吃饭一会儿之后，女子才动筷子，这也是朝鲜族的一种文化。

　　我和张梅花终于有了一个机会可以独处。也不是完全独处，因为弟弟跟着。那天黄昏，她带弟弟到蛟河去洗衣服，我也去了。大地苍茫，水有白浪，多少使张梅花的精神放松了。她坐在石头上揉搓着衣服，我坐在一边的石头上看着她。她的弟弟呢？越走越远地抓蟋蟀去了。她的一双手灵巧地在石头、衣服和水之间翻转着，偶尔抬起头一笑，露出两颗玉白的虎牙。

　　我问："你怎么变成淑女，乖乖女了？"

　　她说："本就是呀！"

　　我说："在北京你大方多了。"

　　她说："蛟河与北京是两个地方啊！谁敢在家乡放肆呢！"

　　我说："我是来见你的！"

　　她说："知道！"

　　我爽快地说："见你是表达对你的感情的。爱一个人才会这样。"

　　她红着两腮说："看得出来。"

　　接着说什么话真是让我为难！似乎不宜用常规的语言表达我的意思，但准确而得体的语言我一时却想不出来，遂久久望着她的手在翻来转去，直到她笑起来。

　　我问她："朝鲜族姑娘嫁人有什么要求？"她稍有沉默，说："问我母亲吧！"我又问她："你的意见呢？"她抬起头望着我轻轻地说："先问母亲啊！"成功的可能，似乎已经提升到百分之一以上了，我暗喜。我们便交流别的，她的同学，老师，她的工作，她的唱歌和跳舞，她的哥哥和弟弟，越扯越开。不过我也知道慎重，不想有所犯忌。

谜底难白，前途不明，我只能继续进行。爱总是使人渐陷渐深，自己无法让自己停止。即使勒马，也要到悬崖边上。

终于有了一个机会，我得以帮助阿妈妮拣豆子，遂问她："朝鲜族姑娘只嫁朝鲜族小伙，是有这样的规矩吗？"

阿妈妮说："有这样的规矩，是祖先传下来的。"

我问："有嫁给汉族人的吧？"

阿妈妮说："几乎没有。没有的吧。把姑娘嫁给汉族人，就像把水泼出去了，这姑娘永远就不能回家了。"

我问："为什么是这样？"

阿妈妮说："朝鲜族人少，所以只允许朝鲜族小伙娶汉族姑娘。把朝鲜族姑娘嫁到外边，朝鲜族人将会越来越少。这是传下来的道理！"

阿妈妮从竹筐里抓起一把豆子，掬到手心，但她却不拣，抬起头看着我。她的眼睛慈善，她的神情仿佛一部历史。我点了点头，心里湿得像漏雨，又沉得像一个秤砣。

我没有立即打道回府。一经婉拒，就背身而去，未免有失风度了吧！我仍像亲戚或朋友一样在张梅花家里，他们也像对亲戚或朋友一样待我，特别是张梅花的弟弟，一闲便找我拉皮筋，蹦弹球。阿妈妮除了做冷面等等朝鲜族饭以外，还炒菜，煮汤，蒸馍。张梅花的父亲喜欢喝酒，每一次他都会给我斟一杯，我不会喝，所以这一杯每一次还是由他喝了。气氛宜人，然而一旦说话，说朝鲜族话，我便成了他者。

有一天晚上，也是天刚刚黑的样子，我到街上去，买了一个西瓜，准备提回去切而食之。付了钱，一回头，竟狂风大作，随之乌云蔽星，沙尘迷天，街上一个人都不见了，甚至才卖我西瓜的老头也顿失踪影。我一下愣了，不知道归路怎么走。忽然有人急切地呼唤我，摇身便看到张梅花，阿妈妮，她的父亲和弟弟，他们跑着，打着伞接我来了。一股暖流猝然涌动，泪水就要出来了，然而我还是约束了自己，甚至连谢意也没有表示。我只默默地说：归去来兮！归去来兮！

不过张梅花露出两颗玉白的虎牙说："你追上我，我就嫁你！"我惊喜地说："真的？"拔腿便追，但张梅花却像插了翅膀一样跑得飞快。在一望无际的湖冰上，就我们两个。我咬着牙，拼命地追着。仿佛死神随在身后，我们两个都在飞快地跑着，不过我更猛。一瞬之间，我几乎要追上她了。我伸长胳膊，手指已经触摸到我送她的白色衣衫了。不料我脚下蓦地一响，裂开一个冰洞，顿跌我于湖中。我惊呼一声，梦醒了。非常难堪，我害怕吵醒了张梅花他们，但他们却似乎没有反应。我还躺着，只是不敢入眠，以免有梦找我。我便一直睁着眼睛，直到窗子透光。

张梅花送了我一张他们家的合影，我发现她哥哥非常帅。这张合影我现在还保存着。当年我把它夹在了我所用的一个橙色封皮通讯录里，后便一直夹着，虽然通讯录早就旧了，损了，姓名满了，不能用了，但我却始终留着它。我也没有把那张合影取出来，专门放在什么地方，然而我珍视它。也有几次，在快乐与苦涩兼容的日子，无意之中就把这张黑白照片翻检出来，一一看着他们的脸，问：不知道他们怎么样？

那天是张梅花携其弟弟送我上火车的。她穿着我从王府井北京百货商场买给她的白色衣衫，亭亭玉立，绝版的淑女，绝版的乖乖女。她的弟弟穿着米色T恤，一副灵慧而顽皮之态。火车启动了，他们向我举起手，左右摇着。我忽然感到不能控制自己，泪水潸然而下。

尽管我知道孙商山在等我，但我却并不想直达北京，从而变换角色，一个一个见作家，进行什么组稿。不想，根本不想。反正我已经给孙商山留言，甚至我赋予了它以遗书的效力，遂了无牵挂。我心里空空荡荡，有一种浪迹天涯的冲动。于是我就去了牡丹江，又去了长白山，再进入大连。我需要充分的时间在大地上走动，以沉淀感情，并让其结晶。我需要有一个过程才能清爽精神。

然而我无法禁止，总是想哭。那年流行着一首张行所唱的歌，其到处都在唱，词曰：

你到我身边，带着微笑，带来了我的烦恼。我的心中，早已有个她，她比你先到！

只要听到这首歌，我就会停下来，噙着泪水，静静地体味着。我一路而去，或在绿树下，或在芳草旁，或在河岸，或在海边，或在陌生的男女之中，很是伤感地听着它，仿佛这首歌能给我以安慰似的！问题是她是谁？她在哪里？她和我究竟有什么关系？她和张梅花又有什么关系呢？

二〇〇七年八月九日于窄门堡

原载北京文学.2009年4期

# 朋友之道

　　朋友伤起人来，常常是在关节处，要害处，它所遗留的症状往往是沮丧的，悲愤的，隐痛式的，扩散性的，难以治愈的，有的还是致命的。

　　尽管如斯，我仍相信朋友的重要，常说："朋友是天下的空气，是宇宙之流，是人赖以呼吸的"。财富不足以表达朋友的宝贵，因为贫穷并不会使人死，但失去空气人却会窒息。人可以丧父丧母为孤，无兄无弟为独，然而不能不交朋友。人可以一度丧妻，甚至一生缺妻，然而不能一日没有朋友。

　　也许喜欢孤独的人不在乎朋友，不过究竟谁愿意孤独呢？周作人说："人是合群的动物，他最怕的是孤独。"亚里士多德说："喜欢孤独的人不是野兽便是神灵。"我像爱美色一样爱朋友，从昨到今，一直都在寻找朋友。我的朋友很多。我珍惜朋友之谊，唯恐得罪朋友。

　　中国人的朋友之好，确实源远谛深。诗曰："嘤嘤其鸣，求其友声。"孔子告诫弟子："有朋自远方来，不亦乐乎！"

　　一旦钟子期仙逝，伯牙便不再弹琴，是因为失其知音，操之无味。高山流水，显然已经是朋友的原型。

司马迁为豪杰，深情厚谊，世上稀罕。做太史令，见朋友挚峻德才兼备，心冰骨玉，便敦请其出山建业立功。凭良心为李陵辩护，竟惹怒汉武帝，受到宫刑，自以为身残处秽，遭诟辱先，一腔忧愁幽思，只能向朋友任安泪控血诉。与挚峻书，透露了他对朋友的热忱与慷慨。报任安书，相当于一份遗嘱，尽显他对朋友之信任。然而司马迁下狱之际，竟无一朋友探视挽救。司马迁够朋友，朋友有负于司马迁了。

嵇康与吕巽吕安兄弟十分相亲，欢乐不衰。不料吕巽奸污了弟媳，酿成家丑。嵇康为朋友计，一再压抑，才平息了吕安起诉其兄之愤。然而吕巽害怕祸伏，竟诬告其弟虐母，使吕安银铛入狱。嵇康见吕巽如斯卑鄙，毅然提出绝交。其仗义之举，风流千古。

骚客相轻，出于秉性，然而杜甫敬爱李白，柳宗元体谅刘禹锡老母在堂而请求朝廷外放他远，外放刘禹锡近，韩愈又为柳宗元不平则鸣，怨其才不用于世，策不行于时，青史流芳。

苏轼与章惇尝游陕西山水，情感相亲，应该是朋友吧。苏轼多才，也多舛，在五十八岁时不得不彻底退出洛阳，贬谪岭南。苏轼怀旷达之心，即使落难惠州，也能把悲惨的日子整合为愉快的日子。章惇执政，见苏轼依然颇为舒服，腹生恼怒，遂搜罗其罪，竟使苏轼飘摇海南。乘人之危者，天命必罚，欺人太甚者，死有余辜。

知己难得，此乃鲁迅之叹。其名盛位尊，文雄三代，可惜疑云常布，横眉易耸，从而朋友合寡。

什么是朋友呢？朋友的内涵和外延到底如何？朋友之道恍兮惚兮，使我迷茫。

荷马把他对朋友的理解，隐含在故事之中。阿喀琉斯受到阿伽门农的侮辱以后，退出了特洛伊战场，然而他的朋友帕特洛克罗斯牺牲疆场，尸体不保。阿喀琉斯与帕特洛克罗斯互相倾慕，情感深厚。当是之际，阿喀琉斯义不容辞，重新武装，击败了赫克托尔，并夺回帕特洛克罗斯的尸体。荷马显然推崇阿喀琉斯的品行，为了给朋友报仇，死不足以畏惧。

犹大是耶稣的门徒，也是耶稣的朋友，但他却为牟其小利出卖耶稣。犹大以亲嘴向祭司长暴露谁是耶稣，耶稣说："朋友，你来要作的事，就作吧。"耶稣没有斥责朋友，然而朋友终于后悔，自缢而死！

亚里士多德认为，一个法官重朋友甚于重正义才是优秀的法官。他又说："啊，我的朋友，没有一个是朋友。"伟大的智者，你无非是在喟叹朋友难得吧！

凯厄斯.布洛修斯是比略.格拉库斯的朋友，他对朋友的态度臻于经典。罗马执政官在判决比略.格拉库斯以后问他："你能为朋友做什么事？"他说："一切。"又问："要是他命令你火烧神殿呢？"他说："比略.格拉库斯没有这样的命令。"又问："如果他下达这样的命令呢？"他说："我就服从。"

西塞罗对朋友之谊有高迈之见。他认为朋友的交情是出于爱，合乎天性，是人类的头等大事。他甚至指出，没有朋友，活着是乏味的。他发现神所赐予人类的最好与最重要的东西一是智慧，二是朋友之谊。他把朋友置于亲戚之上，说："朋友超过亲戚，因为亲戚可以是没有感情的，但朋友之间却不能缺少感情。亲戚没有感情仍是亲戚，然而朋友没有感情了就不算朋友了。"

欧达米达斯把朋友为自己效劳当作他给朋友的恩惠。他穷，不过他的朋友阿雷特斯和卡利赛努斯很富裕，遂在自己逝世之前留下这样一个遗嘱：他把母亲赡养和送终的责任赠阿雷特斯，把女儿出嫁的责任赠卡利赛努斯，万一有谁逝世，那么便请活着的一位接替其责任。两个朋友欣然同意，不幸的是在他逝世几天以后卡利赛努斯也逝世了，于是阿雷特斯就接替了卡利赛努斯的责任，并按既定遗嘱办。

蒙田也有对朋友的专著，不过其论之源在西塞罗，是对西塞罗观点的发挥和补充。当然，蒙田对朋友的交情是有自己的体会的。他的朋友拉博埃西是一个官员，也是一个诗人，对蒙田影响颇深。朋友临终之时，把其藏书和文稿留给了蒙田，以后蒙田为朋友又出版了书。蒙田认为，父子关系，兄弟关系，情侣关系，婚姻关系，统统为轻，唯朋友为重。

培根发现，药有的可以通肝，有的可以通肺，有的可以通脑，然而只有朋友可以通心。人的愤懑抑郁之气，向朋友宣泄一番便会舒服。斯论高妙，遗憾培根有背叛朋友之嫌。有一阶段他与艾塞克斯伯爵互为朋友，伯爵待他热情，慷慨，真诚，带他参加种种交游，并一再为他向女王求职，不遂之后，伯爵便赠他田产二千英镑，以使他宽慰，生活得体。然而伯爵不幸获罪之时，培根竟有两次积极陪审，进而起草伯爵之罪状。尽管这些皆奉女王之命所为，以后他也有所解释，不过他的行为多少是缺乏道义的。

马克思有志研究资本，并给无产阶级图谋生路，不过研究资本是没有报酬的，他生活有虞，尤其是流亡伦敦期间，不得不以面包和土豆充饥。恩格斯也有理论思维的天才和兴趣，然而他选择了商务活动，以让马克思潜心研究。他给了马克思大量的钱，甚至马克思一家的花费比他一家的花费还高。恩格斯的人格有夏日之朗，冬霜之洁，可惜得力于恩格斯作出牺牲而形成的马克思主义，竟让种种冒充马克思信徒的人悍然修正了，亵渎了。

梵·高有一幅自画像，展示他残耳之后的相貌。这个可怜的画家显得清寒和孤独。高更是他难以割舍的朋友，然而种种原因导致彼此龃龉，争执，怨恨。一直有人分析是高更的决裂导致梵·高暴怒，遂自己割下了自己的右耳，并将其送给了一个妓女。不过德国汉斯.考夫曼和丽塔.维尔德甘斯的研究证明，可能是高更用剑砍下了梵·高的右耳。高更不愿意获罪，梵·高也不想让高更受到惩罚，便编造了自伤的故事。梵·高临终留言给高更："你是安静的，我也会保持安静。"为了使朋友得到保护，善良的梵·高一直守口如瓶。

　　特里普是在五角大楼工作的一位女士，她向莱温斯基保证忠于朋友，甚至可以向上帝起誓。莱温斯基便向她透露了自己与克林顿的私情，而且以为她能够分担忧愁，给予安慰，是困难之际的朋友。不料特里普向官方报告了他们的私情，于是发生在白宫的桃色新闻就飘荡于整个世界了。这使二十四岁的姑娘莱温斯基手足无措，克林顿也十分难堪，并身倾深渊。面纱破了，美国人顿感迷茫和尴尬。不得已，克林顿总统作了道歉，自谓他的判断出现了问题，并称这件事是他及其妻女与上帝之间的事，从而轻轻地把莱温斯基推走了。他暗指莱温斯基背叛了他，这当然让莱温斯基委屈之极。实际上进入这个故事之中的所有人都在背叛，不过特里普属于惊险链条的第一环节。特里普是一个使人恶心的女士！

　　什么是朋友？朋友的内涵和外延究竟是什么？朋友之道玄妙精深，使我迷茫。

　　小时候我就需要朋友。故乡的田永华和田柏林，是我初中岁月极为亲爱的朋友，村巷，小麦地，夏夜的场里，冬日小屋的炕头，无不留下我与他们的足迹，青春的秘密。没有他们，少年的灵魂会多么凝滞和寂寞。命运不济，永华早逝，所留三女仍在乡下！现在我仍需要朋友。我始终以敏感之思捕捉天下才俊与高士，然而鱼难得，熊掌难得，朋友更难得，莫逆于心并不以时变的朋友最难得。然而凡是陪伴过我生命的朋友，凡是影响过我兴趣和意识的朋友，不管他停留原野还是驰骋都市，不管他游宦海于京还是浮商海于沪，不管他消失在1989年还是逾越了1989年，我皆念兹在兹。

我反复想到高选国，大学的一个朋友，希望成为诗人而终于未竟。他聪颖，腼腆，略有自卑，一向不敢在深庭广众之中抛头露面。大眼睛，黑皮肤，扬着脖子走路的样子完全暴露了毛泽东时代留下的禁欲之痛。他敢于向我暴露其成见，甚至隐私也敢倾吐。他曾经说："数学系的何小荷太丰满了，我恨不得摸一摸她的胸，知道那是一种什么感觉！"有一个夏天，灿烂的阳光之中，他扶着自行车头见街上粉黛如云，白臂婉挥，丰腿漫步，竟忽然说："我希望来一阵大风，拔地而起，把美女的裙子都吹上去，再来一阵风，垂天而下，把她们的内裤全脱下来。"想起高选国荒诞的神情我便会笑，常常独自一个人就笑了。朋友之益种种皆有，支持你的事业，构筑你的同盟，克服你的困难，或为你治丧并抚你六尺之子，然而能够把思想在道德底线一带的彷徨进行交流，也是一益。朋友之间，讨论解放人类固然不易，不过有节有趣地讨论一些忌讳问题也不易。有一个可以探索人性的朋友，无异于在黑暗的屋子里装上了一扇透气入光之窗。毕业二十五年一直不见选国了，不知道他的精神可否安宁？

关于朋友，我还曾经寻找女士做朋友。对暗中所选的女士，我不存丝毫邪念，纯粹是朋友之交游，无非是聊天，喝茶，吃饭，偶尔的活动和事务。然而彼此的目光难免有闪烁颤动飘游穿梭之情愫，某些只有对异性才产生的幻觉，想象，期待，矜持，保留，防范，总使这种交游间隔，杂糅，石不石，绵不绵，盐不盐，蜜不蜜，铁不起来，更钢不起来。它也常常表现为阶段性，缺乏持久性。一旦不能烧得发红熔融，它便会慢慢温下去，流于礼节，并慢慢冷却。若不以事务维系，那么其交游就会像打开盖子的白酒一样袅袅冒气，失去精华。有时候我会想：也许男女之间是难以成为真正的朋友的，他们的关系，最自然最习惯最美丽的，就是两性的关系。一些表面的工作关系，挖掘下去将发现仍有出于异性的欣赏和喜欢连接着。

朋友彼此的失望，不满，冷淡，分手，甚至翻脸为仇，显然谁都会伤感和苦恼。缘其波，探其源，沿其根，讨其叶，当发现问题在对朋友的选择简单草率。观其朋友，多从同乡而来，同学而结，同行而得，似乎顺理成章，足以亲之。实际上这并不够，也不妥，存有误区，因为祸心和妒意恰恰容易产生在同乡之中，同学之间，同行之域。申包胥是伍子胥的同乡，申包胥抗之，李斯是韩非的同学，李斯害之，李醯是扁鹊的同行，李醯杀之。以我的经验，选择朋友必须慎重并严格。接纳一个人做朋友的时候，如果自己像辨玉识货一样认真，那么是对的，然而究竟谁能如此认真地选择朋友呢？也许多是一来一往，遂为朋友。

我以为选择朋友，要注意价值观的相近，善良度的相当，趣味性的相投。价值观的悖逆是朋友的大忌，善良度的落差是朋友的远患，趣味性的歧义是朋友的隐障。君子慎始，所以初交朋友，一定要细察价值观，其不同注定要决裂，一定要细察善良度，非善良之徒根本就不会产生朋友之谊，其疑似朋友，卒为结党，一定要细察趣味性，因为雅俗高下之分，当有美中不足之感，或生怅然耿耿之叹。

朋友之间，必须有一些沉默约定，从而神会躬行。要彼此规劝，不要听之任之。发现朋友的想法和德行有问题，应该谏诤，使其改正。不愿意指出朋友缺点的朋友，不是真正的朋友。要彼此隐恶，不要揭发其短。也可以为朋友扬善，然而作为朋友，其关键是不能暴露朋友之羞，传播朋友之耻，相反，要掩饰朋友之瑕疵。隐朋友之恶，就是隐自己之恶，扬朋友之善，就是扬自己之善。要彼此包涵，不要对朋友的不当或过失反应激烈。也许就因为面对的是朋友，他才放诞，随便，从而冒犯。难得有朋友的攻击，何妨忍痛而纳呢！要彼此吃亏，不要有意无意地占朋友的便宜。要彼此推崇，不要对朋友拆台。如果朋友的名隆，功高，或是得到擢升，自己做不到为其高兴，表示祝贺，那么起码应该强按酸楚恼愤从心而起，并防从口而出。拆台伤朋友，更损自己。

交情殆尽，朋友当散，怎么办？书曰："古之君子，交绝不出恶声；忠臣之去国，不洁其名。"前贤的方法很是高明，我看就继承这个传统吧！

凡是以利益而结交的朋友，卒将以利益离析，因为这种关系究其本质并非朋友。其交游充满了吃吃喝喝，拉拉扯扯，热热闹闹，轰轰烈烈，形为朋友，不过终于只是利益的共同体或共谋者。利益是损害朋友关系的。朋友之间一旦夹杂利益，其交情之亮度和净度便要减弱。今之为官落马者，身败者，誉扫者，多有所谓的朋友元素。

天命在望，能约二三子，坐于窗下或花园，书香送雅，风悠携爽，当此之间，有一口无一口的品茗，有一声无一声地说话，海阔天空，世广人深，我真是有福了！

二〇〇九年六月二十二日于窄门堡

原载文学界.2009年7期

# 宁 静

　　阳历元旦与阴历春节期间，人之常情，多在做有形无形的总结，一边盘点往事，喜悦与惆怅掺杂，一边谋划新案，憧憬与忧患共存，总之，心思皆在活动着。在这个时候，我持续的祈祷是，希望宁静。

　　物质主义之风早就强劲地刮起来了，我久久不适，也不安。我曾经惊诧，今人怎么忽然堕落了，对名利的追逐居然恬不知耻，奋不顾身。实际上古人也是喜欢名利的，姜子牙便说："天下攘攘，皆为利往；天下熙熙，皆为利来。"姜子牙之论，让我会心一笑，继而释然。名虚利实，名可以化利，从而名利不分。也许求名求利属于人的秉性。依生存的逻辑，没有物质之资，人便会冻饿死亡。实际上铜不臭，鱼与熊掌都很香。人行世，必然有所取。取而得之，难免相争，然而蜂拥马奔似地追逐起来，名便会虚，利便会黑。

　　我并非一个禁欲的人，更不会随佛学舌，认为色就是空，世界为空，遂推掉一切责任。我还怕清高之士，一向敬而远之，当然没有以清高自命。不过我厌恶李斯，竟欣赏仓中鼠，西行做秦王的谋臣，甚至不惜伤天害理。王维与歌德倒是颇有智慧的，独立于内，和谐于外，走中庸路线，进行精神的活动，又没有落泊，享受了富贵，又避免失节。孔子高了，是天上的日月，视富贵为浮云，一心求仁，全力布道，遭拒绝也不息，受嘲讽也无畏，是因为他始终对人类充满了热情和祝福，确实伟大之至，我辈只能仰望了。

吃了一些盐之后，我才懂得一个道理：人曾有别，由于人是靠思想活着的。一旦灵魂玷污或破败，人将生不如死。我相信灵魂像气一样有呼有吸，或光明正大，或阴暗渺小。我知道吾之灵魂的分量。我善养吾灵魂之沛，并一直谨慎地守望和捍卫吾之灵魂。然而我并非一个禁欲的人。

为了逃脱不义之争，我在36岁那年便决定放弃一些热门路途。我有文章说：

我曾经走过三座高山，九座城市，向一位老者请教成功的秘诀。我所谓的成功，不仅包括人的名位和财富，而且包括人的境界和幸福。

"减法。"老者说。

但是我不清楚减法的含义，我感到困惑。

"放弃。"老者说。

为了躲避轰轰烈烈，忽聚忽散，我也宣示要过简单生活。在40岁，我的文章称：

简单生活是接近原始意义的一种生活，其本质的特点是让自己的生活聆听心灵召唤，所以它是真正健康的生活。

　　遗憾的是，我仍觉得聒噪，滋蔓，不舒服。面子太软，便曲意应酬，违心会晤，性格又太敏感，获夸而乐，逢辱而怒，有时候遇到勾引还会冲冲地迎上去，遂自恨修养不深，功夫不够。当然，生而披人皮，穿人衣，难免要活着，要温饱，要发展，更要担负一份为子为父为夫为兄为朋友为学生为老师或为乡里的道义。活着烦难，宁静不易。

　　我知道自己罪大帐多，所以我的岁月还是非常漫长的。尽管如斯，我也不能随便挥霍，更不能胡子眉毛一把抓地行世了。现在我的想法是，必须有所选择，尤其有所拒绝，集中力量做最重要的事情，甚至要把神所赐我的每一年，都当作最关键的一年，或是最后的一年。我得做最有价值的事情，不枉星辰光华照耀了我的事情，大地五谷哺育了我的事情。希望宁静，非宁静无以致远。盼在宁静之中，完成神谕的工作。

　　　　　　　　　　　　　二〇〇九年一月四日于窄门堡

　　　　　　　　　　　　　原载文学界.2009年7期

# 厢寺川

我的朋友石斜岩是一个画家，志存艺高，一向好探幽，恶媚俗，属于卓尔之士。

有一年春天，他驾车独行黄土高原，以获绝妙风景。沿着一条曲径，慢慢走上一道坡顶，忽见万顷森林，绿深绿浅，尽染夕晖，自问这里怎么会有森林，以为发生了幻觉。安魂而望，树有槐，榆，棠梨，松，柏，柞，白桦，也生灌木野草。鸟鸣长短，香飘浓淡，柔和的阳光在森林之中闪烁着金黄与橘红的彩波。何谓仙境，他判断此乃仙境。

激动不已，左右徘徊，便不顾安全，攀树而下，渐进沟壑。深入几百米，发现有小路在森林蜿蜒，隐约通前。腐叶覆盖，枯蒿芜杂，然而已经聊以落脚。翻过一道梁，小路绕孤崖而去。木尽风爽，天空霞漫，有川朗然横卧森林之中。方圆二里，地平势旷，中间一树耸立，其冠华严，其干壮大，白花黑枝，穆然透出神气。他十分惊诧，仿佛一个原始意象悠然成型，遂产生了强烈的创作冲动。

这时候，蓦然有两只黑犬出现，嗅而不吠，威而不狂，他遂估量此川有人。投目顾盼，竟见窑洞向阳，门口站立年轻三女，惊诧而察。群鸡啄虫，独猫扑蝶，芳草萋萋，间有自食其力之桶与箕。他猜测她们是佛道信徒，修行于此川，遂释然作拜，并微笑问候。知道他是画家，偶迷森林，三女遂放心，坦然告之，她们都是哲学博士，非信徒也。社会发展，已经完全由经济推动，从而不管是技术发明还是制度创建，无不损害生命，滋扰性灵，基于如斯认识，她们回归自然，到这里来隐居，健身补气，不亦乐乎。其诚邀画家，可以在此川体验，然而谨嘱，不能传播，以防轻薄之徒误解或炒作。

天慢慢趋晚，三女便引其踏上小路，指出如何转崖，如何翻梁，如何渐出沟壑。他按其所示，回到坡顶。森林似海，一片幽邃。欣喜之极，驾车而去，暗算将有大作问世。

他在宾馆查阅了地图，了解到此川是厢寺川，在洛河一带。洛川，黄龙，富平，其三县相交，森林便在相交地界，是黄土高原南缘所遗存的唯一原始森林。遗憾再往三往寻找，终于不得，遂对我喟叹而言："我难道是新版武陵人吗？女博士隐居之地难道也是新版桃花源吗？"

世界对女博士的看法一向是暧昧的，知识有余，智慧不足，姿态酸，婚姻难。几年之前，还有一个故事称，河南农民拐卖了几个女博士为妻。不过我以为隐居厢寺川的三女，显然表现了一种对文明的反思。母性之中蕴藏着神性，所以我倾向推崇有三女在厢寺川。

今年春天，我受委托，率几个作家在洛川考察，满山遍野，到处都是苹果。固然花繁叶绿，不过总是苹果，审美难免疲劳，遂向洛川当局提出是否可以往原始森林去一游，同意。在一个丘陵上，我看到了仿佛朋友石斜岩所描绘的无边无际的森林，随问洛川当局："可以下去吗？"说："可以呀！"又问："有人在森林里住吗？"答："没有。"

我沿着一条漫道信步而去，树越来越粗，谷越来越静，枯藤芽翠，新卉色妖，有鹰在森林深处振翅而鸣。气氛让人紧张，不过我还是想再走一走。忽听狗吼，声音极汹。我便探脚登上一个孤崖之巅。调头俯视，看到狗守缺口，其鼻子急闪，似乎要扑过来。在一棵树下，仿佛有一个汉子捡柴，有女喊："吼什么呢！回来！"

猝然判断其沟不居什么博士，遂止步暗叹，返身逆行。然而终于不知道是石斜岩产生了幻觉还是我的路径有误。

原载西安晚报.2009年7月14日

# 左公柳

　　左宗棠生逢晚清，难免要干一些大事。我走陕西长武，当地人指着公路两旁的柳树说："这是左公柳，左宗棠过去种下的。"

　　柳树粗有一乍，再粗有一鞋的，完全不是皇帝时代的植物。当地人也知道柳树属于新栽，之所以夸张为左宗棠种下的，是由于他们有一些含混的感情及其潜藏在感情之下的价值取向，只有如斯表达，才符合其意。我猜他们是在为柳树的历史文化而骄傲，或是在肯定左宗棠，也许还认为左宗棠是一个伟大的英雄。不应该反驳当地人，也没有追究他们为什么对左公柳这样推崇和喜欢，何况左公柳直跳婆娑，绿荫如水，在丘陵起伏的高原荡漾着诗之美。

　　左宗棠以镇压太平军脱颖而出，受到清政府器重，初任闽浙总督，并将开办船政局，后任陕甘总督。其到西北来，主要是进攻捻军和回民军。他还作为钦差大臣，讨伐阿古柏，收复乌鲁木齐与和田，阻遏了俄罗斯和英国对新疆的侵略。

　　左宗棠是复杂的，因为他是清政府的忠臣，是服务清政府的，基于此，捻军和回民军威胁清政府的统治，他必须杀，俄国和英国觊觎清政府的领土，他也必须杀。站在清政府的立场，他收复新疆，绝对是有功的，然而站在人文主义的立场，也许他还有一点罪吧，因为他对捻军和回民军纵兵残杀，甚至滥杀。

可惜中国人一向健忘，不反思，没有怀疑精神，也缺乏清晰的是非观念，社会号召什么，便顺从什么，尤其普遍认为，只要靠拢民族主义总无大过，从而难以有人透彻地分析左宗棠。显然，指出左宗棠有罪，罪在何处，是要引来侧目的，但混沌地赞颂一下左公柳却会赢得微笑。在中国，做一个民族主义者比做一个人文主义者或人道主义者要安全的得多，荣耀得多，也会富裕得多。然而宽容自由言论，独立思考，无疑会发生智慧，并显示社会的文明程度。

左宗棠种下柳树，是在西北所干的一件小事，不过也是一件雅事。他从湘江之滨过来，见西北赤地如剥，沙尘弥空，遂动广插柳树之念。柳树是从陕西长武开始种下的，一直植之平凉、兰州、武威、张掖、嘉峪关、哈密。柳树可以减弱风暴，巩固路基，也能使人乘凉，限制其马乱跑乱啃。工程浩大，他自己植，以鼓励军队植，也命令地方官员植。当年所种下的柳树，只有在嘉峪关有几处，但左公柳却生存并传承，这真是左宗棠的幸运了。

原载北京晚报.2009年8月2日

# 五台镇记

　　山有五峰曰：文殊、清凉、灵应、观音、舍身，然而不呼五峰言五台，遂显高古。渭水北岸耀州也有五台山，秦岭五台山便是南五台了，彼此遥望，各领风骚。天生五台是要云有嶂缭绕以化好雨，让终南幻秀，给长安人一个美。

　　户多为乡，乡聚为镇，镇的中心在留村。留村尝是汉留侯修行之处，有张良庙存焉，也是南五台佛事七十二汤房之起点，有大愿寺存焉。青石为街，足音随步。店铺齐开，转农为商，所售多为本土特产，核桃，板栗，柿饼，药材，也有采之民间的艺术品。小吃丰盛，竟呈绿色。镇边十六村，民居俨然，民气淳厚，为天下可以放心之地，遂有关中民俗艺术博物院入驻，从而相映为宝。

　　镇以山名，为五台镇。高门敞亮，欢迎四海之宾。

二○○九年九月十日于窄门堡

原载西安晚报.2009年10月27日

# 独　行

在我年轻的时候，也有志而立，曾经想参军，想打乒乓球，还想演电影，当一个侦察的角色，可惜这些念头一个一个都像钻进了沙漏之中，无不流失，终于选择写作。我总以为自己颇受上帝的眷顾，因为写作变成了我所快乐的生存方式，我的命运。

是写作带动了我的读书，也激发着我的行路。实际上在古代中国，对于一个士，一个君子，读万卷书与行万里路，是人生的两个方面，缺一有憾。书上的知识，固然是知识，要进取不能不在书上学习，然而路上的知识也是知识，甚至是更重要的知识，从而在路上学习便特别必要。书上的知识能活人，也能死人，但路上的知识却不但可以使人活，而且可以使人富于智慧。依我的体会，路上有日月星辰，山川河流，有朝露之兴，日暮之忧，有乡俗地气，人情世故，甚至也有惊喜和艳遇，尤其路上会潜伏着种种危机，其神出鬼没，不可估量，无从把握，面对起来并无常法，因为时刻都有挑战性，就非常需要应变力。凡斯过程便是练历，唯练历会使人生大聪明和真通达。可惜我毕竟居家多，行路少，从而丧失了三千发现和九万美妙，这当然也是无奈的。

　　我的外出，几乎全是独行。独行容易寂寞，也降低了安全系数，但它却使我完全自由。进止不必商量，餐饮不用照顾，是十分潇洒的。我还有一个毛病，好走废墟，嗜察风土。如斯嗜好，是人所稀罕的，我何必为难人呢？所以总是独行。独行难免冒险，而且遇事全靠自己克服。1993年，我独行塞上萧关，一日无食，遂入村取之，不料惹狗扑身。一狗撕咬，引来数狗围攻，真是难以抵挡。

　　郦道元和徐霞客皆是旅行家，又提炼路上的知识而使自己成为文学家和地理学家，青史留名，历来为人所羡慕。没有非常之勇气和胆力，他们是无以取得这种成果的。我想他们也都是独行的吧，因为行路难，难于上青天，谁愿意陪伴他们呢？史记，五十五岁那年，徐霞客在云南丽江患脚病，走不动了，遂卧于一室，不能返家。幸亏当地官员敬重这个贤者，他们用车船送其归于江阴，足见独行之艰。不过独行是有大乐的，这种大乐也只有独行之人才能领略。

二〇〇九年十二月十六日于窄门堡

原载光明日报.2010年1月29日

# 人生三好：朋友，文学，书法

　　谢强居于北京，是我年轻时候的朋友。当时我们一伙都二十出头，喜欢文学，经常呼啸聚之，落英散之。朋友分住西安各处，没有电话，无法联络，便骑着自行车莽撞而去，或南四府街，或大莲花池巷，或糖坊街，或菊花园。社会生活不像现在这样繁杂，朋友多窝在房子读书练笔，虽然没有联络，也能准确地逮住他。一拢二，二拢三，终于成群结队，讨论半宿。人生出路极少，只有文学还有成名成家的侥幸，遂用功颇大。那是风华正茂的季节，虽然一穷二白，不过有理想，热血沸腾，激情四射，人也清朗并高尚。

　　谢强好文学，好书法，但他却更好朋友，总是以情分为重。他一直说："为朋友办事就是为自己办事。"1988年夏日，海南开发，西安一批人离乡而去。谢强先到，并得以立足，他的家立即便成了诸朋友的中转站或根据地。和谷和子页都在那里住过很久，直到有了工作。有了工作也会频繁聚会，做东的总是谢强。慷慨真诚，无人能争过他。

　　在北京发展壮大了，他也不弃故人。杨永进少为伙伴，善丹青，擅山水，想突围西安，冲出潼关，谢强就说："到北京来吧！"遂把自己的宅第辟开一间，作杨永进的画室，又四处奔走，为其寻找美术界的岗位，以使之乘风扬帆。在年轻时候，谢强有一度痴迷小提琴，便认识了作曲家纪溪坪、牧江和陶龙。泛舟沧海，凌云巫山，经过了屡屡事变，然而交往不绝。多年之后，由谢强搭桥，陶龙与电视片出品人葛鹏燕得以合作，成绩斐然，不亦乐乎！刘教授的儿子在北京购房，托人给谢强捎话，希望帮忙，让房地产老板予以优惠。一日为师，三生有恩，谢强何敢推辞，遂东西追索，南北探究，终于大海捞针似的约到了老板。遗憾老板是上海人，不得通融，当然也不给空间。谢强灵机一动，便拿出几千元交给了物业公司，让人转告刘教授的儿子称：事以变通的方式办了，免去两年的物业管理费。他还再三叮咛，暗中帮忙才是德行，所以千万不要让刘教授知道。

谢强多才，当知识青年下乡陕西省永寿县之际，便经常拉小提琴参加一些演出，并以流行的弦音换得馒头或锅盔而充饥。永寿县革命委员会的负责人梁西平好务板胡，见谢强小提琴拉得高妙，还会写话剧，编相声，就想把他留在永寿县剧团，不过谢强志存高远，遂笑着向梁西平一鞠躬致敬。1976年，谢强在陕西省戏曲剧院眉碗团交响乐队工作，大约此间，他认识了陶龙，图谋在音乐界携手同行。可惜事不如其愿，不久以后，谢强便挥手告别了眉碗团的交响乐队，图谋新路。然而他一直留恋小提琴，看到它便情不自禁。他偶尔还会想起永寿县革命委员会那位负责人，有一年，传言称每当夕阳西下，黄昏成暮，已经退休的梁西平便提着马扎，往渭河边上弄其板胡，谢强还约我寻找过这个人。

实际上文学变成了谢强的主攻，尤其好散文。他把王羲之的序抄在本子上，他背诵李白的诗和苏轼的词，他还研究鲁迅的文章，在其文集上，留有很多眉批和行批。人生不易，或海南从政，或长安从商，皆事所逼，尽管杂务纷至，迁家移居，然而一直未断写作。他的散文沿袭了中国诗教，温柔敦厚，常有善意。风格清正优雅，质性自然，读之若夏茹冷品。成书十册，其累累收获，没有发愤忘食，乐而忘忧，显然不能得。字字句句，皆心血情绪所凝。曾经受阎纲、周明及和谷的推崇，并获冰心散文奖。

谢强早就读贴，临帖，久习欧阳询和褚遂良之楷，以后又出秦之篆，入汉之隶，浸染石门颂碑之风骨，迷恋王右军之草，累日成年，路遥千里，渊深万丈，有了一番化境之体验，遂归之于行。其书法的独有风度是清而不飘，柔中藏骨，润而不媚，圆中含方，并氤氲着一种文化气息。

谢强在书法上用功博厚，最早，也最久，但他拿出来却最迟，只是这几年，才应约在燕赵及长安故地见诸报刊，不过似乎有频然纷然之势。欧阳中石先生是书法学博士研究生导师，著名书法家，有一天，国家京剧院三团团长张建国与谢强结伴见欧阳先生，先生看了谢强的书法，沉吟而言："灵秀，很有前途。"

　　谢强应该是房地产界最好的散文家，书法家，是具散文家和书法家身份的企业经理人，是有血有肉或有根有叶的儒商，然而他一向低调，内敛，反对张扬，言慎以寡尤，行慎以寡悔。工作之余，他坚持写作，并时有散文发表。无日不挥毫，有暇即泼墨，一直是他的习惯，而且经常向书法家赵普先生请教，遂日新为进，生生其变。谢强高堂在西安，回家省亲，他总会抽空儿往碑林去读几方老石。读欧阳询的皇甫诞碑，每每喟然赞叹："又有峻利，又有温润，难得一个势如削玉啊！"读褚遂良的同州圣教序，往往目光出神，颜色凝重，悄然伸手于腹前，运气食指，默然划之。

　　谢强兄生于20世纪50年代末，经历过60年代的折腾和70年代学生的由城入村运动，之后兴改革开放，其应运而动，得以立功成器。他广交朋友，慷慨并真诚以待，朋友对他当然也敬而爱之。他几十年如一日，孜孜以求于文学之道与书法之道。贫而无怨，富而有礼，自强不息，厚德不损，这些孔子所提倡的品质，谢强兄始终慕而仰之，真是难得而可贵。

二〇〇九年二月二十五日于窄门堡

原载精品阅读.2010年5期

# 汉武帝与甘泉宫的一个瓦片

甘泉宫在黄土高原南缘，空旷澄明，史记其有上帝的气息。久存考察之心，遗憾人生扰攘倾侧，见之我已经到了中年。

不过来得早不如来得巧。时值秋日，夕阳非常好，淳化县铁王乡凉武帝村的农民正在甘泉宫遗址的砖路上收拢他们晒干的玉米，装进麻袋，以结束一天的工作，要回家休息。天大横云，地阔列山，从而广袤空明，风过不睹其形，鸟飞不闻其声，似乎是在为一个夜降星出的仪式作准备。

甘泉宫属于汉皇家建筑体系，周回近乎二十里，殿堂台观数百所，大有浩荡之势。宋人程大昌认为，其去长安三百里，不过登高极目，长安城墙的雉堞会隐隐在望。可惜我后生，不能景仰当年的巍峨与华丽。2009年10月23日逼近黄昏之际的甘泉宫，一片废墟，蓬蒿肃然，唯有一头残损的石狮，两座颓断的通天台，无以计数的埋入田野的破碎瓦片。

汉武帝在皇帝位五十四年，尝居甘泉宫几十次。总是五月往，八月返，以避长安之暑。汉武帝在这里进行性爱活动和狩猎娱乐，也接见诸侯，会晤藩夷，处理军国大事，但他极为倾心的却是大敬鬼神，招致仙人。汉武帝元封二年就是公元前109年，起通天台以祭太一神。资料显示，当时有八岁童女三百，在通天台上载歌载舞，到了晚上，忽然有流星飞过，侍祀之人无不惊异。汉武帝在竹宫望祭，以为是仙人下凡，遂命点燃烽火作礼而拜。

颜师古有注曰："通天台者，言此台高，上通于天。"那么到底台高多少呢？史记台高三十余丈，云雨悉飘其下，身临其境，可以远眺长安。不过现在它只剩下十六米了，为圆锥形，是夯筑所成。有白灰黄沙掺入土中，遂坚固顽强，抵抗着岁月的剥蚀。我从东边的通天台走下来，攀上西边的通天台，又从西边的通天台走上东边的通天台，问汉武帝为什么如此信仰鬼神？晚霞绚烂，暮霭风掠，几百里台地向南绵延倾斜，以到咸阳，再到长安，缓冲秦岭。

刘彻是一个有历史影响的皇帝，其选拔董仲舒，独尊儒术，击匈奴，扩大中国版图，通西域，展开世界贸易，无不体现了雄才大略。然而他也有软肋或亡命之穴，遂为方士控制。方士控制汉武帝，并非以权力，是以思想。如果思想也属于权力，那么方士便是以思想的权力控制了汉武帝。谚语云：卒想吏，吏想官，官想做皇帝，皇帝想成仙。世界上权力最大的人就是皇帝了，普天之下，莫非王土，辖区之内，艳遇尽猎，作威作福，山呼万岁，但有一点却使皇帝难受：日子如此之妙，竟过一天减一天，不能永远享用。皇帝遂想长生不死，从始皇帝到末代皇帝都是这样，汉武帝更是这样。实际上不死之心在中国根深蒂固。秦尤其是汉，好在物品上镂刻长生无极或长生未央的美言，其表达的就是不死的愿望。我在瓦甓上和铜镜上都见过如是吉语。不只是皇帝，黎庶百姓谁无不死之心呢？道家就致力于不死的研究，方士有传播仙山和仙迹的能力。方士当然也有一些养性长生的建议，而且似乎是见效的，于是皇帝就多为方士所洗脑，任凭其摆布了。汉武帝就是这样。

大约二十四岁那年，方士李少君蒙混了汉武帝。其自谓有不食五谷的却老之术，并以机巧为他制造光芒，赢得了汉武帝的信任。在一次宴饮之间，有老者九十余岁，李少君竟宣称他与老者的祖父曾经在某地打猎，恰恰老者小时候随自己的祖父有同行的经历，知道某地，从而满座诧异，声誉鹊起，并引得汉武帝的召见。汉武帝有一件过去的铜器，想考一考李少君，便问是否认识，其淡然回答：此铜器齐桓公十年在柏寝台陈列着。验证铭文，果然，遂满堂惊骇。李少君就这样以机巧为自己创作了一个幻象，汉武帝及其左右都以为他是仙人，足有几百岁。其展翅而飞，吹嘘他尝云游海上，见过出入蓬莱的安期生，这个仙人还拿着瓜大的枣子给他吃。汉武帝为李少君所征服，按其所示，以朱砂冶炼黄金，以黄金碗碟用餐，盼能交往蓬莱仙人，终于像黄帝一样不死升天。仙人之想十分强烈，汉武帝便慷慨赠送财物给方士，遣其到海上寻找安期生一类的仙人。以后李少君死了，汉武帝以为其化身而去，遂继续寻找仙人。

北方有美人，足以倾国倾城，汉武帝得之，为李夫人。可惜李夫人青春夭折，其不胜悲痛，思而念之。方士少翁设帐以投影之技映出美人，恍惚之中，汉武帝见其态袅袅。灯闪烛晕，气氛诡谲，汉武帝宁以为真，多少满足了他的思念，不禁沉吟："是邪，非邪？立而望之，偏何姗姗其来迟！"少翁招魂有功，得赏，成为文成将军。汉武帝便按文成将军的指点，在殿堂和其他用具上画云气以驱鬼，在甘泉宫的台室里绘众神以示敬，然而仙人不至。少翁道术有限，便生劣计，让牛咽下帛书，作先知先觉之势说：牛腹有文章。杀牛取出帛书，发现是造假，汉武帝恼怒之极，便灭了少翁。事不光荣，汉武帝也就把它隐瞒起来。仙人之欲，仍在涌动。

于是方士栾大就到了汉武帝的旁边，其煽惑黄金可成，不死之药可得，仙人可招。栾大还做了一个试验，通过磁力作用，使棋子在棋盘上相互搏击。汉武帝看得入迷，极为抬举，封其为五利将军，乐通侯，还以卫皇后所生的女儿嫁之。栾大在晚上诡秘作祀，然而仙人不至。栾大害怕技穷暴露，便谎报要见其师，整装走海上。汉武帝遣使暗中追随，发现栾大并未去海上，更没有得到什么仙人，才判断栾大见其师为诈，遂斩了栾大。这一年汉武帝四十四岁，其仙人之意不但未摧，而且求之更急。

于是方士公孙卿就操纵了汉武帝，而且摆脱不了。

方士多少都有一种天赋，知道怎么控制人。人的想望和欲念，即使正常的，也会转化为他们的把柄。他们会揣摩人的心理，肯定人之所求，对所求进行夸张并妙化，并为想望和欲念的实现绘制路线图和进度表。一旦人如汉武帝进入方士的轨道，他便成了精神俘虏，不得不由方士指挥。实际上戈培尔和林彪都是高超的方士。戈培尔的激情煽动及其1933在德国掀起的焚书运动，林彪的沙哑呼喊及其1966年在中国的焚书运动，都是一种精神控制。只不过方士能量小，控制一人或一批人，戈培尔和林彪有宣传机器，可以控制一国人，一代人。然而被作了精神控制的人终于会清醒过来，于是社会就进步了，文明了。

汉武帝对方士的花招早就应该识破。李少君未现原形是因为他死了，但少翁和栾大却是自己失手的，汉武帝不能不知道这些，而且有理由断绝成仙之路，然而他没有。弗洛伊德发现人有三个弱点，一是趋利避害，二是趋乐避苦，三是趋生避死，汉武帝权势弥天覆地，害能避，苦能避，唯有避死乏术。似乎有黄帝成仙升天的榜样，然而究竟如何，情况也是方士所提供的。对于一个仙人之想迫切的天子，君主，显然只能信其有，不能信其无，否则便彻底幻灭。幻灭将深受打击，汉武帝不愿意。尽管汉武帝知道方士有骗，然而他对方士仍抱希望，因为甩掉了方士，就是放弃了成仙升天的想望和欲念。当然，李少君的表演，也给他留了一个憧憬的空间。何况方士了解人的心理，了解汉武帝的心理，总有办法让人跟着他们走。那么汉武帝是怎么随公孙卿走的呢？

公孙卿建议他应该像黄帝一样封禅泰山。登泰山封禅，就可以变为仙人。自古以来，封禅七十二王，只有黄帝是登泰山封禅的，极力鼓动汉武帝效仿黄帝。公孙卿还告诉汉武帝，黄帝铸鼎以后，有龙垂下胡须接黄帝升天，群臣和嫔妃也从龙而上。汉武帝很是羡慕，说："嗟乎！吾诚得如黄帝，吾视去妻子如脱履耳。"遂拜公孙卿为郎。

遵汉武帝之命，公孙卿在河南等待仙人，并报告自己发现了仙人的踪影。汉武帝便欣然往缑氏城去，想看一看，不过略存狐疑，怕公孙卿像少翁和栾大一样有诈。公孙卿便诓汉武帝，鬼神之事迂阔而近乎荒诞，不成年累月无以招致仙人。公孙卿显然在明目张胆地欺哄汉武帝了，然而人一旦为一种意识所操纵，他便难以觉悟。现在的汉武帝便进入了迷惘状态而不得清醒，遂只有跟着方士转了。

在公孙卿的怂恿之下，汉武帝封禅泰山。其初登泰山四十六岁，最后一次登泰山已经六十七岁，垂垂老矣。他一生共上泰山七次，足见汉武帝的意志。他封禅泰山旨在天下平安富裕，不过这是表面的，冠冕堂皇，庄严正大，其隐秘的目的是盼能像黄帝一样长生不死，化身升天。

到了泰山，便要东行海上，以期会一会仙人。汉武帝一生海上之游有七次，是抱了很大希望的，然而仙人不致。有一次，公孙卿报告仙人在夜间出现，其身高数丈，不过靠近他便忽然消逝，只留下巨大的脚印。汉武帝看了看，仿佛是脚印，然而他仍生狐疑。一个朝臣证明有老翁拉着狗刚刚过去，汉武帝遂转而相信有仙人，也蓦地兴奋起来。他竟动员数千方士四下寻找，自己也留海边，翘首等待消息。还有一次，汉武帝站在海岸久望蓬莱，盼能看到仙山的琼瑶之境。

仙人邈远，迟迟不能招致，汉武帝难免沮丧，也很焦急。公孙卿开导他要持之以恒，日久仙人一定会出现，并说："仙人好楼居。"汉武帝遂在长安修建蜚廉观，挂观，在甘泉宫一带作益寿观，延寿观，并筑了两个伟大的通天台。尽管有童女三百在通天台上呼唤，然而仙人终于不至。足有二十四年，一个又一个一茬又一茬的方士，他们关于仙人的消息一直没有效验，这使汉武帝渐渐感到厌恶。不过他难以拒绝方士，更不能彻底拒绝，永远拒绝，因为他毕竟保留着一点希望：也许会遇仙人，从而长生不死。如是所想，直到他在终南五柞宫逝世。

很是奇怪，汉武帝不仅仅有求仙人，也有求别的鬼神。尝有年轻母亲由于儿子死了，自己也忧郁地死了，但她却在妯娌宛若身上显灵，宛若便把她供奉起来，公卿贵妇多祭之。汉武帝登极，以为她是神君，先把她请到宫内，后又把她安置于上林苑蹄氏观。秦故都雍城有五畤，是古者祀五帝的固定处所，汉武帝从二十四岁开始祭之，以后每隔三年祭一次。有大臣上奏太一神为众神中最尊贵的，应当祀之，汉武帝便在长安东南立庙，祭太一神，并造八方通行的台阶作为鬼道。有一年汉武帝在鼎湖宫病了，用药效弱，他便接受进言，把一个巫师召到甘泉宫祀之，相信鬼神可以依附巫师，从而能使他恢复健康。巧合病愈，但他却以为是神君使然，遂营寿宫供奉神君。汉武帝也在汾阳立后土祠，在甘泉一带立泰畤。汉武帝四十六岁那年巡桥山，还祭了黄帝。然而他最敬仰的终于是仙人。

汉甘泉宫是秦林光宫的修缮和扩充。不过这个地方曾经有黄帝领导之下的云阳氏生息于斯，并作云阳宫。三代夏商周，咸有继承，并设云阳国或云阳邑。秦孝公改革以后，在斯设云阳县，遂多少增加了烟火气息。这里天高地远，立足于任何一点，皆有临下之感。不过我产生感应的是关于黄帝在这里的活动。文献显示，黄帝曾经于斯治明廷，这里尤其为："黄帝以来圜丘祭天处。"如是悠远的信息，在这个秋日的黄昏，给了我无穷无尽的想象。

我拣了一块有麻纹的瓦片，要带回我的窄门堡。甘泉宫及其这个瓦片显然蕴藏着中华民族的一些秘密。我反复在问，黄帝以来为什么要选此地祭天，敬鬼神，或招致仙人呢？

原载散文.2010年6期

# 唐人如何评审自己的诗

唐之时，长安常常会有作家云集，他们争风竞峰，各呈其才，然而绝不小气。贺知章极荐李白，王维以孟浩然为知己，并好邀裴迪游咏辋川，尤其杜甫、高适、岑参、储光羲、薛据诸公同登大雁塔，一次雅集，足以永垂青史。生为长安人，虽不逢其时，心向往之。

唐人的诗也是有工有拙的，偶尔也要区分高低。文章尽管为大事盛业，然而评审的程序很是简单，因为毕竟有心知之。谁的诗美，平心而论，当然也需具高超的鉴赏水平，否则眼睛昏花，有心也不行。

不过有时候还是难辨诗的雌雄。诗毕竟不是米，可以拿斗量，也不是布，可以用尺量，怎么办？唐人便相携着往酒肆去，选一个地方并身而坐，一边斟酌陶然，一边品味歌伎之吟唱：谁的诗被歌伎吟唱得多，谁的诗就为胜。几樽下来，魂有微醉，诗的工拙高低也有了明白，遂笑傲着相携而去。

噫！唐人潇洒，歌伎丰伟！

二〇一〇年十月一日夜于窄门堡

原载渤海早报.2010年11月21日

# 老人与狗

观乎世风，我早就发现西安以南的少陵原将遭城市化运动的剥皮或换面，遂在二○○七年春天走遍其台地，为所有的村子拍了照片以作资料。

当时，我在庙坡头村碰到一个老人，其坐在民居拆迁之后的忧伤里，茫然地望着废墟。一条黑狗跟他并肩，陪着老人。少陵原南起引镇和樊川，倾北而斜，一直延伸到曲江池和大雁塔。我一个村子一个村子地过着，走进庙坡头村，才看到这里已经像受到了轰炸似的狼藉一片，只剩下一座小庙，一座三层小楼，显然是一个钉子户。不知道是谁种了席大一畦蒜苗，无主自长，嫩绿显妖。远远地，有两三个男女在嶙嶙的瓦砾中砸墙取铁。城际一线，有塔吊晃晃悠悠地飘着。阳光之下，尘埃如粒，自由沉浮。

我问老人："你就是庙坡头村的？"不动声色，只是点了点头。又问："都拆迁了？"仍不动声色，点了点头。我说："拆迁就有楼可住了，也是好事。"老人蓦地涟然流泣，吞声说："是好事，不过家在哪里呢？家就是两室一厅或三室两厅吗？故乡在哪里呢？院子的水井在哪里呢？村子的小巷在哪里呢？飞到椿树上杨树上筑巢的喜鹊在哪里呢？清明祭奠的老坟在哪里呢？祖先的灵魂一旦回家落在哪里呢？晚上睡不着，想过去的院子，所以我一周有两三次会跑来看一看村子，然而村子在哪里呢？院子在哪里呢？北极宫是小庙，不敬神不敢拆，钉子户厉害得很，赔不够不能拆。村子现在只剩下这两座房子了，我家就在它们之间，等他们推平了小庙和小楼，我就无法看出我家房子的底摊了。"老人唏嘘失语，抽噎不已，泪水汪闭了眼睛。黑狗便贴过去，用脸摩挲着老人的肩膀。

我难免感慨，便以大言安慰他，接着拍了几张照片，离庙坡头村而去。不过又寂寞又孤独的小庙的红门和黑墙，有两棵国槐笼罩的钉子户的小楼，尤其是坐在废墟上的老人，他的悲怆，俨然刻在了我的脑子，常常会想起。几次路过庙坡头村，看到这里满是美轮美奂的建筑，便想起那位留着平头的老人。

少陵原诚如我之预判，工厂建矣，大厦耸矣，中国罕见的沉积了累累史迹的一个台地，变得支离而破碎。

原载光明日报.2011年2月21日

# 女性艳装：性爱的呼唤

我不研究服饰，不过上衣和下裤，我都是会穿的。我当然也不研究女性的服饰，不过我好观察女性，而且目光从来是直击的，堂皇的，往往会使女性周身检查，以为发生了什么纰漏的。如斯观察，女性的服饰也就难免引起我的注意，尤其是女性的艳装，我觉得大有文章。

莎士比亚说："人是一件多么了不得的杰作！多么高贵的理性！多么伟大的力量！多么优美的仪表！多么文雅的举动！在行为上多么像一个天使！在智慧上多么像一个天神！宇宙的精华！万物的灵长！"

但生物学却认为，人类与所有物种无异，都是同一种纤维编织的。人类属于同一张物种网络的一个组成部分，所以人类的生命之中一直秘藏着一些像植物和动物一样的繁殖意志。

物种的繁殖十分艰难，它们总是要动用一切办法，甚至变幻其技，穷尽其能，以传宗接代，否则便会亡族灭种，呜呼哀哉！

兰花是植物世界里最漂亮的花，也是最长寿的花，它以其极致之美，诱惑一切长着翅膀和带着胸腔的昆虫采撷其花，以使之把它挟往别的花而成功授粉。兰花有非常夸张的繁殖战略，色调高度肉感，蓓蕾更是肉感，甚至会弄出一派颓废和淫荡的气氛。它还会酿造一种腐臭吸引蝇子，并针对蜜蜂酿造一种味道诱惑它们。

雌海星在排卵之日，躯体会忽然变红呈鲜，拱身作态，以刺激雄海星。蜂皇当然是母的，平常蜗居，受着众星拱月的待遇。其一旦出巢，便会抓住机会放任点选数不胜数的雄蜂交配，以大享性爱的西餐和中餐，或是街头小吃，包括牛羊肉泡馍。雄鸟有照顾幼鸟的责任，遗憾它们并不知道自己所照顾的幼鸟，竟有百分之十到百分之七十根本没有自己的基因，它们也不知道自己所热恋的雌鸟都有红杏出墙的天赋。兔子和松鼠何其可爱，不过雌兔子和雌松鼠多情透顶，为什么？因为它们会在一天之内尽可能觅得雄兔子和雄松鼠进行交配。资料显示，忠实的哺乳动物至多只占全体哺乳动物的百分之二到百分之四，而且随着统计工作的更加准确，这个比例还在下降。

把人类置于如斯宏阔并单一的背景之下，便能明白女性的声音为什么那样清妙而悦耳，女性的肌肤为什么那样光洁而悦目，为什么女性并非一定要分泌乳汁也会长成圆锥形的乳房，但猿类的圆锥形乳房的出现，却是它要分泌乳汁的一种信号，为什么贾宝玉总感觉林黛玉有其体香。女性为喜欢自己的人而修饰固然有理，不过这是世俗的印象，也是小道。实际上女性是为争夺优秀基因而发育，并成之美，这属于存在的法则，也是大道。

　　面容与体形的对称是永恒且普遍的美的基准，人类及其整个动物领域，都以是否对称和对称量度的高低，评估所爱对象的总体价值。有失对称或对称量度不足，很可能存在健康问题。对称和对称量度之高比体积之大还重要。证据表明，面容的对称量度最显其美的女性，居然是偷食禁果最早的女性，她们往往也是性伙伴最多的女性，从而也属于最受恭维和最遭嫉妒的女性，也是年迈色衰以后仍会熠熠生辉，并不失男性倾慕的女性。

　　显然，是深邃的繁殖策略推动着女性的化迁，并激发着为男性所追求的美。

　　一夫一妻制和性道德也是人类的重要发明，它透露着一股进化的强劲力量。然而在人类的进化方面，包括女性之美的进化，发挥根本作用的一直是繁殖意志和繁殖策略。为什么机会常常倾向漂亮的女性？为什么长得漂亮的女性越来越多？为什么女性越来越漂亮？答：生存逼着女性向美进化。

　　我的思维俨然军队作战，其迂回包抄，终于到时候要指出女性服饰与性爱的关系了。女性把自己对男性的吸引和诱惑，大量投放在表示其美的服饰上，尤其是步入青春期的女性。禽兽之美可以一览无余，其皮毛甚至骨骼尽显在外，然而人类的女性怕冷，也怕晒，还怕羞，遂创造了遮体之物，从而不能把自己的肉身之美直露于外。这是深为可惜的。不过肉身之美不能坦然呈现，一定会宛然呈现，于是有纹有理且有百卉翻新的服饰就替代了肉身。女性以其聪慧，用服饰象征自己的美若兰花一样的肉身，甚至服饰变成了女性肉身的符号。女性所穿戴的衫，裤，长裙短裙或胸罩，其款其色，其图其案，多是性爱的呼唤。

遗憾的是，服饰之美与肉身之美并不能成正比，相反，它常常成反比。依肉身之美的量度，少女的服饰应该是最美的，然而芸芸少女不得不穿戴比较平庸的服饰，是由于她们穷，只有一些富家姑娘才能使自己的服饰之美与肉身之美协调起来。年迈的贵妇人也可以用华丽的服饰打扮自己，以展黄昏之美，尽管其肉身已经一塌糊涂，因为她们有钱。不当要求老妪的穿戴是暗淡的，甚至是没有样子的，我绝无此意。不过让所有的美少女都具绚烂之服饰才显社会的公正和道义，否则出身寒门的美少女由于服饰之粗卑，便屏蔽了她们的肉身之美，是何等残酷，何等丑恶。

这个时代的女性服饰是百卉齐绽的，它标志着一种开放与宽容。然而在阵阵缭乱的潮流之下，似乎显出了精神的空虚和崇高之美的缺乏。有两个特点，年轻的好露，年长的作嫩。

女性好露仍有其美，露得妙便是极美。年轻的女性充满生气，鲜活，灵动，总是美的。然而并非所有的年轻女性能露即美，否则便没有藏拙之论了。也并非越露越美，几近半裸，让一些羞涩的男性投目无处，又使一些放肆的男性馋睛欲吞，影响了观瞻。有露有隐，露玉隐瑕，掩映而乍泄，性感而拒亵。唐是自由的，不过今之女性的穿戴似乎比唐更自由。没有了对公民的服饰的干预，并非就没有了约束。节制致美，所以年轻女性也不能滥用其开放与宽容，以为不露不美，大露大美。

女性通过服饰使自己年轻一点符合情理，然而千万不敢作嫩。所谓作嫩指女性不顾伦常身份和生命段位而使自己的服饰少女化，秋开夏花，冬行春令。作嫩的服饰多是俏款情色，束腰贴体，或为典型的母亲着了女儿装。

青春少女以艳装行世，不但美，而且是遥远的繁殖意志和繁殖策略向其发出了命令，它标志着神圣的性爱季节来临了，可以求偶孕育了。嫁妆为什么那样红？新娘为什么要穿戴盛装登场？在这个古老的仪式背后，是更古老的女性以肉身之美，获得了一个男性并要摄取其基因的象征。自己所在种族的延续和提升是何等艰难，美之肉身是不能轻率献出的，何况青春难葆，肉身也不会无穷无尽，所以必须严格选择。一旦确定了要谁的基因，便当盛装上阵，因为这时候女性会把肉身之美焕发到顶峰，甚至血液奔流，把出产生命的器皿泛红，以鼓励她的王。嫁妆是在庆祝一个胜利，也是繁殖任务开始的一种典礼。

然而年长的女性以艳装作嫩是什么意思呢？除了获得一种虚妄之美，便是大显其怪。她们往往会使男性发怵，生畏，规避不睬。争艳就是争风，隐含着抢夺基因。作嫩的女性在行世之际，也会吸引并诱惑一些游移漂浮的眸子，不过这仿佛蝴蝶昏头昏脑地落到了五彩缤纷的塑料上，自己要白忙，并终究给塑料一个空无。作嫩的女性多少会分散男性的注意，并妨碍或拂乱美少女充满意义的性爱，也许还会干扰繁殖策略。女性作嫩，是性爱在青春期以后不能酣畅实现的曲折反映，当然也有生理的原因。然而作嫩不美。返形为妖，回光如魔。

年长的女性，当从服饰的棉麻丝毛里和锦纶涤纶里拧干所有佻巧的水分，以显示一种经验，智慧，庄重，高雅，权威，勇敢，这才是一个成熟女性的美。年长的女性显然能够养成完全属于自己的独特之美。如斯成熟之美，是自己过去所没有的，也是任何青春少女所没有的。成熟女性应该有成熟女性的服饰，它自具其美的格调，就是让艳或娇，渐渐聚敛，浓缩，并凝结在贵重的质地里，得体而个性的款型里，豪华而富丽的颜色里。

女性在生儿育女以后，美若兰花一般的肉身难免耗能而糙，逝芳而黯。色随岁衰，也势在必然。惆怅，沮丧，窃为体叹。然而不必以艳装玄幻肉身，也不要想着守美若初。肉身的现实充满了伟大与光荣。人类应该向年长的女性致意，诚挚地表示敬仰，因为她们为人类做出了贡献。她们就是母亲。她们把自己所有的肉体之美融化在种族的进化之中了。伟大与光荣的母亲万岁！

二〇一〇年七月十一日于窄门堡

原载晶报.2011年3月9日

# 送曹伯庸先生远行

曹先生2011年4月20日逝世了。在道理上，人都是要走的，这很正常，不过在生活中，一旦有人走了，尤其是值得敬重的人走了，往往还是感到突然。对曹先生之殁，我就是这种感觉。

曹先生是书法家，学习者多，慕名者众，然而我不秀书法。我和曹先生认识，是陕西师范大学文学院教授阎景翰先生介绍的。阎先生精通文章之道，待我向以惠亲为德。他和曹先生都是礼泉人，少年同窗，长期同事，晚年同乐，素为知己，因为从来是莫逆于心的。

由于如斯关系，我在1991年获受曹先生所篆印章。在温润的寿山石上刻以劲逸俊气之字，令我十分喜欢。其色如蜜，其质如玉，使用印章之前，我每每会反复欣赏，一再把玩。到了1996年，我有活动到香港去，想着也许可能相晤董桥先生，遂预备了曹先生的两幅作品，一是王维的诗，一是杜牧的诗。风格既流动，又闲静，既坚毅，又内敛，我以为从长安带来的礼物就当如此。可惜董桥先生当时在美国，竟无福消受。返回深圳的时候，我便送了一幅给同学，剩下的一幅我收藏了。

　　得曹先生之桃李，报他以什么呢？我两手空空，唯一腔敬爱。有一次，阎庆生教授电话询问能否给曹先生出版一部书法作品，我勃然兴起，然而实际上心有余而力不足，因为一个编辑是无权定夺如是重要选题的。不过我设法推动，遂约了社长与曹先生一聚。曹先生置了晚宴，氛围也融和，遗憾卒无结果。我怀有耿耿，便一直难见曹先生。离开出版社，投身陕西师范大学的工作，遂共游校园，是天赐了转机，以礼应该登门向曹先生报告一声。曾经想与阎先生一起去，或是与年轻的朋友一起去，然而徘徊犹豫，终于未见。几个春秋一晃而过，不等我致歉，曹先生竟突然远行。

　　在我的印象之中，曹先生有幽邃而锐利的目光，他不但能甄别版本、书法和绘画的真假，而且也能发现人的实伪和高下。他的作品是有价值的，不过自己始终不强求你一定付他多少，他完全达到了这样的高度：你按标准给也行，你多给也行，你少给也行，你不给也行，总之，他不伤你，不绝你。曹先生显然是中国传统文化熏陶出来的一个人，他行的是君子之道，其深如兰，其素如菊。当今之世还有这样的贞士吗？没有了，它连产生这样一种贞士的土壤也没有了。

　　在曹先生的遗像前我烧香三根，送他归天，不哭。但比曹先生年长两岁的阎景翰先生却泣下两行，老泪涟涟，让满堂唏嘘不已。

二〇一一年四月二十二日于窄门堡

原载文化艺术报.2011年4月27日

# 油菜花

油菜花为什么不是红的或紫的？为什么它是黄的？之所以它有金黄的花才可以榨出亮黄的油吧！这是从小时候我就想的问题。

汽车向南，出了秦岭最后一个隧道，进入汉中辖区，到处都可以看到油菜花。旧房边，破庙边，黄的小小的一畦，有一种珍贵感。土地平旷，黄得无边无际，有一种豪华感。三面环山，当其缺口为漫坡，黄得便有了立体感，像交响乐的旋律。

这几年清明之际，汉中到处都是西安人，宾馆爆满，一床难求。在欣赏油菜花以前或以后，他们多会争先进饭馆吃一种调有辣子和辅以豆芽的面皮，热的凉的皆备，不过西安人好食热的。

一旦刘邦为汉中王，汉中其城就腾声历史，名响天下。沿江而居，遂幽静，秀气，雨润尘抑，蔬鲜鱼肥，男容俊，女姿媚，可惜昔日有秦岭大阻，往返不便。修了高速公路，距离缩短，四个小时就能畅然到达。不过汉中其城也推墙拆屋，筑通衢，盖高楼，那些总使人留恋的梧桐树下或芭蕉之间的茶摊便悄然匿迹，那些斜檐灰瓦的民宅，更是所剩寥寥。有一条银河大道，显然属于提升形象的，两旁移植了一色的银杏树，枝杈之间，缠电线，悬电灯，晚上白光如水，沿其圆管忽然下泻，循环反复，造成一种时代的气氛。

我带着儿子穿越汉水，到农村去欣赏油菜花，司机说："过去就不用远跑，今天盖了高楼的地方全是油菜花。"

把十岁的儿子拉到油菜花跟前，给他指认光滑的杆，披针形的叶子，花，沙粒一般的果实。大地上的知识比课本上的知识当然又饱满又可靠，然而学生几乎年年在作题，月月在作题，昼夜在作题，到田野去的机会极少。香气浓郁，有蜜蜂嗡嗡地飞着，翅膀像油菜花一样黄。遗憾儿子兴趣平淡，心不在焉。不知道他想到何处了，竟突兀地问我："这是不是转基因产品？"

油菜花之间往往是麦苗，有风掠过之际，绿浪便推出了黄浪，寂寞的田野骤生动感。油菜花之间也会出现一垄育秧的黄壤，丈夫与妻子在并肩碎土，以准备蓄水种稻。问："为什么不到城里去打工？"说："自己觉得怎么好就怎么生活吧！"田野蕴藏着哲学，这是孔子的发现，不过那些专家和教授似乎都喜欢在古纸堆里或资料库里搞研究，终于两手空空，只落得一头白发，半腔牢骚。我的故乡就在田野上，春天曾经也有大块大块的油菜花，不过现在地已经被征，民宅正在搬迁，既无麦苗又无油菜花了。我见汉中的油菜花灿烂如笑，固然欣快，不过也稍存伤感。小路从油菜花之间蜿蜒而出，有姑娘提着篮子款款而来，头发烫染，服饰时尚，没有一丝的稼气。当然也有彻头彻尾的老头赶着老牛走过油菜花的，这让我不禁喟叹小路之长，民生之艰。
隔水望过去，或是隔着疏落的一片白杨望过去，随势起伏的油菜
花似乎是一种幻象。夕阳斜照，晚霞空明，凡房子高高低低，几
乎都是白墙方窗，红门尖顶。这样的农村静卧在油菜花之间，有
一种自然打上了劳动烙印的真实之美。

二〇一一年四月五日于八号楼学生自习室

原载人民日报.2011年5月14日

# 学生是老师的衣食父母

在我年轻的时候，也并非没有出现通向显达的路径，只要稍加委屈，未必不可以混迹于富贵圈子，不过人生呈现转机之际，我还是选择了大学，做一个老师。

非常喜欢这个工作，甚至小有得意，因为此处适宜我的天性。空间大，足以避免磨擦，以守护一份清静和干净，必须持续地增加知识，所以大享读书之乐，有比较多的言论自由，能感到一种尊严，尤其是学生坐在面前或绕在身旁，会明确地意识到一种被关注和被需要。偶尔窃想，当一个大学老师，自有其幸福。

我出生在农村，成长起来，是一路得到老师的扶助的。当时他们没有任何功利目的，更不存在一点交易。几十年过去了，现在我仍享着那些扶助所带给我的润泽，我也永远保留着对他们的感恩和敬意。如斯精神之互动，仿佛有脂膏垫饥，或是在江岸和林间呼吸，强我之骨，养我之气。

也许受其影响，也许良知难灭，我从来不敢怠慢学生。凡讲课，一定充分准备，而且教案细得不怕有人检查，甚至希望有人检查，以发现我的精益求精。可惜大学就是这样的环境，它几乎无人检查，更无人监督。它靠的是一种自觉。支撑一个大学老师的，关键是道德。我坚持不但教案要精，而且讲课不能迟到，不能早退，也不能让学生产生厌倦，使学生卒无收获。当然我也不威震学生，相反，我允许学生进出由己。对学生也当有求必应，除非是自己真的不知道，难以办到。即使如此，也要给学生提供一些经验，因为老师比学生毕竟还是经验丰富一点。学生是老师的衣食父母，把自己的肩膀拿出去让学生踩，以使他们攀登属于他们的高峰，理所当然。这很正常，我相信我周围的老师多会如是为作。

一个月以前，我答应博观读书小组的学生，愿意参加他们的活动，但此间我却遭遇丧父失怙之恸。情绪日日沉降，遂把所有的交际都推卸了，然而决计不取消学生的事。这一天恰恰是父逝的头七，尽管如斯，我也按时赴约。也就在这一天，发生了一件让我回味的事。我走近教学楼之际，有学生鞠躬双手递我100元人民币，说："老师，这是博观读书小组的心意，谢谢你！"我拒绝了，说："这个钱我不能收，因为大学发给老师的工资和津贴，已经包含了今晚活动的报酬，甚至包含了老师对学生所有的传道、授业和解惑的报酬。"学生的双手缓缓地放了下去，但他的眼睛却冒出了泪花。

实际上我是一个在有时候很是生猛的人。我不玩虚伪的高尚。我就是这样想老师之道的。2006年，我一本关于大学生活的书得以再版，在其序言中有一段我如是表达：

我以为，在现在这么一种国家与国家激烈竞争的世界格局之下，在现在这么一种重物质而轻精神的气氛之下，为了中华民族的长远发展，教育应该以学生为重，以学生如何做人，做怎样的人为重，老师次之，学术为轻。

云南大学尹晓冰先生认为老师全力投入教学是一种毁灭，而且这种投入教学的人往往只是在大学金字塔的底部。大放厥词，很好，我捍卫他的权利。然而我不同意他的观点。他向学生炫耀自己的车和电话之举，也显得有一点狂，其本质是浅薄，不过这也不足为怪。时代的河流上常常会泛起一些不洁的泡沫，然而船也会破的，何况是泡沫。一代一代的富贵都秋风扫叶似的转瞬即逝了，而且富贵的浮华将继续迅速地闪过。在有人存在的世界上，惟有馨香会袅袅于怀。可惜对此，浅薄之徒不懂。

二〇一一年五月二十四日夜于窄门堡

原载华商报.2011年5月26日

# 告　别

爸，我们即此向您告别。

我们村里的本家人多来了，村里您过去的交游也来了，您单位的故知和3507社区的主管都来了。亲戚不分远近，能来的全来了。您的儿女与儿媳、女婿，率其孩子都站在您的身边。我的老师和学生也来了，我的同学也有来的，我的朋友当来的都来了。宜之在外读书，来不及，不过她爱爷爷。

我们即此向您告别。大家知道这是您的生命里程的最后一站，遂放下手中的工作，送您永归。请允许我代表您向大家，也向这几天在灵堂前为您上香的及其呈送了花圈的我的领导、同事和朋友，表示由衷地感激，并为了您，谨记所有吊唁者的悲情！

您将见到我的祖父祖母。多年以后，我也要去见您。今世我们是一家，但愿来世我们还是一家。如果还有什么事情在这个世界上我们不便透彻交流，那么在另一个世界里我们敞开交流吧。

怕我的母亲出现不测，没有让她到这里来向您告别。有一次，您对我说："没有你母亲，我早就完蛋了。"确实如斯。尤其令人钦佩的是，我母亲在罹患重病的情况下照顾了您十年。请您放心，我们会善待母亲的。总有一天，她也要去见您。由她通报您走了以后，她的生活情况吧！

爸：越是临近生命的终点，您的生命意志就越是展现了峥嵘的面目。得脑溢血之后半身不遂二十年，不管步行多么艰难，您始终拒绝拐杖！再犯脑溢血，您就像一棵已经伐倒并横在田野的老树，然而您总是反复地从树端上和树皮之间长出绿芽！尽管死神到底战胜了您，不过您也一定让它领略了您的厉害。爸啊，您的生命意志真的让我增加见识，也使我恢复了自16岁反抗您以来曾经模糊了的对您的敬畏。我能意识到这是您留给我的一份十分宝贵的遗产。在我的怀想中，久有您生动的音容，直到我去见您。

即此告别了！爸，您放心走吧！

二〇一一年五月三日于三兆

原载文化艺术报.2011年6月15日

# 阆 中

阆中的得意，在嘉陵江经过锦屏山之际划出一道水弧，浪打石头，沿岸就成为一个渐渐开阔的扇面，其城便于斯发展起来。

白塔山应该是阆中的制高点，顶端一座白塔。我在九层的窗口凌空而望，只见其城的建筑在西北一隅都是瓦房，大约占全城的三分之一，为老城，在东北一面是多姿多彩的楼房，有几幢竟争上而起，耸入云霄，大约占全城的三分之二，也许还多，为新城。嘉陵江环城而流，水大不清，浪平致静，有一只船缓缓横渡。在为近乎100万人提供了庇护的建筑的边际，是扇面的末尾，岭断岭续，万象皆绿，空明物晦，千光尽照。

从西安坐汽车十小时到阆中来，不过是要换境迁思，游目骋怀，以减我恼。吕刚知道我好古，便推荐了其城。他也牵挂着我，遂在2011年5月15日上午10点32分发手机短信问我：阆中之行如何？当时我正在白塔山远眺阆中周边的群峰，就复他：这几天一直读拉什迪的小说。今晨登临白塔，一览阆中大貌。之后欲往城中去，走马观花。明晚到家。安分守己，略无兴奋之闻。

阆中在战国时代是巴人的国都，公元314年就设县，这显然让我追思。在历史上兴风弄潮的有齐人，楚人，燕人，韩人，赵人，秦人，终于以秦人统一天下，成永久之议。然而生活于江山之间的巴人不以乡小，不以壤僻，也尝有自主的希望和行动，使我敬佩，并催我观察阆中其城。

我多在老城区徘徊。这里街道铺石，墙壁刷白，柱子之色尽是绛红，难免让我怀疑屋之老。然而阆中人告诉我，确实是老屋，只不过有所改造而已。瓦房基本上都很低矮，顶斜呈灰，檐翘而短。也有阁楼，皆是松木所造，散发香气，可惜不能隔音，会泄隐私。穿纬过经，只有几家以老屋为室，居者无不苍苍其发，或低头静坐，或围锅做饭，虽然看起来有一点孤寂，但他们却并不觉得谁面生就惊异谁。绝大部分庭堂都为门肆，卖饭，卖醋，卖食品饮品，卖古玩，卖药，有的开了诊所，有的盆陈足浴。经营门肆的或是户主，或租赁出去，不过掌柜的仍是阆中人。客栈常飘一面旗帜为标志，在淡季，50元人民币一个标准间，很是便宜。有一晚我宿客栈，算是体验，感觉新鲜，不过稍欠踏实，其隔壁或板下有声，使我辗转不得安眠。离店向老板控诉，老板浅笑软语，搪塞而过。老板是女的，比我进店的时候截然随便，竟一直置身于床，只挥手，不抬头，鼓舌之际有白牙闪现，遂使我产生一种轻佻的温暖。我看了秦家大院，此为民国一个富商的宅邸。门厚槛高，院子沉陷，以砖墁地，取聚财之意。房高而屋不宽，庭连而气不敞，但柱子却按图而立，没有一根不挺拔，让我想到嘉陵江两岸的森林。我买了5元人民币一张票，可以看前后两进房屋，遗憾都有饮者划箸劝酒，其起坐喧哗，不能细观。我算匆匆而过，不过卒以饶有兴趣地试了试一个木制的鞍椅才作结束。李家大院，陈家大院，或别的什么大院，也许更豪迈，然而窃以为它们大同小异，都是中国传统民居，有其贯通的建筑理念，遂逾其门槛而未入。

但阆中的贡院，我却是认真地看了一遍。所谓贡院，就是清代进行乡试和会试的场所，通过在此的一套程序，以把符合统治阶级需要的优秀之士推荐给皇帝。阆中的贡院有巨大的匾，进了龙门，见明远楼，再进至公堂，两侧为外帘，之后为内帘，各有文章。应试者所居为号舍，处贡院两旁，环环相连，形如长卷。一个应试者一间号舍，其入内就封栅，待交卷之时才打开封栅放其出来。号舍大约只有三平方米，在此答卷并食宿，也真是艰难，然而几百年，上千年，中国的那些希望建功立业或光宗耀祖之士，多通过这条途径在奋斗。我若生在清代或之前，那么也可能会进入号舍，盼进士及第。贡院没有一棵大木，有树皆小，显然是才种了几年的。不过这里收集了丰富的科举资料，我注意到1904年是清朝的，也是中国的最后一次科举考试，在其进士名录之中，陕西人寥寥无几，让我既羞愧，又恐慌，虽然我并未参加当年的考试。贡院当然也在阆中的老城区。

新城区挨着老城区，仅仅一墙之隔，或一路之隔，然而这里光色斑斓，声气喧嚣，有人世之熙攘，甚至晾晒在一些楼房阳台上的袜子也让我觉得亲切。我不禁转身闯入一个菜市，畜肉禽蛋，活鱼鲜果，摊位相连，汪洋一片，是过分地热闹和拥挤了。急忙退出，只见一个老者伸长瘦手指着他的葱、豆和菠菜说："一元一把！"我自言自语："太便宜了，太便宜了！"老者误会了我的意思，问："你觉得多少钱可以拿你就拿！"我说："抱歉，抱歉！"落荒而逃。新城区无处不是商店，卖面包，卖女装，卖童装，卖首饰，卖化妆品保健品，门肆不大，玻璃明亮，具现代性和流行感。榕树粗，荫翳广，银杏树高，枝条疏，叶子朗，车通不堵，人行不急。城虽然小，不过有都市的派。它还很湿润，一瞬我觉得自己是在南方，一瞬我觉得自己是在北方，听其方言，遂明白是在四川。

阆中的男人属于秀板，倾向于肉少皮薄，然而不失精干，可惜少见具白领风度的帅哥。在老城区修路的男人，几乎都是五十岁以上的。我在新城区接触的男人，有出租车司机，三轮车司机，受理机票的，其多操方言。依着嘉陵江尽是茶馆，当地男人喜欢在这里打牌，头脸攒动，一片闲逸。阆中的女人忙忙碌碌，无处不在。这里的生活显然是由女人主导的，所以其城也弥漫着一种阴柔味道，只是女人都偏大。除了女孩，多是母亲，所以其城更有一种母亲的味道，很是宽容，也很是落寞。我在一个大风歌茶馆泡了三天，读拉什迪的书，服务员两班一例，都是近四十的女人。她们曾经随自己的朋友或丈夫在别的都市打工，由于孩子大了，需要照顾，便回到阆中，不过丈夫仍在外面。有一个女人对自己的丈夫似乎颇为依恋，不过路远难逢，大约春节才能团圆，竟顿生嗔怒，仆卧长条凳上，以衣蒙脸哭起来。旅馆和餐馆的服务员也都上了年纪。在邮局、车站和医院上班的女人，其年龄也都偏长。我投宿的时候，徙倚老城区的街道，偶尔有女人悄然向我招手，我知道那里并不是在公安机关注册的客栈，遂垂目而去，不过她们留给我的印象也近中年。有几家壮丽的歌舞厅，不知道在包厢工作的女人怎么样？然而阆中女人一般都白皙，皱纹也浅，显得很是年轻。

　　阆中文化总体是封闭的，当为自我循环，自我提升。它与成都和重庆都比较远，跟西安更远。它周边的四川人有可能选择到阆中去打工，不过这些人几乎都是农民。阆中人有可能选择到别的都市去打工，他们一定多是青年，甚至多是帅哥靓妹。在快速的社会发展进程，阆中似乎缺乏青春的推动。这里的山水固然美，然而其城是孤独的。关于如是体会，我将请教曾绍义先生，他是教授，学者，是一个相貌方正而体魄刚烈的男人。他的故乡就在阆中，也是他建议我仔细看一看贡院的。

　　曾绍义先生是我的朋友，吕刚也是。在阆中的那几天，我形单影只，不过一旦想到他们，就觉得我有他们陪伴，虽然他们互不相识，各在异地。阆中最有情调的地方是嘉陵江沿岸，阆中人显然也最喜欢这里。夕阳斜照，远山为轻，近山为重，碧草融化着蓝天。学校下课了吧，少女一堆，少男一堆，走一走，停一停，或凭栏私语。老者在悠然地散步，累了便会寻找一个台阶坐下休息。我夹杂其中，完全是一个生客。风摇波荡，汀线残红，自感到处伤心，自问乡关何方，遂在黄昏降临之际发出指示：吃一条阆中鱼，明晨回家。

二〇一一年五月二十二日于窄门堡

原载秦岭.2011年春之卷

# 我想看见你的笑

我在北京目击的一幕让我十分惊诧，也久久回味。一个妇女走近天安门东侧的孔子像，瞻仰之后左右徘徊，似乎所思在胸，有言要发。

果然她退却三步，望着孔子像说："孔夫子，你恭而安，温而厉，威而不猛。不过我想看见你的笑！你为什么不笑？为什么不能朗朗而笑？你笑才更显你的性情，更显你的可亲和可爱！"

她顿了顿又说："把妇女与小人归为一类，是你永远的污点。当然你也有你的伟大，不过因为这一点，凡有自主意识的天下妇女多会质疑你。当年你究竟见还是未见南子？实际上见了又何妨？对此子路有什么不悦的呢？你欠妇女一笔账，尽管你曾经遭遇批判，然而这一笔账还没有清算！"

有人围过来，骤然拥挤。妇女继续说："你在骨子里是反对人民参政议政的。你的观点'不在其位，不谋其政'，就反映了你的心理。在今天，你的思想显然缺乏现代性了！"

人虽然多，然而周边一片安静。妇女又说："你的直道就是所谓的，父或子偷了羊，父要为子隐瞒，子要为父隐瞒。如果以此教化，那么社会怎么进步？你真的缺乏现代性！"

　　妇女略有缓气，接着说："'邦有道，贫且贱，耻也；邦无道，富且贵，耻也。'请孔夫子解释一下它的意思。中国人民现在怎么践行？"

　　妇女并不顾众人观之，低回盘桓，突然说："你的思想不失智慧，然而中国人民从未因为你的思想过上有尊严的生活！你不是人民的圣贤！温而厉，威而不猛，恭而安！不过我想看见你的笑。"

　　旬日以后，我和北京一位朋友聊天，忽然想到这个妇女。朋友说："她不一般。不过孔子像搬了！"

原载西安晚报.2011年9月6日

# 瓷的陈炉

铜川无铜，不过有煤，存之于地下。清是小挖，民国是中挖，到了共和国，需要得多了，当然是大挖，如此一百年二百年下来，地下的煤遂空了。但铜川却成为一个城市，而且想以读书作其特色。于是我就在此有了一个读书的报告。

陈炉产瓷，久有向往。结束工作，我便欣然到陈炉去。一举两得的事情总是让人特别地喜悦，可惜它可遇而不可求。

坐汽车向铜川东南方向的沟壑走了五十分钟，就是陈炉了。四面耸山，不过民居向阳，占满了环形的北坡及其延伸一带。闭着眼睛想象，陈炉仿佛斜卧在沙发里，当是宁静和舒服的神态，尤以夹杂其间的古树和菜田，让人产生风光乍泄的感觉。

陈炉进入方志是在明嘉靖，到现在有近乎五百年的历史了，以陶炉陈列而得名。今天它是一个镇：陕西省铜川市印台区陈炉镇。镇并不奇，陕西的镇多得是，但陈炉却并非平常的镇。

一些收藏家对耀州瓷情有独钟，甚至把碎片也视为珍宝。耀州瓷在唐就出现了，为民窑，器物一般都是供普通人使用，然而它的青瓷真是精如玉琢，遂在宋得以晋升为朝廷的贡品。有学者认为，耀州青瓷之美，虽然瓯瓷之艳丽，景瓷之细致，也不能相匹。耀州瓷先在黄堡窑烧制，由于原料枯竭，或也由于蒙古人进行的荡金的战争，后在陈炉烧制。大约从金开始，历经元，明，清，民国，一直到共和国，我来了，陈炉的火仍在烧，其瓷仍在造，无论如何这也是天下之绝了。

当地朋友引领我到王家瓷坊去看了坩土，它是造瓷的主要原料。铜川周边有万千峰峦，然而除了黄堡镇就是陈炉镇有其坩土。可惜黄堡镇的坩土在金已经耗尽，现在，陈炉镇的坩土也并不盛出，沟壑里此处有，彼处无的，难得掘得硕大的一矿。我注意到坩土堆在房角，像剥下的树皮，一片一片的，烟灰色，又薄又脆的样子。坩土要经过风化，磨面，注水，搅拌，使之沉淀，加水回软，从而为泥。泥要熟，当踩，当揉，功夫不足不行。它的成分是铝和硅的氧化物，可塑性和黏结力皆强，也耐得高温。王战军高高瘦瘦，四十不到，三十有余，握有以手拉坯之术。当地朋友就是想让我欣赏一下他所继承的传统技艺。只见王战军抓了一团泥放在转盘上，让其飞旋，左手渐渐伸过去稳住泥，以右手的大拇指侧旁给压，使泥变形，须臾之间，便挤出一只碗。

耀州瓷或是黄堡窑，或是陈炉窑，凡碗，盘，碟，盅，盏，盆，瓮，缸，坛，壶，盂，灯，枕，足有1400年都是这样以手拉坯，之后晾干，上彩，剔花，划花，绘花，装窑，封窑，点火，烧窑，验货，开窑。釉有青釉，姜黄釉，酱釉，茶叶末釉，白釉和黑釉。不过还是青釉杰出，其透明，润泽，有蓝天碧海之灵动，难怪收藏家总是刺探它的消息，像狗一样湿着鼻子嗅而觅之。

瓷为器物，虽然是使用的，但它却也反映人的精神追求。女真人好以鱼装饰，蒙古人好以马装饰，汉民族好以草木装饰，尤以梅、兰、菊、牡丹或竹为至爱。器物上的字更含时代信息。民国有：革命尚未成功，同志尚需努力。共和国有：抗美援朝，为人民服务，毛主席万岁。

陈炉在明清之间进入了辉煌和鼎盛。当时从山麓到山巅处处是陶炉，夜而远望，火长火短，莹然一片通明。资料显示，陈炉人一度曾经有八千户，分为瓷户，专营拉坯，窑户，专营烧制，行户相当于批发商，贩户相当于倒卖者，足见陶瓷业之兴旺，大有熙熙攘攘之气象。不过任何事情有辉煌也可能有黯淡，有鼎盛也可能有衰落。陈炉的陶瓷业便是这样。有笔记为证，到了民国，陈炉人只剩下八百户，确实是一种锐减。我不禁问，这里为什么人少了？他们从哪里来，又到哪里去了呢？然而因为陶瓷业的发生，这里毕竟形成了一个镇，而且古老的陶瓷烧制技艺得以延续。如斯也是安慰吧！

我在陈炉上下回环，左右盘桓，所见悉为长者，或两三围坐，或一二独立，无不像闲静，又像沉默，也像是无聊。民居跨梁弥沟，统统以砖圈窑，随窑筑屋，便显得十分奇妙，甚至神到了绝无仅有的程度。散漫数里，掩映千窗。适陈炉之前，有作家便形容这里的房子在崖畔层层叠叠，状若蜂窝，走了一趟才确认斯言之诚。这种格局的民居在湾里显得更是典型。我数了一下，从山底至山顶，房子依山累加，二十六层是茫然的高线。参差为叠，所有低一层房子的平台都是上一层房子的庭院。二十六层的庭院之上恰是天光。

进入陈炉我便觉得干燥，是因为这里处处都是窑，还有烟囱，尽管今天只有零星的几窑仍在烧瓷，别的窑都灭火了，不过凡窑无不让人感到烫，感到烤，虽然它们早就冷寂了。不但干燥，而且空气里也弥漫着一种陶瓷的气息。匣钵是装坯以保证器物不受毁损的，然而烧几窑它自己便会坏。千百年以来，陈炉会有多少废弃的匣钵呢？真是不可胜记。匣钵就是筒子笼，也就是一种半陶半瓷的罐子。陈炉人没有随便扔掉罐子，相反，他们用罐子垒墙，又干净，又呈现一种别致的美。他们还用瓷的碎片铺路。在陈炉，到处都是用罐子垒起来的墙，到处都是用烂瓷铺成的小巷。门前也总是放着瓷墩供人休息，有的还以瓷禽瓷兽装饰其家。干燥只不过是一种幻觉而已，但有陶瓷的气息弥漫在空气里却是肌肤的感受。

我母亲的一个枕头，白瓷蓝花，1958年造，陈炉出品，是我小时候反复抚摸过，在炕上当马骑过的。小时候我不知道陈炉在何处，更不知道瓷的枕头是怎样做成的。不期而赴陈炉，见识的是文化遗产，触动的是我的心。

二〇一一年六月十日于窄门堡

原载光明日报.2011年10月10日

# 大学女生

以文科为主的大学，女生众若川流水涌，这也是无可奈何的。一年级的女生，其样子看起来往往还显得洗澡不净，智慧不开，然而也如璞玉浑金一般富于率真之美，并潜藏着连城敌国的价值。

我教过的，有三个女生想起来颇有意思。

一个女生是文学院的。一天她和我在楼道相遇，依墙而问："老师，上课我想发言，就是害怕哪，所以不敢举手。"我说："最多是观点不对，不对也属于正常，有什么害怕的。举手就行了！"学生平常的表现，在考试的分数之中占一定的比例，我知道此女生不愿意因为上课鲜见发言而拉低分数，当然也未必像我猜测的这样功利。总之，我注意到她仍没有发言。有时候她眼睛急眨着，忽然圆睁，脸也顷泛红晕，似乎跃跃欲试。我便以目光鼓励她，然而终于仍不发言。几个星期以后，下课了，她在教室门口问我："老师，真的害怕哪！不敢发言怎么办啊？"我说："万事开头难。不过有一就会有二，你放胆举手一次，我叫你。"可惜一年下来，她始终未发言。我非常理解她的煎熬，也怨我没有教会她举手。她是从山东来的女生，颀颀长长，苗苗条条的。

一个女生是陕西的，属于物理专业，选了我的写作课。一节课毕，她过来说："相恨太晚啊老师！我非常喜欢你的课，也爱好写作。"不久她还递上了自己的文章，确实不失文采，甚至积极发言，竟会抢基地班学生之先。但在其形象昂然树立之后，她却常常偷看小说。在我的课堂上，还从来没有如斯杂姿。我想让她出去看，怕伤她，便忍了。考试交卷之际，她俯身说："老师，很遗憾呀，以后没有你的课了。"

一个女生江珊，白白净净，自黑龙江来，在国际汉学院读书，上了我一个学期的课。好问，爱发言，还申请过一个研究项目，探讨张爱玲小说的，让我当指导老师。当时她和自己的搭档邀我在学校附近的雕刻时光咖啡屋见面，我略有建议便散了。几年以后，江珊手机短信告我，她考上南开大学的硕士研究生了。离校之前，她邀我一聚，遂定原地，雕刻时光咖啡屋。太忙了，我进其店已经晚了二十分钟，大约近午夜十点了，她孤桌独身地玩着手机。看到我便站起来，粲然一笑，举起一束花送我，说："老师，这些花都是我买纸做的，有桃花，百合花，向日葵花。向日葵花是我用六个小时做成的。"我颇为感动，然而不想动其声色，只轻轻说："谢谢啦！"江珊明天办离校手续，后天返家。我们交流了一些关于选择硕士研究生导师的问题，是否要读博士的问题。女生院十一点关门，遂按点再见。携花夜行，当然会引目光过来，这种反应，使我心里一片澄明。在天坛西路上，一个乘凉的少儿突然从躺椅上坐起来惊呼："花！"便伸出手想摸一摸。我怕弄脏了花，赶紧说："有刺，有刺！"他遂悻悻收敛其手。

这个时代的青年都不易，女生尤难。祝福我的学生都能收获有尊严的生活。

二○一一年七月六日于窄门堡

原载渤海早报.2011年11月11日

# 挣扎与升华

　　有时候会想到赵丰，觉得他非常孤独。渭河两岸有数十位作家，他是距秦岭最近的一个。居小县城，很古老。可惜深具地名文化的鄠县，一旦简化为户县，便不堪其陋了。在这里他读书，写作，有多种小说和散文行世，以改变中国人的心。

　　我和他是怎么认识的，何年认识的，都变得朦胧了。往来不频，甚至有几年不曾相聚，几乎是淡忘了，然而蓦地交游增加，朋友得可以作思想的沟通，但我却始终不清楚他的经历，未问他。大约参加过上山下乡运动，以后考学，在中学执教，在政府部门工作，终于都在其小县城，不过他能螺旋上升。于斯环境，他孜孜以求于文学艺术，显然艰难，而且孤独。小县城是一个坐标，他是其中一个游动的点，倾诉着，批判着，也歌唱着。偶尔耳闻他一声叹息，几腔牢骚，便肚明他与环境不入，甚至摩擦。不过这无关具体的利益之争。他的孤独就在于此。中国人都处于挣扎之中，赵丰的挣扎是精神的挣扎，一半以尘埃，一半以澄明。不经意打电话过去，会有麻将之声隔空而来，知道赵丰那时候在过着小县城居民的日常生活，然而放下麻将，他就当开始写作了。挣扎归挣扎，谁不是在挣扎呢！但赵丰却不会堕落。

实际上他一直在升华，其作品的数量可以证明这一点，质量更可以证明。他喜欢西方的圣贤。在赵丰的散文中，常常闪烁着他和帕斯卡尔，他和叔本华，他和尼采，他和蒙田，他和卢梭碰撞所产生的火花。沉思和感悟给他的散文营造了魅力，也有了分量。那些不失高贵的火花，不但照亮了赵丰，也照亮了他所在的小县城。它也将照亮芸芸众生的灵魂。我以为它起码有这种发光的元素。地名虽残，但愿一个作家的追求使它变美。

我注意到他的散文在表达上的特点。赵丰的写作思如水流，情似风行，遂断续转换，跌宕跳跃，有的像蒙太奇。读其散文，你不知道下来的景致。你以为林尽草穷，应该止步回头了。然而出其不意，新的景致会悄然出现，而且它往往对应着某种曾经让你兴奋的芳草茂木和鲜花。多思辨，富理趣，遂使风格悠远而遒劲。语言也很从容和平静，仿佛河里的白石和坡头的羊。

二〇一一年十一月八日于窄门堡

原载金户视野.2011年11月28日

# 在北京论汉

岁末一场雪，岁首一场雪，都不很丰厚，唯在树根草坪壅成小堆，路上的雪是随落随化的。然而空气湿润了，西安干净了，眼睛鼻子都感到了舒服。

想到那年元月在北京论汉的事，颇为有趣。当时我羁旅其城，恰逢大雪，虽然骤降骤止，但喜悦却弥漫北京。晚上我陪谢兄请陈君喝茶，室暖言欢，茶味醇厚，窗含玉树，冰凝成晶，偶闻街上的一声半声问答，似乎世界注满了和平与安详。

不知道怎么一下就切换到了论汉，陈先生说："天下汉水出陕西宁强的米仓山，东流而去，在汉口汇入长江，流至大海。秦惠王置汉中郡，是以汉水为名的，汉中虽小，足以让刘邦为王。汉王由此发祥，建立了王朝，国号为汉。汉有皇帝24位，统治406年，遂能大拓疆土，广营邦交，从而以汉人呼中国人，以汉城呼国都长安，以汉族为中国的主体民族。"谢兄兴奋地说："汉也在中国地理之中多有出现：湖北有汉口和汉阳，湖南有汉寿，宁夏有汉渠，四川有汉源。当然，陕西不只有汉中，还有汉阴。"陈君接着说："随着汉王朝的影响，便有了汉字，汉语，

汉学，汉音，汉调，汉剧，汉宫秋，汉赋，汉乐府。这些都是
文化上的遗产。"谢兄说："书法上有汉隶，金石上有汉印。"
陈君说："在神话上，汉有游女，汉是银河，汉钟离为八仙之
一。"谢兄说："中国历史上素以汉称男子，所以好汉是英雄，
大汉即彪悍。"

　　陈君慷慨兴叹，神采奕奕，谢兄面白如银，渐起红晕，不但
愉快，而且当颂不让，我遂以听为乐。一旦他们捧杯品茗，我
便说："唐人赞汉水的诗，也有清词丽句可以欣赏。"他们说：
"你背出来欣赏一下吧！"我便朗诵了几句，他们是王维的：江
流天地外，山色有无中。李白的：横溃豁中国，崔嵬飞迅湍。杜
甫的：片云天共远，永夜月同孤。

　　今晚西安静卧秦岭之下，月白如雪，雪白如霜，风凌成寒，
不过想到北京论汉之夜，遂有馨香之感。

二〇一一年一月四日夜于窄门堡

原载国家电网报.2012年2月3日

# 百年西安方志一览有感

方志之美与国史之美相似，在乎不隐恶，不虚美，文约而意丰，足以资其政，嘉其俗。难矣哉！

观民国取代清，共和国取代民国，皆以暴力而得。上溯几千年，或在十三朝古都发生的权力更迭，也多为暴力所催生。逐鹿总是让人民遭殃，这不仁，也不智。文明似乎也有不文明。于一国之内采取军事行动，在遥远的岁月还可以理解，在近代与现代就当反省。反省便是谏其来者。

西安显然是一个负有使命的城市，也从不推卸自己的责任。亡清之际，西安是积极的。灭民国之间，西安也大有作为。20世纪的经济建设，西安的纺织和精密机械也为中国贡献颇丰。徐步市长引进了法国梧桐，张铁民市长修缮过城墙，功德犹在，并应和着发展的需要。

西安也作出了牺牲。1926年的守城与围城，是军阀所强加的，义薄而利私，百姓终于罹难。1936年12月，张杨兵谏蒋介石造成西安事变，其历史的影响和现实的影响皆未见底。周恩来代表一方力量，蒋介石代表一方力量，张杨代表一方力量，共商抗日，周恩来所代表的一方力量卒为大赢。之后蒋杀害杨，囚禁张，似乎有其区分，共产党抚棺葬杨，屡屡纪念，也自有情理。1967年的彼此杀戮当然十分遗憾。西安人应该聪明一点，因为在西安这个地方发生的事情太多了，应该总结一些生存智慧。

既然历史文化在西安厚积而沉淀，那么西安就当赖以发展。任何损害其遗产的为作，不管宣扬得多么烂然炫耀，也要排斥。遗产保护得越完整，西安便越有价值。

国史常记忠臣与奸贼，西安之方志当赞历史文化遗产的保护者，利用者，当贬它的破坏者，妄为者。

西安伟大并光荣，西安不可亵渎！

原载西安晚报.2012年3月20日

# 生活的快与慢

　　生活坐在时间的船上，本是匀速向前的，无所谓快与慢，因为地球如何自转，如何公转，并不厚此薄彼。然而有的人，甚至是一个时代的人，举国且全民，总是觉得时间紧张，终其日月年，匆匆忙忙，手足失措，常呼累死了，累死了，卒以生活之快而不知道生活的美，遂反其思，希望生活慢一点，以在从容之中提升生活的质量。

　　生活之快完全是物竞天择所导致的。科学技术是打入人和自然之间的楔子，它也把人从自然之中分离出来，使人丧失了自在和自得。工业化加速了生活的节奏，甚至人变成了机器的一个部分。全球化，信息化，缩短了人与人的距离，尤其人不得不处于一定的组织之中，集体之中，工作链之中，社交链之中，从而空间局促，呼吸沉闷。在这种背景下，人难免呈奔跑状，从一个考场赶到另一个考场，从一个会场赶到另一个会场，从一个饭场赶到另一个饭场，甚至——这是一个著名学者告诉我的故事：连娼妓也在催着，快一点，快一点，还有客等我呢。

　　生活之快有时候也是必须的。逃避地震、海啸或雪崩，当然要快，扶伤救命，也要快，捉贼攻敌，赛车打球，都要快。然而把要求生活某个辖区之快延伸到整个领域，把要求生活某个细节之快扩充到整个层面，这便使人焦躁。被动或强迫的生活，便烧糊了生活原本蕴含的喜悦，成为病态。

快生活使社会跃进，这在中国尤其突出。高速公路，高速铁路，巨大且豪华的飞机场，汽车之潮，狂风掀海般的楼群，及其既不见尾又不见首的城市化，都是快生活孵化的。当然社会之跃进也蒸发生活的余暇，让人窒息。资料显示，超过73%的中国人休闲极少，有8%的中国人根本不得休闲。快生活潜藏着深不可测的危机，包括人的心理障碍。快生活是否能够通向安全的未来，这是一个问题。希望快生活慢下来，此乃肉体与精神共同的诉求。

越是远古，生活越是散淡和舒缓。也许慢生活效率低下，然而恰恰是慢生活避免了人为的毁灭。慢生活不但把人安全地送到了今天，它还贡献了丰厚的遗产。埃及的金字塔，希腊的卫城，意大利的竞技场，法国的巴黎圣母院，中国的都江堰，大雁塔，西安碑林，都是慢生活的创造。老子骑牛背入函谷关，进终南山，才得出了关于道与德的思考。孔子坐牛车周游列国，遂有仁之政，礼之用，并在以后为董仲舒所发现，弄成一种刚健的意识形态。李白和杜甫慕长安而来，怨长安而去，一边在山川大地上体验着，一边在大地山川间吟咏着，春润秋爽，风清月白，遂有唐诗之正峰。若李杜及其同道熙熙而来，攘攘而去，那么唐的文章何存！达·芬奇的绘画，米开朗琪罗的雕刻，康德和黑格尔的哲学，贝多芬的音乐，也无不是慢生活孕育的。重要的还是，慢生活保证了大气、环境和食品的安全，使人类生生不息，郁郁不衰。

人是自然之子，慢生活是循自然之轨建立起来的。在石器时代，人以采集和狩猎而生活。春天出洞，到沟沟坎坎去寻寻觅觅，也活动筋骨。夏以果熟，秋以兽肥，遂不辞辛苦，攀树围岗，甚至会夜以继日，因为错过了这些日子冬天就有饿死之虞。冬天到了，雪白冰坚，草木萧条，厥土一片僵硬，人遂穴居以保。过渡到了农业时代，人以耕植而生活。春暖则种，夏热则长，秋丰则收，冬冷则藏。在几十万上百万年以来的漫漫岁稔，中国人是靠天吃饭的，是依赖自然的，其生活秩序是以自然之变化形成的，并应和着自然。循自然之轨建立起来的慢生活，也应和着人的脉搏与心跳，所以慢生活符合人的天性。日出而作，日入而息，欲狂欢便秉烛夜游，睡觉以自醒为妙，慢生活多么让人向往！

混混沌沌，蓦地抬头，竟身陷快生活的漩涡了。快生活也是从慢生活而来的。给其加速的是工业化。全球化和信息化，也为燃烧的快生活添了柴。快生活的特点是，人反复看钟表，甚至钟表上的秒针和分针指挥着人。凡人，不管少壮，不管男女，皆在时间幽暗的隧道里拥挤。真是不爽，不惬意，然而谁也无法阻拦快生活的激流。

　　快生活固然大浪滔滔，不过人还是可以使自己慢一点，甚至昂然成为生活的欣赏者，享受者，否则须臾鬓白，一朝老且退，临终是会后悔的。我也并无好的方法，只不过喜欢解放自己而已。实际上我仍处于快生活的推搡之中，但我却拒做丧家之犬，终日恓恓惶惶，茫然不知道何方是归路，更拒做断头苍蝇。

　　我以为人只有一个此岸世界是不够的，这里太逼仄，为名利阳奉阴违，明争暗斗，甚至太肮脏。必须还有一个彼岸世界，有神存在并能进行末日审判的世界。若如斯，那么人便宽容了，当让就让，当丢就丢，也少其愤。艺术世界比神所主宰的彼岸世界要差一个等级，不过让灵魂游于此也十分高明，言语之劳口，钱财之劳脑，案牍之劳形，皆可以放一放，何乐而不为呢？音噪，尘浮，物欲横流，机关之险，让人烦扰，然而可以向苏轼学习，吹水上之雄风，照山间之柔月，因为这是谁也难以圈占的。收藏几件古玩，或经常阅览一下古迹，它们都是历史之窗，可以借之返望艰辛的来路，人会释怀的。凡此种种，无不能够使生活变得软一点，并慢下来。愿有感应的人不妨一试。

　　当然，我的策略多少有一点复杂，那些终日碌碌之人根本无法体验。我想到了俄罗斯作家契诃夫，有一次，他在西伯利亚考察，碰到一位中国人，见其喝酒一小口一小口地抿着，还把杯子递过去让他喝，喟叹中国人懂礼，尤其掌握着生活的艺术。要善于放弃，用减法生活，便是中国人在如是时代最合适最对症的艺术。1998年以前我便这样看，现在更是这种观点。总之，把要做的事情削一半，一天要做完的用两天做。

天下之人匆匆忙忙，为了什么呢？浮士德由于有魔鬼帮助，要学问，得学问，要姑娘，得姑娘，要权，得权，要海伦，得海伦，并终于得其一种理想的生活：自由的人在自由地劳动。生活若江河，他怕如此崇高之境转瞬即逝，便说："停留一下吧，你多么美啊！"遗憾他给魔鬼有承诺，一旦得其崇高之境，他便颓然而倒。何以耳闻自由的人在自由地劳动，浮士德便逝世呢？我还不明白。不过有两种人，也像浮士德一样希望生活永驻，一是热恋的人，一是当了皇帝的人。不过他们都不具浮士德的伟大，尽管也是可以理解的。生活滚滚，愿人幸福！

二〇一二年三月八日于窄门堡

原载光明日报.2012年5月11日

# 晨游华清城记

秋凉了，开学了，正在上课，范超先生有电话呼我。虽为静音，不过仍看得出手机呈火急状态，然而教学有其秩序，我不能接。下课便见其短信曰：邀请2012年9月14日上午到临潼去游大唐华清城，车接车送，设宴以飨，付报酬，盼赐大作。

这几年，西安如是活动颇繁，以难有佳构，大部我都不愿意参加，然而朋友之情为重，当行遂当行。打动我的隐秘一念是：也许此活动是某某朋友久久岁月中唯一的一次邀请，怎么能拒绝呢？据此情理，对于范超之约，怎么可以推辞呢？于是我就随众作家按点抵达临潼。

临潼的大势，在于其南依骊山，北倾渭水，东淌临河，西流潼河，自己构成了一个玄妙的扇面。从神话时代到石器时代，从周秦汉唐到民国，不知道有多少正剧、悲剧和滑稽之剧于斯演出。当然，种种人物的出场和退场，都是以骊山为舞台的。骊山之奇，在于它一直都未收起舞台，谁要上都可以。

现在轮到大唐华清城了。骊山之阴，古来便有三个峪谷，风鸣水幽，草盛木稀，偶有村子，寂静而荒凉。西安曲江临潼旅游商业有限公司目光独具，胸怀大志，确定这是一片值得开发的宝地，遂购27.33平方公里，以经营为临潼国家旅游休息度假区。其中成熟的一个部分，就是大唐华清城。

我到这里的时候，上午10点26分的阳光已经掠过骊山的顶峰在向阴的半坡等候了。朝晖一照，万物光明，草木泛金。显然，形胜之地发乎岗岭，变之丘陵，化之台塬，卒为平原，尽显动态，也透露了自然之伟力。这里仍有原始的况味，白露黄土，麻雀在飞，然而也蕴含着一种活性，仿佛潜伏着的欲望。路随地转，地老路新，须臾之间，便沿弧旋升，站在一座桥上。

举目远望，灞玄浐素，长安塔高耸青天。环视左右，骊山之阴自东南至西北四梁隆起，三沟深陷。种粮欠产，但其崎岖和起伏却恰恰符合审美之心。当代社会的弄潮儿和策划者，正是以此为得意，要让贫瘠的半坡增值。他们将建设一个招徕四海之宾的绝境，以供其聚会和娱乐，并带动商业。如是构想何等聪明！也许三沟本无官名，也许是嫌三沟之名还带着乡野之味，遂全然磨光，再命。他们兴奋地一一指点着说：那是芷阳湖生态谷，这是凤凰池生态谷，它是紫霞湖生态谷。凤凰大道和骊山大道已经筑成，于是整个半坡就组为一统。我所立足之桥越梁连沟，从此岸跃彼岸。俯察凤凰池生态谷，草小木幼，竹子初植，然而沟底毕竟铺了一段蜿蜒的板径，浪漫和时尚的气息开始渲染了。

大唐华清城为临潼国家旅游休闲度假区所包举，不过它是根柢，其余的是枝干，它是出发点，其余的是延伸带，位于悠久的华清池以北。看起来这里甚为开阔，临着华清池，竟辟数个广场，并以唐玄宗与杨贵妃之爱情相贯穿。春寒赐浴广场塑贵妃出汤像，上为铜雕，下为石刻。贵妃既丰腴，又柔若无骨，遂有侍女扶身。喷泉洒水，一经阳光斜射，便化雾为虹，遂纷纷呼奇，一一拍照。华清广场执意对着华清池的影壁，有铜雕李世民赞颂华清池温泉之铭，金浆玉液，怡神驻寿。此文章的抄本在敦煌壁洞发现，然而文章也许是翰林所作，不过读之很是上口。霓裳羽衣广场有云型支架，上有铜雕，杨贵妃舞之蹈之，唐玄宗目在贵妃，并为她鼓琴，其努力之态显得极为专注，完全是一副将失江山的样子。广场尽为青石所铺，间以草坪和花坛，也有松、柏、女贞。有两堵唐华清宫的围墙，十足的残垣颓壁，甚至仅仅是一些片断。这些遗址凸现于平整的青石之上，孤单而伤感。阳光投放在它们的立面，显出发黄的一层一层的细纹。问："怎么保护呢？会用玻璃罩住吗？"答："正在研究，尚未确定。"我说："保护好，就剩这么一点了！"在华清广场以北的建筑，属于下沉式，半圆形，工人正在紧张地忙碌，以接期作成。巨大的喷泉已经准备妥当，一旦有领导剪彩，音乐奏响，它就会扬波幻化。此为长恨歌广场，是大唐华清城的主题广场。左翼是仙乐坊，房舍仿唐，红柱灰瓦，望之巍然。右翼是华清坊，有街有巷，通园林，也通唐华清宫的围墙遗址，留下了想象的空间。广场之下，有两层楼宇以供商业之用，应该会很繁荣吧！这一切都出自于张锦秋的设计，遂不会流俗，可以放心了。但愿大唐华清城与骊山相映生辉。

　　实际上赋得之题也应该精彩。不管是否管饭，是否付报酬，只要拿起笔，看着稿纸，我的灵感便像猫头鹰在黄昏睁开了眼睛，展翅飞翔了。以此向范超交卷，谨祝愉快！

　　　　　　　　　　　　二〇一二年九月十六日于窄门堡
　　　　　　　　　　　　原载城市经济导报.2012年9月28日

# 交渊明做朋友

　　孔融曾经对曹操感慨地说："岁月不居，时节如流。五十之年，忽焉已至。"是的，一切都像刚刚发生的，有野草萌动而露水浸润一般的新鲜。实际上春秋常转，当知天命了。非常幸运，在这样的日子，我要交陶渊明做朋友。他为诗杰，更是士雄。

　　秋高天澄，怀畅情悦，略阅庐山数景，便携妻儿直抵当年的浔阳郡柴桑县，今之江西省九江县，想看一看先生之墓以行礼。

　　中国的文化很容易使人有志，志存高远，志在四方，甚至会图谋解放人类。也许一个国家应该有宏阔的理想，但芸芸众生却不敢志大，尤恐大而不当。人一旦存改变社会之念，必然频生矛盾，辄陷纠纷，不慎便惹火烧身。人多是在有了一番经历以后才能洞察的。从杂乱的生活之中所提炼的观点未必都是真理，然而它足以修正自己，调度一种合适的生存方式。

　　不知道是否可笑，我年轻时候的榜样往往都是伟大的人。

　　初我景仰鲁迅。江南之行，竟径奔绍兴，因为斯地是鲁迅的故乡。高瞻了三味书屋，遂直入上海，以在大陆新村9号观物思圣。鲁迅当然是伟大的，现在我仍认为他伟大，而且在以往那些困苦的昼昼夜夜，我是依他为靠山的。不过他没有陶渊明伟大，起码他积怨深怒这一点就显得小气。

有一度我颇为迷恋孔子，他的知其不可而为之的韧性，尤其让我钦佩。我尝在曲阜盘桓半月，举头望天，低头察地，想象他的形容。孔子永远都是伟大的，然而他孜孜于出仕的为作，未免损害尊严。恓恓惶惶，固然是为了天下，不过为了天下就要折腰吗？甚至周游列国，屡遭碰壁，弄得状若丧家之犬，结果是什么呢？孔子之坚贞是否稍逊陶渊明了？

我还曾经投目托尔斯泰，觉得他具超拔之势，东方人和西方人无不在读他的书。不过其想似乎玄幻，逾越了普通人的接受程度。仅仅对幸福的理解，他的观点便让中国人眩晕。他是神化的人，宗教化的人，心理偏执化的人。陶渊明比他现实，然而不比他低，也不比他俗。

我也曾经向歌德一再聚睛，特别欣赏他的智慧。他既能在哲学和艺术的世界劲游，又能在利益的世界阔步，卒不失青史之荣。谁能像歌德这样成功呢？然而他太劳累了，也太周折了，甚至有沉瀣之味。他缺乏陶渊明的清爽和干净，也缺乏陶渊明的潇洒和浪漫。

王维与陶渊明貌似，也神似。他们都知道官场之险峻，都有所退，不过王维是半退，他也有俸禄以惠衣食，但陶渊明却是全退，不得不躬耕谋生。王维心小，陶渊明心旷。王维的消极有幽暗，陶渊明的消极有明丽。王维的快乐有阴影，陶渊明的快乐有光芒。陶渊明是温暖的，也是可以敬爱的。王维和陶渊明都是诗杰，但王维却难为士雄。

苏东坡告其弟苏子由说："深愧渊明，欲以晚节师范其万一也。"他冲冲闯其官场，一再发生政见之争，弄得自己贬谪复贬谪，伤痕斑斑，甚至身临牢门。宏观之，是非何在？远望之，意义何在？所以苏东坡没有陶渊明高，苏东坡也不算士雄，尽管他才华横溢，其名盖世。深愧渊明，是苏东坡的谦虚之道，也是自知之明。

屈原独醒，可惜独醒并没有保障他的安全，甚至独醒把他推进了鱼腹，独醒何悲！独醒当然也有可贵，不过屈原的问题不是独醒，是愚忠。忠于真理而牺牲自己是伟大的，若哥白尼，若布鲁诺。忠于国家和民族而牺牲自己，也伟大。但屈原却是忠于一个人而牺牲了自己，而且他所忠于之人是昏人，是弱人。尽管屈原所忠于的楚王为君，不过君也仍是人，是沦其社稷于灾难之中的特殊的人，如此而已。屈原先忠于楚怀王，继之忠于楚顷襄王，皆是昏弱之君，足见他迟迟没有觉悟，独醒什么呢！陶渊明没有这样为一个南面称王的人而尽心竭力，因为他早就发现道丧了，人不可靠，君也不可靠。陶渊明比屈原伟大，陶渊明是大醒，屈原仅仅是小醒。

李白和杜甫，一个诗仙，一个诗圣，桂冠之华，中国文化人罕有，然而他们无不是官迷，强烈地想跻身于朝廷。李白神出鬼没，时隐时现，不过心向长安。受到唐玄宗招致，便仰天大笑，高喊自己并非蓬蒿之人。一旦皇帝发现他不宜政务，让其还山，遂牢骚满腹，聊以参加叛唐的永王麟幕府而丧义，忽然做军阀宋若思的参谋而乱节，卒以依附县令李阳冰而窘迫。老杜久怀宏愿，只是宦海难渡。决心书，求情信，纷纷投送，足以成册。攀附驸马，结交王孙，晨敲富家之门，暮随骏马之尘，真是有伤风骨。"自谓颇挺出，立登要路津。致君尧舜上，再使风俗淳。"此乃老杜的抱负，但他得到的却是小吏之椅，情绪当然难畅，遂一再失态。陶渊明五次任职，五次辞职，挥霍潇洒，不留斧痕，不受委屈，显然是李白和杜甫所缺的。

十分敬爱，要凭吊一下先生，遂到九江县来了。地主好客，皆指沙河镇有先生之墓。在一个花木葱郁的半坡，我看到了先生的坟茔，遂肃然而立。接着过神道，观牌坊，读碑抚亭，赏菊之素。一泓碧水，汪然为湖，数枝红荷，凌波而放。我惊叹，妻儿也觉这里美。

遗憾当我离开沙河镇的时候，有人才告诉我，关于纪念陶渊明的设施，在这里的几乎都不是原版。原版的陶渊明之墓在马回岭镇的面阳山。不过交通有障，难以去，尤其墓在禁区，没有政府的证明是免进的。真是扫兴极了，然而我决意要见一见先生之墓。

世人对陶渊明的喜欢，既有他的诗，又有他质性之自然。其文章枯而丰腴，澹而醇厚。对此，欧阳修与王安石异口同声地喟叹，晋无文章，唯陶渊明而已。他的气节更是一直为文化人所推崇。问：是什么气节呢？答：不为五斗米折腰，君子固穷。

我当然推崇陶渊明的气节，不过这其中的问题显然还有仔细研究的必要。郡上有督邮检查工作，县上的领导应该束带迎接。如果这是一种规矩，那么陶渊明行此礼也不失身份，而且显示了一种修养，何必由于如斯细节就解其印绶呢！大约并非这样简单。君子固穷，不怕穷，然而君子若有妻儿，非一个人生活，那么还是应该努力改变经济状况，以免妻儿受苦。我不是否定陶渊明的气节，也不是批评他。我强烈的感受是，除了卓然的气节以外，陶渊明还有一种更可贵的追求，这就是人的生命要饱满，要充盈，凡羁绊生命的一切都当努力摆脱，尤其是社会强加的。他的气节已经极其可贵了，不过陶渊明的伟大不仅仅在其诗和质性之自然，或是其气节。他更伟大的是，在东方和西方的智者还处于黑暗之中摸索的岁月，用直觉发现了生命自有的价值，并珍视此价值。

陶渊明有怀疑精神。似乎存在着一种公理，善有善报，恶有恶报，所谓："天道无亲，常与善人。"陶渊明怀疑。他认为伯夷与叔齐饿死于野，就是善人不得善报。孔子指出仁者寿，陶渊明也怀疑。他的外祖父孟嘉行不苟合，辞不矜夸，有温和雍容之态，无喜愠骤变之色，素得上下尊重，51岁卒。他的妹妹程氏有德有操，柔顺且孝，39岁卒。他的堂弟陶敬远清心寡欲，先人后己，不固执，不孤僻，且有艺术禀赋，31岁卒。他不信仁者寿之论，显然有自己的观察和思考。道求神仙，佛修轮回，陶渊明都怀疑，并予以拒绝。今之专家学者随波逐流，敢怒而不敢言，当掷头于地，以解其羞。

陶渊明是一位个性主义者。他63岁死。之前便有预感，遂自著祭文，想象亲戚故旧为他送葬，供食献酒，一片凄怆，直到棺柩入穴，形灭魂安。视死如归，毫无忌讳。他62岁患病，江州刺史檀道济携粱肉看他。陶渊明箪瓢屡空，确实很穷，然而抱歉，不要你当权派的粱肉。陶渊明54岁那年，王弘任江州刺史，想结识他。没有兴趣，遂谢了王弘。王弘坚持要见，竟施计由同仁邀其喝酒，自己装作巧遇，忽然而至，不过陶渊明仍见而不理。陶渊明也不是一概反感当权派，他大约是反感王弘和檀道济之类的当权派吧！陶渊明是厌恶官场，但他却有一批当权派为自己的朋友。郭主薄，顾贼曹，刘紫桑，丁紫桑，殷晋安，戴主薄，羊长史，张常侍，庞主薄，邓治中，王抚军，庞参军，皆是州郡县有职位之人，他们全是陶渊明的朋友，陶渊明与他们常有来往。陶渊明也并非直陋不化，凡当权派就统统断交。由斯我猜测他不愿意束带见督邮，主要是以这个人拙劣之故。由斯我也推导陶渊明固穷，是在坚持学而优可以不仕。不仕无禄，尽管如此，还是不仕。孔子指出不仕无义，然而陶渊明偏偏不仕。仔细推敲，陶渊明的不仕属于对污浊的权力阶层的厌弃，甚至是一种宁静的反抗。他做了一次壮丽的决裂，走得真是远，是士所难望其项背的先锋，是先驱的先驱。如斯绝伦的个性主义者，我喜欢！今之重权在掌者，巨款在腰者，盛名在顶者，唯唯诺诺，或只是贪食贪色，当知其羞！

陶渊明是一位自由主义者。屡进机关，屡出衙署，终于躬耕不仕，不是由于报酬太少。他的几个职位报酬并不多，然而总会多于种田之得吧！他自离其任，根本原因是体制生压抑，官场多诡谲，意志不得自由。他说："饥冻虽切，违已交病。"躬耕虽苦，不过当行即行，当止即止，或作或息，或歌或咏，意志还是自由的。东林寺主持慧远是高僧，极具威望，刘柴桑也是陶渊明的至交，他们成立了白莲社，邀陶渊明参加。陶渊明恐要他禁酒，不愿意。他们承诺陶渊明不受戒律，可以喝酒，参加就行了。那好，往东林寺去。登临青峰，闻佛乐演奏，览佛香萦绕，他遽然背身而去。为什么？组织若网，纲纪若笼，即使会进西方乐极世界也不必了吧！生命是可贵的，自由更可贵。他甚至在离任回家以后息交绝游，以保证自由之意志。为什么？以免拉帮结伙，周旋名利，所以即使山头有风光也不必了吧！富贵是可贵的，自由更可贵！

陶渊明是一位快乐主义者。他少年丧父，有家未兴，挂印便当自己垦荒，田广而薄收，生活一直拮据，甚至有一度居然到了求贷乞食的地步。然而陶渊明从不为穷而忧，反之总是行乐。37岁他便大发感慨："且极今朝乐，明日非所求。"从不惑之年开始，他就一路高唱行乐之歌。40岁，曰："挥兹一觞，陶然自乐。"41岁，曰："聊乘化以归尽，乐夫天命复奚疑。"42岁，曰："放欢一遇，既酒还休。"45岁，曰："今我不为乐，知有来岁不？"又曰："何以称我情，浊酒且自陶。"49岁，曰："感彼柏下人，安得不为欢。"又曰："应尽便须尽，无复独多虑。"50岁，知天命了，陶渊明曰："得欢当作乐，斗酒聚比邻。"又曰："倾家持作乐，竟此岁月驰。"还曰："放意乐馀年，遑恤身后虑。"其62岁曰："介焉安其业，所乐非穷通。"行乐显然成了他生命的主题。

他63岁总结自己是安于处境，无忧无虑，并把此法则提供世人。陶渊明曰："勤靡馀劳，心有常闲，乐天委分，以至百年。"遂溘然而逝。

生子为父，父盼子成，这是遍布天下的希望。陶渊明有五子，似乎统统不才，然而这等煎熬之事，也并没有把他拖入愁云苦海之中。他豁达地说："天运苟如此，且进杯中物。"

庄子发现，凡得道之人，贫贱也罢，富贵也罢，都是快乐的。自古至今，芸芸众生，能得道的没有几人。显然，陶渊明是得道者，而且是佼佼者，峣峣者。得道者，当为大德大智之人。显然，陶渊明是这样的人。得道者，便掌握了生命的真谛。显然，陶渊明是理解了天的秘籍之人。

陶渊明的快乐无非是在幽居之中喝酒，歌咏，游山玩水，耕耘收获，无不是简单而健康的。当然，快乐也可以是丰富的。不过不能是消极的，颓废的，更不能是畸形的，病态的。今之中国人，穷贱者多不快乐，富贵者快乐的也不多，可怜的是多以感官刺激为快乐！

快乐是生命的需要，也是生命的本质，快乐之与人，当如木之向荣，花之含香。

陶渊明是小时代孕育给中国的一位伟大的人。观其历史，在中国这个地方，伟大的人往往都出生在小时代。陶渊明之伟大，在于他的诗，他的质性之自然，他的气节，更在于他的价值观及其所行。他之所行，见证了生命固有的价值在于怀疑，个性，自由，快乐，从而是人要珍视的。在探究人何以有价值的问题上，陶渊明和孔子是一样伟大的，然而在关注人的生命上，陶渊明比孔子更伟大，因为他更理解生命，更尊重生命。据此，窃谓陶渊明的追求比孔子的追求更具现代性，陶渊明也更像一个现代人，一个现代知识分子。凡是一个中国的文化人，到了活得明白的时候，往往都会景仰孔子，敬爱陶渊明。

有一点我必须强调：我并无官场要脱身，也无宅院和田园能隐身，不过这不妨碍向陶渊明学习。陶渊明的归去，是以逃亡换解放，享受闲适，尽管很穷！他之避于世，本在轻于名与利。陶渊明之所行不易，太难，从而伟大，我颂其为士雄。学习陶渊明，就是学习他的价值观及其所行。

朋友，我远远地追慕而来了，遗憾我不会喝酒，即使坐你面前，对你娓娓汇报，我也不喝酒。不过我玩瓦弄玉，我的瓦和玉就像你的酒。在我看起来，你喝酒也只不过是途径而已，当你陶然之际便会忘其酒的，这仿佛你得意而忘言的境界！

觅得如斯朋友，不到其墓致祭怎么能安宁，何况我已经在九江县了。出了沙河镇，我就租车，以速至马回岭镇的面阳山。

丘陵起伏，道路逶迤，疾驶数十公里仍是无边无际。旷野多草，绿退黄浮，风吹白茅，一个一个的村子都是空的，寂寞着，偶见有童叟候门。我问："种田的人呢？"司机说："壮年能打工的都进城打工了，青年更不想待在乡里。"今之形势，城华乡敝，农民避穷趋富，当然都会离开村子。

蓦地有红色的标志出现，不允许车向前。我要求继续走，司机犹豫了一下，便继续走。才走了几百米，就有手推出，再推出，示意停车。界限为度，不可闯禁区，遂携妻儿下车。望其面阳山，纵岭横峰，苍苍莽莽，不知道何处是陶渊明的入土之地。当年他嘱咐家属，葬之不封不树，得体为妥。不过我想墓总是存在的，虽不能至，不过它就在面阳山。云轻雾薄，阳光透亮，可惜我只能远眺。情有所郁，遂画地徘徊。毕竟在坡底有菊竞放，灵机一动，采之遥祀。一阵风翩然掠过高岗上的树，先生有灵，先生感应了。

二〇一〇年九月十六日至九月二十日草

二〇一二年八月二十二日修改

原载黄河文学.2012年10期

# 长江遇到了中国人

一到汉口，雨就迎上来了。长江水利委员会的专家指着一派烟波说："汉江在此汇入长江，遂为汉口。请看，汉江清，长江浊。"水势浩荡，白雾茫茫，只有通过江色才能辨别有水相融，若无清浊之分，水近乎浑然而观之辽阔，还确实难以发现汉江流进了长江。

遥遥展望，对岸似乎有隐隐的建筑。它们玄虚缥缈，乍现而顿失，一瞬之间，我以为那些建筑是出于我的想象。实际上对岸为汉阳，其建筑像山一样峰峦叠嶂，黄鹤楼就雄踞一方，向我注目。可惜雾垂雨落，尽扫空明，对岸迷蒙而恍惚，万千建筑的那些点，线，面，一会儿浮出成像，一会儿匿身为幻。

真希望能登一次黄鹤楼。1993年暮春，我从重庆乘船顺长江而下，曾经上黄鹤楼。当年见水东逝，奔向广陵，不禁想到李白之送孟浩然，又想到他在此吟鹦鹉洲而以祢衡为悲，在此听笛声而为贾谊不平。李白有达济天下之志，遗憾长安不容。我是从长安来的，西眺长安，我也是感慨激荡。不过这一次有任务，是了解长江水利的。赏自然之风光，临古迹以思贤，不知道是否有机会。

汉口自集家咀码头至鄂西码头，一公里余，属于龙王庙险段。河床陡窄，流湍浪急，特别是堤外无滩，只要水涨，便洪波逼岸，发生脱泥和裂土，为武汉市之深忧。尤其1931年的洪水，从此发难，死伤一万余，这把惊怵跨世越代地烙印在武汉人的心头。为了彻底改变此状态，经过审慎论证，1998年冬天，对龙王庙险段进行整治。削坡抛石，立桩固堤，并作平台美化。祖先筑龙王庙，以镇洪水，求平安。不违如斯愿望，只是要建设新岸和新园，遂将龙王庙迁建于长江百米之外。鹦鹉洲，芳草萋萋，照旧在视。随专家在这一带考察，见堤岸渐隆，脚下尽是彩色步砖，夏木葱茏，华灯疏列，仿佛是一个休闲广场。当代人之所为，不仅仅在防洪，也通过其材料、技术和工艺，反映一种流行文化。然而龙王庙险段的整治，久经考验才是大德。

乘船在楚河而行，雨打彩篷，涟起水面，多少感到一种诗意。专家指出，这是武汉市六湖连通工程，完成一半了。所谓六湖，大约指东湖，沙湖，杨春湖，严西湖，严东湖，北湖。东湖最盛，遂以东湖为中心，卒将一一贯穿，以培育湿地群，并渐渐形成足以让植物和动物栖息的生态，当然也最能泛舟。楚河两岸，一壁是商铺，一壁是别墅，透露了商业对城市改造的作用。楚河窄处不过数丈，一旦进入东湖，顷感岸远波长，水天一色。回到长安以后，偶尔会想到2012年5月29日下午考察楚河的情景，窃以为此工程的精华所在是，它以自然的标准改造自然，不过我也有忧。

中国人所居之大陆，以气候和地貌的原因，多有水患，这是一种种天命。中国历史的相当内容，是关于治水的，尤其是在农耕时代。鲧以治水不力，受到惩罚。禹承鲧业，子反父道，因为治水有功，晋升为王。禹治了黄河，治长江，天下到处留下了他的踪迹。沿袭治水的传统，中国人早在公元前16世纪便在今湖北省黄陂县修建盘龙城之际，筑堤防洪，这是为考古所证明的。公元前6至7世纪，楚庄王治下，尝有筑堤围垦之劳。公元前4世纪，秦武王治下，尝有在蜀郡筑堤造田之举。公元3世纪，尝有襄阳筑堤防洪之业。公元4世纪，尝有荆州筑堤防洪之功。之后朝朝代代，无不严防长江水灾，尤其荆江段，宋便有了大堤的雏形，至明，大堤连成一线。然而长江之险，常在荆江。资料显示，自东晋至民国，岁月1500余年，此处溃决近乎100次，在明平均每10年一次，到清，平均每5年一次，特别是1788年，1931年，1935年，毁田夺命，为害剧烈。20世纪，虽然中国人的力量大大提高了，然而水害在这一带仍很严重。

中国人从来没有停止研究长江，修理长江，变长江的水灾为长江的水利。在20世纪创设的长江水利委员会，就是专门对付长江的政府机构，其将科学与行政融为一起。20世纪以来，长江已经越来越多的打上了中国人的意志。

到丹江口的时候，阳光充盈，一片明亮。丹江在此汇入长江，谓之丹江口。大约丹江口水利枢纽营造于斯，遂在这里形成了一个丹江口市，其仿佛以一个码头而形成一个东京，一个伦敦，一个纽约，一个上海，只不过丹江口市现在还不大。

远远就看见了丹江口大坝加高培厚工程。其背水面深入河床，是灰色的，由混凝土所铸。这是一个具有综合效益的水利枢纽，1958年开工，1967年蓄水，1973年建成，凡防洪，发电，灌溉，航运，养殖，统为一体。当年它的大坝高度是162米，正常蓄水位157米，经过一番加高和培厚，其大坝高度将提升到176.6米，正常蓄水位将提升到170米，总库容也将从209.7亿立方米增加到290.5亿立方米，水域面积将超1000平方公里。由此它便产生了一个新的功能，穿过淮河和黄河，以向辽阔的北方包括北京供水。显然，它是南水北调中线的水源工程。其迎水面也是灰色的，也为混凝土所铸，阳光之下，干干净净。

在丹江泛舟确实难得。汉江比长江清，丹江比汉江清。乘船上溯，有神飞体轻之感。白云在天，惠风拂面，两岸青山逶迤，偶尔有黄牛在半坡自由觅草，牧者恬静自得。专家说："艰难的是移民。一旦总库容增加，这里的水位就要提升，不移民不行。"想到黄牛吃草的地方将淹水中，忽然有一抹阴影掠过我心，因为黄牛会伤感，牧者也会伤感。当然一切都是为了生存。生存使中国人连世界也敢改造，何况长江，何况丹江。

长江发源于唐古拉山脉主峰格拉丹东雪山的南侧，其从青藏高原拔地而起，想起来非常神奇。也许只有一些特殊的人才能登临，吾辈当是无缘了。长江经过6300余公里的跋涉，从西到东，奔向大海。长江流域面积大约有180万平方公里，重要支流有岷江，嘉陵江，汉江。汉江及其支流丹江都发源于秦岭，窃以为是陕西的河。能在长江见到故乡的河，颇为亲切。长江的上游一般指江源至湖北宜昌一段，中游指湖北宜昌至江西鄱阳湖的出口一段，下游指江西鄱阳湖出口至长江入海口。上游穿峡逾谷，激流如箭，往往猿声初发，轻舟既过。中游多经平原，夜航船，会见星稀野阔的气象，不过也是湖成泽国。这一次所考察的，集中于中游。下游比较规矩，也比较冲淡，仿佛人生，经历的都经历了，就平静了。长江流域有广袤的森林，其木材蓄量大约占中国所有森林的四分之一，在历史上，这里盛产杉，竹，油桐，茶叶，生漆。这里也是鱼类的天堂，有鱼类400余种，其中特有鱼种166种，尤为珍贵的有中华鲟，白鲟，达氏鲟，胭脂鱼，川陕哲罗鲑，滇池金线鲃，秦岭细鳞鲑，花鳗鲡，松江鲈鱼。读苏轼文章，知道他再游赤壁，曾经吃一种状如松江鲈鱼的水产，足见其味之丰润。

自然极其敏感。山川又坚硬又脆弱，任何一点变化，都会引起植物和动物的反应。然而长江总是弄灾，防之势在必行，中国人也希望从长江获取水利，所以必须把人的意志加之于它。长江水利委员会提供的资料显示，长江流域已经建成各种大小水库46000座，其中最大的水库是三峡水库。这些水库几乎都是20世纪50年代以来所造，原因固然是社会力量提升了，不过主要还是中国人敢想敢做了。中国素有精卫填海的精神，愚公移山的抱负，不过也有对上帝和百神的景仰。唯物主义的流布，毛泽东思想的传播，哗然削删了中国人心理上固有的对自然及其山川的敬畏，并助长了人定胜天的意识。中国人胆大而无所恐惧了。

2012年5月31日登临武当山。巅峰风扫，凉意遍体，不可久留，遂独寻斜径而返。夜宿三峡大酒店，枕书待旦。旋即天明，匆匆早餐，便由专家引领考察三峡水利枢纽。驱车直上大坝，确实让我感到一种荣幸。大坝顶端坦然开阔，足以供六车并行。看不见钢筋，不过钢筋当无任何质量问题吧！看见的是混凝土的平面和立面，还有各种各样的框架，它们也当无任何问题吧！谁敢把有瑕疵的材料用于此建筑呢？凭栏俯视，迎水面以全躯承挡，汤汤江水，遂几乎咸聚一侧。此工程在1994年启动，十余年，共整体迁建县城12个，集镇114个，移民1240000人。1997年实现截流。2003年夏，水库蓄水至水位135.0米。2006年夏，拦河大坝混凝土全线筑至顶端，其高185.0米，水库蓄水渐渐至水位172.8米，且涨且试，当然惊心动魄。2010年10月26日，成功蓄水至正常水位175米。有专家弯着腰，寻找着蓄水所留下的印痕，指点着说："那是水渍，当时的水位175米。水退了，留下的黄迹还在。"三峡水利枢纽的重要任务是防洪，根据设计，它将使荆江段的防洪标准，从10年一遇提升到100年一遇。若遭100年一遇及其以下洪水，发挥三峡水库的调控，可以不启用荆江分洪区。若遭100年以上到1000年一遇洪水，经三峡水库包含，并启用荆江分洪区，能防止荆江两岸发生毁灭性水灾，武汉市的威胁得以减少，长江中游及下游的损失也得以减少。但愿理论是正确的，但愿长江不发生检验这种理论的洪水。

在大坝底部的一个空间，我看到了三峡水电站的一些机器，其都是电子化的，看到了，懂也难。俄顷转向，又看到了航运的轮船以水位的抬高而过闸，它也是技术的产物，看到了，想一想才懂。江风吹面，硬若鞭鞘，颇能让人抖擞。我忽然想到一个问题：三峡发电和航运的效益并非是所有中国人的，但它的风险所造成的忧患却是所有中国人的。专家说："受管理体制的制约，三峡水利枢纽面临着统一调度和分别负责的矛盾。这是一个挑战！"

还有一个严重的挑战是三峡一带的生态危机。显然，此工程对生态造成的影响可能是长期性的，尤其是复杂性的，没有谁能知道这里的环境在未来会发生怎样的变化！中华鲟以长江为繁殖地，由于它太负盛名，太有价值，其命运得到了普遍关注。其他更多的动物和植物就不受三峡水利枢纽的影响吗？离开这里，我思重重。几次睨视大坝，见它灰色的若城墙一般沉默的背水面，便想叮咛一点什么，终于悄然说："拜托了！"

考察葛洲坝水利枢纽多少有一点涣散，因为它的大坝之高为53.8米，低三峡大坝130米余。专家的兴致也似乎弱了，遂对包裹着大坝的一段乳白色钢板小有议论。葛洲坝工程是三峡水利枢纽的组成部分，任务在于调控长江之水，防止以三峡水电站的工作，为下游几十公里的河道带去不稳定流，从而妨碍航运。它最好应该是晚建于三峡水利枢纽。当然一边建此，一边建彼也可以。以种种理由，葛洲坝水利枢纽竟得以先建。它在1970年12月30日便启动了，不过全部完成，已经到1988年。它的发电和航运也产生了巨大的效益，促进了湖北省宜昌市的经济发展。铸其混凝土大坝，需要钢板包裹，当年便从日本买了一些。大坝筑成，本当卸掉那些钢板，不过乳白色钢板看起来会悦目，有人主张留下，便留下了。阳光亮，水光滟，此钢板仿佛是对大坝的装饰。

自从葛洲坝水利枢纽筑成以后，中华鲟的生存便出现了麻烦。它属于海栖鱼类，但繁殖却会离海。通常每年的9月至11月，中华鲟会出海，溯长江而上，往金沙江一带去产卵，孵成幼仔，先在长江生长一度，再沿长江而下，终于随波入海，以崇明岛一带为其故乡。遗憾大坝切断了它的洄游通道，受孕的中华鲟纷纷断魂背水面，遂使此古老鱼类锐减。然而凡生命总是要活下来的，尤其中华鲟的生命已经有一亿年之久，进化早就强化了它的生存本领。不能赴金沙江一带产卵，便在葛洲坝以下，宜昌市一个造船厂与万寿桥一带寻求繁殖。尽管这里没有金沙江一带惬意，不过也还可以勉强生存而不致灭绝。遗憾三峡建起了大坝，当中华鲟在秋天产卵之际，它恰恰要蓄水，中华鲟艰难地在宜昌市一带找到的繁殖场，便可怜地缩小了。中国人总是有办法的，这便是以技术繁殖，而且也颇有成果。不过它能否延缓中华鲟的衰退，或是恢复其固有的繁殖方式，我还不知道，也没有人能知道。

　　葛洲坝水库距三峡水利枢纽下游40公里，隔河岩水利枢纽距葛洲坝水库下游50公里。隔河岩水利枢纽主要就是发电，也兼有防洪，航运，不过它的旅游已经十分火爆。隔河岩地处清江，清江是长江三峡以后所初遇的支流，源在鄂西利川市齐岳山龙洞沟，过湖北省长阳土家族自治县，到宜都市汇入长江。经长江水利委员会专家的反复勘测，卒在长阳土家族自治县清江上游9公里的隔河岩筑成大坝，以建水电站。这是1955年的规划，1987年的工程，全部完成是在1994年。看起来此大坝很有创意，属于混凝土重力拱形大坝。遥望其背水面，如椅圈微弯，凸出的方块当是为了加固而铸，如士兵的铠甲。日晒雨打，背水面的灰色渐渐深化，变成了黑色，仿佛是殷墟或岐山所出土的青铜。驱车旋转半周，攀岩上岸，以识其迎水面。有意思，迎水面俨然巨大的弓背，似乎要以弧形分散清江聚集起来的冲击力量。

　　迎水面上游，是汪然沉静的清江，可以乘船往武洛钟离山去。湖北省清江水电开发总公司开辟的旅游路线，现在就是这一段。逆水行舟，风凉浪白，有难得的爽快，于是考察者及其带队者就尽然放松。贺平女士返回北京半月之后告诉我，她发烧咳嗽，其疾如我，是我在清江上传染她的。想起来了，清江坐船，我和她讨论了一会儿米兰.昆德拉，我几次咳嗽，使交流一再中断。从黄河流域到长江流域，我一直在咳嗽。咳嗽之剧，史无前例。武汉市两夜绝眠，丹江口市一夜绝眠，到了宜昌市，遂不得不求医诊病，并连夜输液，以去其疾。由衷感谢长江水利委员会的领导和照顾我的李师傅，我以小恙给他们增加了麻烦！患上呼吸道感染，打针三次，炎症基本消除。不过泛舟清江，一旦我遇冷，遭风，或闻香，都会咳嗽，所以贺平女士之疾应该是我所传染。她是我新识的作家，声绵情雅，不流于俗，显然有其个性。她的神气和音调，给我留下了很深的印象，当然清江留下的印象也很深。其秀峰映天，茂木荫岸，烟云俱净，禽鸟竞鸣，宛入古人文章之境。偶见梯田，屋舍，围成方阵的渔网，才提醒我这是现实的社会，此刻正由专家安排，吾辈在考察长江的水利。祝贺平女士健康！

长江在荆州一带为荆江，这里的大堤随河床而起，高出地面，以挽安澜。万寿园建于荆江大堤的观音矶畔，三面环水，视通天际。此处有万寿宝塔，明所造，以石奠基，以砖包壁，八角七级，40米高。大堤岁岁提升，几百年下来，就显得其塔是陷在深坑之中了。祖先在此造塔，显然是要借神之力，以压洪水。这是中国文化，然而唯物主义兴起以后，这种敬神的文化便步步退却，甚至有一度成为罪恶。幸运，万寿宝塔没有为革命所推倒。也许推倒它还是让人害怕的吧！

在考察的那几天，我一直处于神学家和科学家的拉锯战之间，不过在我努力站稳现实的立场。我以为从三峡水库，到葛洲坝水库，再到隔河岩水库，尽管不足100公里，但密度却也并不太大。长江流域有46000座水库，当然都有它的道理，因为有哪一个水库的修建不是经过论证的呢？近五万座水库，像近五万士兵一样，它们应该会有效地管理洪水，以保证排除水灾，起码当减少水灾。中国人的意志已经像缝衣一样，给长江缝满了针线。中国人是有为作精神的，也有创造力和组织力，以必要，完全能移修长城，开运河，筑三峡水库的大坝。然而自然是怎么来的，山川是怎么来的，狂风暴雨是怎么来的，地球和它周边的宇宙空间是怎么呼应的，凭人的智慧可以理解它并管理它吗？人定胜天，作为对人的鼓舞是可以的，不过一定要以人定胜天的原则行事，就会出现问题。实际上迁建一批县城和集镇可以，消灭一个组织也可以，移风易俗也可以，甚至可以让男女有计划的生育，这些都可以实施管理，然而管理自然要谨慎，管理山川要谨慎，管理长江也要谨慎，因为人不清楚谁掌握着天地，不清楚天地之外的力量。不过要谨慎就无所为作吗？就不能向天地为中国人要一点自己需要的东西吗？就不能让长江的水灾变成水利吗？就束起手，不筑一个横断长江的大坝吗？思想继续，生活也在继续。

　　2012年6月3日下午在荆州博物馆的所见，让我吃惊不小。当年的楚国真的非常发达，我所看到的玉器，陶器，铜器，丝织品，简牍，无不证明春秋战国那个时候，楚国文明已经达到的程度。这使我想起一个学者曾经讨论的问题：如果秦始皇不统一天下，让诸侯国自由发展，相互竞争，那么东方的这个大陆也许会呈现一种别的生存状态。长江的考察，打开了我一扇新的窗户，窃谓在有长江和黄河流过的这个地方，唯有统一是正确的，它有助于中国的发展，是中国人的福祉。

　　长江水利委员会是共和国水利部派出机构，行使水行政管理职责，权力甚重，总部设湖北省武汉市。有员工3万余人，其中各类专业技术人才和技能人才超过一半。这次有机会见到三位领导，气度不凡，颇为卓尔，我返回长安以后，他们的形象还时时浮现我的脑子。主任蔡其华虽然是女士，但她却胸装千山万川，看起来静气雍容，能够承担。副主任熊铁，儒雅不失威严，拂君子之风。副主任杨淳，不仅懂水利，也懂古玩收藏，潇洒挥霍，仙骨俊逸。

　　不过横贯我心，冷光闪闪的，仍是荆江分洪工程太平口进洪闸的铁器。有一天，以专家率领，得以手抚这些铁器。它蹲卧荆江南岸，既可以挡水护家，也可以纵水淹地。长1054.375米，高46.5米，设54个进洪孔，一孔与一孔的跨度为18米，宏伟且森严，仿佛中国人的意志。

　　荆江分洪区工程除太平口进洪闸以外，还有分洪区围堤，黄山头节制闸，及其他泄洪和排灌系统。此工程1952年春夏之交启动，以有30万军民参加建设，75天便完成了第一期工程，包括太平口进洪闸。第二期工程在1953年完成。荆江分洪区总面积921.34平方公里，能容水54亿立方米。由于荆江悬空，两岸低落，万不得已之际，便要掘开子堤，打开太平口进洪闸，放荆江之水流入分洪区，以保护荆江大堤，保护沙市，保护武汉市。

　　太平口进洪闸只在1954年打开过。当时长江流域洪水滔滔，尤其上游来水迅猛且巨大，显然在把恐惧和危险向荆江推去，遂打开了太平口进洪闸。1998年长江的洪水也很危险并恐惧，减小水患的预案之一便是炸断子堤，打开太平口进洪闸。当时分洪区的人全部疏散，重要财物已经转移。20吨炸药悄然埋下，爆破的士兵只等命令。这时候专家根据上游雨况分析，判断并没有到打开太平口进洪闸的程度，遂决定严防死守，让洪水从荆江泻离。尽管长江有46000座水库，尽管三峡大坝巍然而立，但荆江分洪区工程却依然是长江防洪体系的一个有效部分。

那天我站在太平口进洪闸的铁器上，举目南望，只见分洪区冷冷清清。草木自长，禽兽优游，几乎没有什么人造的楼宇。云随风飘，寂然一片。分洪区设在湖北省公安县，我不禁想到了在文学上主张独抒性灵的袁氏三兄弟，很诧异他们的故乡就是这里。可惜时间紧迫，未能觅而一瞻。

二〇一二年七月六日于窄门堡

原载延河.2012.年11期

# 母爱如流

　　我父亲16岁就外出谋生了，他的母亲无日不思念自己的儿子。她知道儿子好吃面片，只要回家，她总会又薄又筋地给儿子擀一案。1949年，她儿子进入西安3507被服厂工作。那是一家军方所辖的单位，星期四休息。星期三下班，她儿子便徒步20里，赶至家多是晚上了。在无穷无尽的星空下，他远远看到一派树木，接着就看到母亲站在村口接自己。面片已经摊在案上，一会儿就煮熟。母亲给碗里调上盐，醋，辣子，葱花，端给儿子，见儿子吃得很香才高兴。儿子娶了妻子，有了自己的孩子，生活便沉重起来。为了快一点儿回家，1962年他买了一辆永久牌自行车，几年以后骑坏了，在1970年又买了一辆飞鸽牌自行车，几年以后又骑坏了。母亲渐渐也老了，然而她仍会在星期三的晚上走过窄巷，到村口去接儿子。父亲的母亲在清政府统治下裹了脚，是一个三寸金莲式的妇女，大约六十五岁以后便拄着拐棍。冬天的晚上，她会通过黑暗中自行车颠簸的响声辨别是否是儿子的自行车。不等到儿子，她就一直站在村口。白发苍苍，长风拂襟，她拄着磨得发光的荆木拐棍，向着乡间小路举目而望。夜色如海，什么也没有，她便侧耳而闻，以捕捉儿子所骑的自行车的响声。

　　我儿子的母亲在他还是一个胎儿的时候就让其欣赏音乐，谨防患病，以不服药，不打针，当然也不接触电子设备。一旦出生，成为婴儿，她便给他唱歌吟谣。她慢慢地教他坐，爬，翻身，站立，走路。给他蒸鲜嫩的鸡蛋，先滴一点酱油，再滴一点香油。蒸鲳鱼，蒸鲈鱼，蒸鳕鱼，手指入肉，一丝一毫地探索着挤出硬刺，软刺，一切骨质，喂她的儿子。衣服每日必换，但发型却是要养成风格，所以有几年她儿子是西瓜皮发型，小区的人都夸其活泼，她便得意地笑。反复选择幼儿园，对老师交心致礼，亲如姊妹，以使之能照顾儿子。终于上小学了，由她带儿子读书，朝送暮接，任其酷暑，严寒，春暖，秋凉，从一年级到了五年级。到处打探消息，以知道什么地方有好的英语班，好的奥林匹克数学班，并骑一辆电动自行车带儿子去学习。她检查作业，字潦草当工整，应用题公式不全当补齐，逼着背诵要背诵的诗，英语的单词或句子，通过网络购买所谓教育家推荐的书让儿子阅览。拜师傅以教轮滑，以教打乒乓球，卒以网球运动为儿子所欢愉。儿子偶染小疾，她便忧伤自己，慎诊其医。她让儿子对同学宽容，对老师尊重，在街上或小区见到长者，要主动且热情地问候。撒谎不行，偷懒不行，饭前不洗手和饭后不刷牙都不行。她仿佛是一个艺术家，手握一把雕刻刀，要竭尽其力地凿磨出一个为世所用的绅士或君子。

我的母亲79岁了。2000年一场猝发的脑血栓给她留下了沉疴，举筷不稳，投足不捷，言语不清。她白发满头，其样子看起来真是日薄西山，木枯霜野。然而她见我，必问下班了或怎么没有上班，嘱食嘱穿，怕我饿，怕我冷。她待我依然如待一个懵懵懂懂的少儿，实际上我已经知天命了。

母亲对我的养育和教导完全是勤勤恳恳，劳骨苦志。她的恩情比天大，比山高。1977年，可以通过考大学离开农村了，这是吾辈改变命运的唯一途径，我不敢丧失机会，一定要上大学。可惜有一段社会在愚民，首当其害的是学生，他们把课本里的知识都扒光了，老师的课堂上也很荒芜，于是吾曹的脑子也就空空如也，考大学遂难以顺利。我便夜以继日地钻研，每天几乎学习十五小时以上，累得脑涨，入眠如死，早晨起床闹钟也叫不醒。我就让母亲叫我，她点了点头，说："行！"从此，她每天早晨五点半俯在我屋的窗口喊我名字，因为太困了，太乏了，往往醒来应答一声旋即睡去。她不见我的动静，便又过来喊我，有时候再二再三地过来喊。我考了三年，她喊了我三年。显然，是母亲帮助我实现了上大学的理想。母亲在窗口喊我的印象入神融魄，多年以后，我还常常梦到她站在厦房的檐下，轻轻地，一遍一遍地呼唤我，既怕我醒不来，又怕我睡不足。她的声音仿佛鸽子飞在天空，飞在我澄明的灵魂之中。

父亲的母亲姓田，儿子的母亲姓李，我的母亲也姓李。她们在不同的年代，从不同的地方，嫁在朱家，不过她们都是一样的用丰沛的感情爱自己的儿子。

　　实际上在千门万户的中国之天下，在中国文化圈，凡是母亲，无不在用丰沛的感情爱自己的孩子，并殷殷盼其成为社会的栋梁。家之兴，国之和，缺少了母爱的滋润是不行的。母爱是中国的道，文化的宝，传统的精华，是一以贯之的永恒的核心价值，甚至是整个民族所赋予的使命。母爱至尊，母爱如流。

二〇一二年四月二日于窄门堡

原载散文选刊.原创版.2012

# 黄河石

　　我有一块黄河石，把之握之，怎么欣赏怎么喜欢，真是爱不释手。

　　它一头大，一头小，状如瓷瓶；一端粗，一端细，形如木杵；或像一个圆锥似的电棒。细的一端可以柄持，大的一头可以敲击。长17厘米，细端细不过秤杆，大头大不过拳。质地精密，光而不滑，涩而不糙。几乎尽黑，唯在锤部有一处褐色，大小若铜币，若胡桃，显出一种远古性和神秘感。

　　一再刷洗，遂干干净净。我置其于枕边的书籍之中，摸之，抚之，又惬意，又促我思索，又愉悦，又给我启示，深感黄河石之妙。

　　那年秋天，我随几个朋友考察黄河。有歌谣唱到：天下黄河九十九道湾，美不过乾坤湾。确实如此，遂在乾坤湾流连。

　　黄土高原在白云下高低起伏，望不到边际。草稀树苍，偶有村子。黄河之水雪山而来，其千里激荡，万里徘徊，创造了秦晋峡谷。黄河总的走势是东西向，不过流至峡谷便变成了南北向，从而西岸为秦，东岸为晋。然而峡谷并不整齐，其时而秦有岸出，时而晋有岸出。一旦黄河遇岛，水便曲而成环，顿为黄河之湾。

乾坤湾之美在于它足有320度，显示了易之视野里的天地、阴阳和雌雄。其处陕西延川与山西永和之间，不过乾坤湾只有站在延川一边的黄河岸上才看得准，因为永和一边是伸向黄河之岛，此岛越向前越趋平，遂有庄稼和果木种植。悬崖之下，水缓几停，以展露宇宙之道，不亦神奇吗？

我随朋友由延川一边的悬崖抵达峡谷，乘船渡黄河，步入宽阔的黄河滩。黄河石累累遍布，大者如车，小者如卵，多是褐色的，没有棱角。也无人要专拣黄河石，我也是在几个朋友坐卧草丛树下休息之际，娴静溜达，悠然得到的。

即使黄河石再简单，它也丰富极了。我不知道它来自何地，更不知道它经过何等炼历才化为如此品相而面世的。我只听见峡谷的涛声，黄土高原的风声。我也疑惑地看见有人在悬崖上操作着挖掘机，毅然改变自然力量在亿万岁月所塑的参差扭结之巉岩。然而星辰有隐，碧空邃密，非人可测。我捧着黄河石，难免想起河出昆仑之赞和河不出图之叹，感到一种敬畏，像我29岁的时候在壶口瀑布感到的敬畏一样。

二〇一三年十月二十八日于窄门堡

原载西安晚报.2013年11月20日

# 向曼德拉致敬

曼德拉今天逝世了，这使今天变成了一个特殊的日子，全世界都沉浸在悼念和沉思之中。

此人的伟大，在于他经过持久的奋斗，结束了南非的种族隔离制度，恢复了黑人与白人平等的权利。他不但是觉悟者，仅仅意识到以政策歧视黑人是违法的，而且是启蒙者，向黑人与白人宣传必须改变它，尤其是一个战士，曾经为实现理想坐牢27年。

曼德拉像摩西，也像林肯和甘地，是真正的解放者，不谋私利的解放者。这是全世界都清楚的，所以南半球与北半球，东方与西方，尽向他致敬。

曼德拉起码留下了三点启示：其一，自己不想解放自己，将无人能解放自己，因为权利皆是争取而来的，不是恩赐的。其二，面对荷枪实弹的白人统治，赤手空拳的黑人不可以采用暴力方法，然而可以蔑视不公，渐渐消解，这也是抵抗。其三，非正义、非文明的社会结构看起义是强大的，但由于它建

立在一部分人对另一部分人公然的压迫与限定之上，绝非能够
长远。

二○一三年十二月六日于窄门堡

原载新浪博客.2013年12月6日

# 风凌石

朝发酒泉，往敦煌去。车过瓜州，见路边搭着帐篷，农民卖蜜瓜，卖葡萄，还卖锁阳、苁蓉和甘草之属，有朋友便味觉活跃，怦然动了心，从而收缰驻足，稍作逗留。考察丝绸之路，每一郡都有发现，每一站都有惊奇。

我离开路边800米，在戈壁滩上拣了一块风凌石，真爱，遂尽其行程，随我回家。在八仙庵古玩市场选购了一方木座，略凿槽口，使之安然镶置。可以晨昏瞻望，有浮想联翩之效，颇感自得。瓜州一个老师说："风凌石就是由风吹出一定态势的小石，看起来很有意思。"

我的风凌石是一个梯形，长不足两拃，宽有五指，高过一拳，属于小石，然而它深具大山的气象。悬崖，沟壑，峻岭，巉岩，高岗，它当备尽备。它还含矿物质，也有玉粒和玉绪。品相嶙峋，颜色青白而发捎。显然饱经沧桑，进入了化境。

戈壁滩及其我所拣的风凌石，是地质巨变的结果，甚至它属于海底抬升以后亮出来的小石。水退去了，它才见识了日光月辉，灿然星辰。风凌石在戈壁滩上的历史应该以亿万年计。

　　人类晚出于它，不过人类以欲望的驱使到处活动，图谋生存和发展。它见证了人类彼此的残杀。它知道乌孙人，月氏人，匈奴人，汉人，都曾经在此争夺。从东方过来的张骞，霍去病，班超，薛仁贵，勇敢至极，无不骑马从它周围飞过。黄沙百战，血染疆场。羌笛呜咽，阳关道险。我从长安来，它等到了我，遂自戈壁滩上请它而归。

　　戈壁滩上白日热，黑夜冷，风凌石随温差一膨一缩，遂裂隙冲缝，或直或弯，或断或续，如神秘的网络，疏而不密。

　　瓜州南有山，北有山，东风，西风，东南风，西北风，轮番在刮。谚曰："一年一场风，从春刮到冬。"实际上亿万年以来，风就吹着戈壁滩。风凌石满是风尘，风又去尘，终于风又落尘。风尘像文物的包浆一样，让风凌石蕴积了内涵。风凌石与风尘已经完全相融。

　　我想洗一洗它，遂用水浸润。一旦见水，风凌石便有浓重的土腥从它遍体的针穴毛孔之中喷吐而出，辐射袭面，猛烈刺鼻。触魂击魄的自然之幕顿然拉开，我听到风呼啸着掠过昆仑山，掠过天山，又携带着阿尔金山和祁连山的风，汇集在戈壁滩上，贴地而行。瓜州日月隐曜，星辰失光，灵禽壮兽统统埋伏。风卷着黄沙，连续碰撞琢磨着戈壁滩上的小石。风像雕刻之刀一样沿着小石固有的纹理切割刻镂。风尘汇而侵蚀，薄弱腐朽之质渐渐消退。亿万年以来，戈壁滩上的风便把一块瓜州的小石打制成了深具大山气象的风凌石。风是无形的，然而它持续不怠，便会以其结果显示自己的强劲有力。小石也是坚贞不屈，否则它早就湮灭了。

原载光明日报.2013年12月6日

# 从渭城至阳关

——丝绸之路文化考察笔记

元二出使安西都护府，王维是在渭城为他饯行的。渭城就是秦都咸阳之故城，在唐长安西北，也在汉长安西北。出长安，跨渭遂到。受邀走丝绸之路，回望长安，感受汉唐精神。吾辈也选渭城发踪，然而既无酒，也无茶，尽免一切仪式，不亦乐乎！

2013年8月16日11点15分过茂陵，见汉武帝的大冢松柏青葱，霍去病墓石刻魅力犹存。曾经数至于斯，每每兴致勃勃。

丝绸之路是征伐匈奴的意外收获。张骞有凿空之功，然而商贾使者相望于道，非一世可成。傅介子经汉政府同意出使西域，其不兴师劳众，割下楼兰王的头，另立楼兰王，以斩断楼兰与匈奴的勾结。班超率36士，在鄯善杀烧100余匈奴使者，巩固了鄯善与汉政府的关系，又在于阗诱劈巫师，不得不使于阗附汉，并巧让疏勒隶汉。班超接着联合于阗、疏勒和康居，破匈奴和龟兹的军事要塞姑墨，受汉军支援，打败莎车、月氏，迫使姑墨和温宿投降，再另立焉耆王以亲汉。班超凡30年，战斗在塞上，遂使西域诸国毕属于汉，其勇莫大焉，智莫大焉，忠莫大焉。然而匈奴也要控制西域，并反复驱马侵犯。以经营西域耗资甚多，有大臣主张放弃西域，关闭玉门关和阳关。受邓太后支持，汉政府派班超之子班勇驻兵柳中。其降服龟兹，平定焉耆，逼退了匈奴，从而使丝绸之路大畅。王玄遵唐政府之命，三赴印度，也自有维护丝绸之路的光荣。

8月17日8点5分辞宝鸡，越千阳，逾陇县，丘起山耸，遍野染绿。20世纪90年代游于斯，见梯田层层，植被荒凉。一旦退耕还林，河川旋即丰茂。人类活动对地球之影响越来越大，但愿善待地球。过于自私，实为败群。

在平凉用餐以后，遂登六盘山。曾经几次往返这里，黄壤白土，茅草西风，多显贫瘠。10年以后再过此地，坡岗尽树，让人十分感慨。宁夏隆德一村子边，有妇女20余人正在种树，她们穿长袖上衣，包五彩纱巾，抡起镢头挖坑。辛苦啊！既是生命的哺育者，也是人类生存环境的改善者，然而她们对此并不自觉！

穿宁夏，过甘肃静宁，界石铺，会宁，榆中。公路两边全然为山，坡岗草稀木少，远望村子寂寥。房矮墙低，麦秸堆积，其经日晒雨淋，顶上已经发黑，不过农民仍以此为柴。

近乎晚上7点，夕阳明照，秋色清爽。儿子忽打电话，请求明天理发，今天的生活要由他自己安排。旅途之中，顿悟人生无不是小事。我说："可以的，也报告妈妈。"夜幕骤降，夜宿兰州。

8月18日7点3分，眠足梦醒，抖擞起床。推窗环顾，万千方楼拔地而起，竟压周回之山。晨光发白，雾气轻拂。

兰州就是古老的金城，以黄河横贯，顿生壮势。此为丝绸之路的重镇，当年商贾使者多经此往长安或奔西域。唐王玄曾经再三赴印度，所走路线为长安，兰州，西宁，拉萨，尼泊尔，印度。王玄的印度之行，加强了唐政府和印度及其诸国的联系，传播了道教理论，中国文化得以辐射。以后，海上丝绸之路渐兴，金城遂衰。今之兰州既有生气又显沉重，街树虽绿，躬于楼下。实际上凡中国之城，现在都是树疏楼密。

别了，我的房间。我当随团队一观甘肃省博物馆。

辞甘肃省博物馆，一个久求的问题反复闪烁：中华文明从何处来？它是怎么形成的？丝绸之路最早出现在北方的草原上，也由游牧民族踏出，这也当是最早的东西交流。数千年以来，西域及西域以西的游牧民族一再东行，或从北方南下，目的是在中土获取财富。一支又一支游牧民族进入中土，交流于斯，也博弈于斯，显然为中华文明注入了大量的积极元素。中华文明应该是东西激荡形成的，这也注定它要不断吸纳异质文明。中华文明中的佛教理念就是它吸纳异质文明的成功见证。社会主义，自由，民主，法制，人权，都将壮大中华文明，你能拒绝吗？

黄河分兰州为二，奔腾向东。驻足观察，川流也不过是一片泥汤而已。岸狭水急，遂如牛马追逐。当年走丝绸之路的商贾使者，或选兰州而往，渡之多用皮筏，不知道有多少人葬身于斯。今有数桥凌空，真是方便极了。黄河两岸楼高楼低，茫然迷乱。

出兰州而西，过甘肃红城子，永登，天祝，奔赴武威。公路两边黄土竞耸，高高低低，遂为山丘。少雨多旱，土便干燥，草难生长。有的断崖突出，成为一个切面，土是熟透了。然而人是伟大的，他们刨土为坪，种草种树，树以白杨与松柏为多。架铁管为渠，攀坡跨岗以送水。有的畔上装了喷头，旋转着自动洒水。阳光烤晒，千山万丘尽为渴状，然而草木强绿。

过甘肃安远，沿途川平，有白杨树的地方一定是村子。这一带凉且寒，小麦正在收割，一些摞在田里，一些还在待熟。菜以白菜和萝卜为主，偶见菠菜。油菜一小片一小片的，还都开着伤感的黄花。瓦屋宁静，不见男女。其川两岸，山连着山，阳光白云蓝天之下，真是无穷无尽的多。山上咸秃，远望连一根草木也没有，一时觉得人固然是伟大的，不过其力量毕竟也有限，甚至在宇宙自然之中颇为渺小。中国人需要重温老子的教诲，懂得敬畏。

汽车穿过漫长的乌鞘岭的隧道，便是河西走廊了，其川平且宽，并悠闲地向南北两边的山丘延伸。牛也成群，羊也成群，以羊为多，在半坡觅食，显然一种草原风光。想象乌孙人，月氏人，粟特人，匈奴人，羌人，汉人，曾经于斯相争相和，开丝绸之路，不禁觉得人类生存之惨烈。悄然而问：当年骑马或骑骆驼在此往返的人及其子孙今天在何处做梦呢？

河西走廊在甘肃古浪和黄羊一带退化严重。古浪河水小，黄羊河水涸，有的地方动土壤以建工厂，塑料房屋相拥，烟囱冒灰。草木本就稀疏，甚至寸草不生，尺木不生，不促进生态，反之摧土翻壤，使生态更加恶化了。从审美角度看，突然一片塑料房屋，几根烟囱，也降低了河西走廊的诗意。

8月18日17点至武威，此乃河西走廊东端之重镇，看起来城小而静，非常宜人。汉武帝元狩二年，公元前121年，有汉将军霍去病、公孙敖、李广和张骞，分头率兵征伐匈奴。匈奴内讧，有4万人来降。汉朝便把其安置于武威郡和酒泉郡，属汉，不过存其国号。1969年，有人在雷台挖地道以防苏联入侵，发现一汉墓，出土铜骏马，也就是马踏飞燕。此物甚美，对天马的想象神奇至极，藏甘肃省博物馆。一览汉墓，再观鸠摩罗什寺，此为纪念罗什所立。有工匠正在这里打线解木，以筑山门。所购俄罗斯松树，刨光为梁柱，坚实且大。后秦姚兴灭后凉，于斯迎鸠摩罗什到长安，佛经汉译，以传其法。罗什功大德盛，终于因缘在草堂寺圆寂。出鸠摩罗什寺，赶天黑以前至文庙，欣赏了这里的所藏。刻石珍贵，文章灿烂，颇为难得。

武威是丝绸之路的必经重镇，凡东西贸易，难以绕过。当然，乌孙人，月氏人，匈奴人，羌人，汉人，也在这里争战数个世纪。不过唐人曾经反复咏叹的凉州，现在变成了有高楼与汽车的武威。

8月19日8点10分，发轫武威，直向张掖。河西走廊时而开阔，时而逼仄。祁连山在南，马鬃山、合黎山和龙首山在北。山皆不高，然而东西绵延千里。草原败落，偶有牛羊。蓦见一个牧羊老人面向公路，孑然而坐，衣黑脸黑，显出万古的沉默。

起码自秦汉以来，有数游牧民族于斯生存。水旺草丰，皆为其家。匈奴渐渐强大，遂逐乌孙人和月氏人而去。他们还一再东进北下，欲占中土。汉高祖征伐匈奴失利，接受娄敬建议，改行和亲政策，然而根本问题没有解决。到汉武帝执政，转而兴师以击匈奴。张骞出使西域以联合大月氏，未果，但他却打通了丝绸之路。汉唐兴盛之际，商贾使者之众竟摩肩而来，接踵而去。现在尽逝矣，然而祖先的足迹上蕴藏有一种给这个时代提供精神支持的启示。

汉武帝元鼎六年，公元前111年，也就是设武威郡和酒泉郡10年之后，划武威郡地，置张掖郡，划酒泉郡地，置敦煌郡，并徙民以充实之。

在张掖观大佛寺，其超硕之睡佛，为天下室内睡佛之最。党项人所立，属于西夏王之庙。此庙适北宋与南宋之际，足以反映中土王朝在丝绸之路上的衰落。这里的佛塔初为藏传佛教的造型，经元历明，遂有演变：现在基座是中式的，不过顶部仍保持藏传佛教的造型。

观鸠摩罗什寺，见证了印度人在佛法东播上的功德，观大佛寺，见证了党项人对佛法的虔诚。没有丝绸之路，也许中国就没有佛教。显然，佛教之中国化，是包括西域各民族法师在内的信徒共同达成的。

小雨随洒随敛，夕阳忽隐忽现，西天灰云杂以白云，偶尔红光喷射。宇宙有推窗开门之感，示我以蓝色漩涡，真是特别之遇，慷慨之极。嘉峪关到了！1984年7月，我曾经到过这里，塞上虽广，难免孤独。再赴故地，不知嘉峪关的风如何？

过嘉峪关之夜，天悠然而明，遂在8月20日8点往石关硖山去看明长城。长城在峰巅蜿蜒，蓝天之下，颇有气势。不过身临之，手抚之，审视之，才发现它是新筑的。虽有碑立，然而难觅一寸遗址，甚至连残土余灰也没有。环视俯察，周边有新建的房屋，亭台，有柳，白杨，可以钓鱼的池塘。所谓的明长城显然是为一种小农式的产业招揽生意的。恶用史迹或新造史迹以盈利，是这个时代的通病。改了吧，对历史存一点尊重心，对先民先贤先君存一点敬畏感，属于一种文明，反之是一种让文明人不齿的野蛮。

在嘉峪关一片戈壁滩上，有一个牧民放羊，见草鲜茂，遂撵羊而去。他想休息，便把鞭竿向一个土堆插下。他感觉一片空洞，很是诧异。再看，竟是一个墓室。这是1972年的事。经考古发掘证实此为魏晋间一官贾之墓。入其墓室，三进尽由砖砌，四周壁画共一百余幅，皆作于砖面，并染以朱砂。狩猎，牧羊，耕地，杀猪，烤肉，用餐，弹琴，悉有反映。朴素而灵动，且大有生活气氛。墓主不可知，尝遭盗。这一片戈壁滩上，有墓近乎

150座，都属于魏晋。由于保存壁画技术不足，没有尽发，这是对的。丝绸之路上有如此群墓，价值甚富，值得研究。

下午至酒泉，略有兴奋。汉武帝以一坛酒奖励霍去病，然而士在沙场上多能奋不顾身，怎么能独享呢？遂寻找一泉，把酒尽倒，水冽而酒香，让士共饮。河西数战，就是这样打败匈奴的。

酒泉仍在，其清水尚流，也是一奇。有石栏相护，天下人绕而观之，敬意在目。太阳斜照，景明气高。左公柳散立各处，树粗悉需四臂合抱。有一门额颂酒，颇有意思，其曰：饮之令人寿。当然，这种酒不能造假。

河西走廊在祁连山与黑山之间突然变狭，只有20里，明政府遂于斯建长城，筑嘉峪关。傍晚到这里，塞上夕辉，万里秋光。嘉峪关踞于丝绸之路，难免让我想到汉唐，然而汉强唐大，皆为盛世，但明却显出一种老态和保守。精神强大，国家才强大，国家强大才敢创造和宽容。

明天往敦煌去，但愿在嘉峪关可以安眠。

8月21日8点6分离嘉峪关，乘风西行。逾黑山湖，到赤金一带，戈壁滩遂出现起伏，公路也要破山而前。不过一旦流水，白杨便绿，有人居焉。虽为河西走廊，地貌各异，风光也在微调。然而普天之下，布满了阳光。汽车匀速而驰，诱人昏然，吕卓民教授与王卓便交流照相技术，其声在车里断断续续的。目标敦煌，遂胸怀欣然。

擦玉门市边而过。这一带开阔平坦，已经化为绿洲。白杨树与柳树横成行，纵成列，郁郁成堆为林。田野里有菜，有玉米，有收割过的摞在一起的麦秸。灿然而金碧辉煌的是向日葵，也许要作油料用吧！城远远地在树背后，望而不见，遂留下了悬念。河西走廊的这一段，似乎最显百年以来中国人改造自然之功。

8月21日12点48分至敦煌，此为河西走廊西端的重镇。无水绝无绿洲，敦煌碣然于绿洲之上，全靠党河与疏勒河的润泽。

秦末汉初，以祁连山为基地的月氏人强大起来，遂独居于斯。也许敦煌就是月氏语的都货罗，都货罗就是吐火罗了。然而汉武帝在武威郡以远置张掖郡，尤其是在酒泉郡以远置敦煌郡，完全是勇以为势，强以成形，要压汉之境。敦者，大也，煌者，盛也，恰恰反映了汉武帝之意。这里扼东西交通之咽喉，是其锁钥。在汉军征伐之际，敦煌发挥了特殊作用。李广利灭大宛国，赵破奴俘楼兰王，皆以敦煌作后盾。粮草车马，尽由此出。

因为会住在这里，有时间感受敦煌，遂直抵莫高窟。

兴于外而传于内的敦煌学，莫高窟是其根和源。一旦立足此地，便见万邦众国之人倾身于斯，熙熙攘攘，喧哗如市，其热闹之状如西安秦始皇兵马俑，北京故宫，杭州灵隐寺。

莫高窟以壁画和塑像名世，反映了对佛的信仰。大约从4世纪到14世纪，佛教徒在此凿洞弘法，历千年之余。多是民间自为，然而隋唐二朝奉佛，遂具国家行为。隋供佛70窟，唐供佛1000余窟。

透过白杨树的间隙发现夕阳所照的莫高窟错错落落，连连绵绵，如蜂窝鸽巢，占有长达1600米的断崖。环境极为艰苦，不过信仰所发的力量显然可以克服重重困难。莫高窟让人望而生畏，甚至难以想象。

仅仅选了8个佛窟而瞻，是少了一点，不过这也够使我消化了。塑像多为释迦牟尼，菩萨，弟子，天王，金刚，力士，现存2415尊。壁画绘佛，绘飞天，绘伎乐，绘仙女，绘花卉，绘佛的故事，绘佛教史迹，绘神怪，并有精致华丽的装饰，确实是包罗万象了。资料显示，壁画多中国艺术元素，不过也注入了印度、波斯和希腊艺术之元素。联合国教科文组织认为莫高窟是世界文化遗产，这显然是当之无愧的。

在一块石头上，刻有陈寅恪之言："敦煌者吾国学术伤心史也。"窃以为这指数万卷文献所失，而且敦煌学由西方所发。沿着如此方向思考，令人感慨万千，并起文化的危机之叹。遗憾至此之吾国男女，看起来多是凑热闹的。不读书，不追问，只求利，只玩手机，何以傲世！

走出莫高窟，我泪流满面。

8月22日9点45分至玉门关，只见辽阔的戈壁滩上有绿洲，绿洲上耸立黄土所筑盘域，为小方盘城，是西汉玉门关都尉治所的遗址。

汉人把玉门关建在地球上，但唐人却能把玉门关刻在灵魂里。在这里，我不禁默诵："黄河远上白云间，一片孤城万仞山。羌笛何须怨杨柳，春风不度玉门关。"王之涣的诗。"青海长云暗雪山，孤城遥望玉门关。黄沙百战穿金甲，不破楼兰终不还。"王昌龄之诗。班超为国家在河西冒死工作几十年，他的倾诉更具生命体验："臣不敢望到酒泉郡，但愿生入玉门关。"

王之涣和王昌龄的玉门关，在甘肃安西双塔堡一带，班超的玉门关在我的视野之中。

离开小方盘城，又见大方盘城。此乃西汉玉门关昌安仓，粮草军需皆储于斯。残垣断壁，零零落落，然而废墟之上的黄土仍闪烁着雄气和霸气。疏勒河由东而西，远影犹明。

小方盘城和大方盘城皆筑河之南岸，是要靠水，也是要控制丝绸之路。水还在流，草环水而动。阳光之下，塞上之风强劲压草。

玉门关是丝绸之路北道的要隘，在这里曾经出土有汉简，包括诏，奏，律令，檄文，还出土有笔，砚，药书，见证了汉人尝于斯施政。

在玉门关，我似乎摸准了中国文化的一个点，一条线。不知道自何年以来，昆仑山之玉便经这里进入中土，中原，为夏商周及秦汉之天子所用。在商王妃妇好墓所出土的大量玉器中，就有温润的和田玉。丝绸之路不通以前，玉石之路已经通了。丝绸之路废了，玉石之路还在通。玉文化出红山，出良渚，出仰韶，出齐家，出石峁，皆发端于新石器时代，有的是8000年之玉器。

阳关在玉门关南，阿尔金山北，2000年以后，它只剩下了一座烽燧。白云蓝天之下，黄土如铁。当年的烽燧连绵于阳关与玉门关之间的山脊之上，一旦羌人从南而来，或匈奴人从北而来，便狼烟腾空，报警发军。依烽燧就是丝绸之路，其南就是阳关城，阳关都尉治所设于斯。

有一位阳关镇的妇女指着烽燧下炫目的平地说："它是古董滩。"古董滩者，经常可以捡到西汉钱币与别的器物之谓也。考古发掘，这里有版筑墙基多处，而且排列整齐，是有所规划的。它现在拉着铁丝网，受到了保护，否则淘宝之徒会频频光顾。

阳关是丝绸之路南道的要隘。出阳关向西，是鄯善，于阗，过葱岭，可以至安息，今之伊朗。可惜现在的阳关路既无鸟迹，又无兽迹，充满了一种绝代隔世的荒寂。不过若有天地之心，可以听到历史的回声。忽然想到长安，想起王维的诗："渭城朝雨浥轻尘，客舍青青柳色新。劝君更尽一杯酒，西出阳关无故人。"唐人之情，温暖永在。

敦煌去西北大约80公里是玉门关，去西南大约80公里是阳关，玉门关与阳关相距大约80公里，几乎是等边三角形。宿敦煌，再宿敦煌，用五体感受了宁静和飘逸的夜城。

当年玄奘印度取经，就是从敦煌返长安的。

原载丝绸之路.2014年1期

# 冷月之思

　　2014年元月与癸巳年腊月基本上是重叠的，将冗务排出，安然读书，日子遂静。想了一些事情，以为春天作计。

　　这些年陕西文学界被一个伪问题困扰着，就是所谓的断代问题。在文学上，以十年或二十年划代不是科学的，文学史上也无此惯例。文学的时代往往以社会形态标志，凡在清朝的就是清代的作家，在唐朝的就唐代的作家，魏晋相连，尤其社会形态相似，就是魏晋的作家。在欧洲，文学时代更广，有以中世纪为标志的作家，有以文艺复兴为标志的作家。杜甫公元712年生，杜牧公元803年生，相差81岁，都是唐朝的作家，属于一个时代。薄伽丘生于1313年，莎士比亚生于1564年，相差251岁，然而他们都是文艺复兴这个时代的作家。以此道理，我与陈忠实、路遥和贾平凹是处于一个时代的，我和柳青也是处于一个时代的，吾辈皆为一个社会形态下的作家。

　　放大这个时代，需要开阔的文学视野。文学的时代一旦放大了，作家的艺术贡献才会水落石出，他也才能坐准自己的座位。作家的成名与成功并非完全统一。成功的道路只有一条，但成名的道路却甚繁。曹雪芹的小说曾经是禁书，然而它潜行多年以后变成了中国文学艺术的顶峰。柳青曾经红得彤然，不过他很有可能从成功的队列中脱落。这是一个有益的启示，足以鼓舞一个时代以艺术之道从事写作的或长或幼的作家。不要理睬断代的鼓噪，谁都存在着升降的可能。当然，唯确保有艺术价值的文章，才能把它的作者带入光荣的座位。

原载陕西日报.2014年2月7日

# 高考不可怕

中学时候，有老师借社会之势给我的一种自然行为加罪。尽管知道自己无辜，可惜年幼，难探深浅，遂咬牙承受。由此我也发愿，要当一个作家，揭露人心之危，创造人性之美。此乃一件肃穆的工作，至今我还没有成功。

我曾经告诉学生："一个人在30岁成功，那是天才。一个人在40岁成功，那是峻才。一个人在50岁成功，那是宏才。一个人在60岁成功，也很光美。一个人终其一生而成功，也是成功，因为世间永远是少数人成功，多数人不成功。所以要给自己的潜能以长远的规划，不可得了小利，失了重名，临死悲凉。"

依我的观点，虽然自己还没有成功，不过仍存在着成功的空间。这由于我一直都在劳动，活越干越顺，何况我也丝毫感觉不到人生的谢幕之日。我自信，好戏在后头。

我所读书的中学在少陵原上，初中先有五个班，后调为四个班，到高中只有两个班。一个小小的中学，学生都是相邻几个农村的。想当一个作家，让天下人知道你的故事，几近做梦。幸而我遇到了机会，竟上了大学。

1977年，中国电闪雷鸣般地恢复了高考，并争分夺秒地从几百万上千万青年之中打捞渐渐沉溺的学子，以补充社会建设的急需之材。吾侪就是遇到了这样一个机会，真是天赐。我意识到当作家不上大学比较渺茫，不上大学平台太窄，视野太短。我也意识到上大学可以改变命运，起码会脱离农村。农村固然有希望的田野，不过在我的印象之中，城市高贵，农村贫贱，所以城市里的流氓分子，思想反动分子，刑满释放分子，总是谪遣农村。农村的胃宽厚且坚硬，似乎有菌有毒之物也能消化。然而我要逃亡，弃农村而去。没有门，唯一的路径是参加高考。

但这却极其艰难，因为中学不是学工，就是学农，还要批判林彪，批判孔子，批判邓小平，批判资产阶级，所给知识甚少，空空如也，怎么会为大学所录取呢？我深恶那个老师，就是由于他指控我是一个新生的资产阶级分子。此帽子在当年会把人压倒，当年我只有14岁。

尽管艰难，我也决意参加高考，而且一定要上大学，否则如何当一个优秀作家呢？世皆称行行出状元，实际上在中国也只有上大学才可能出头。对社会底层之人，尤其如此。怎么办？除排一切干扰，包括家庭的，亲戚的，朋友的，同学的，甚至生理的干扰，从而保持一种定力。悠悠万事，考高为要。

一旦进入志在必得的状态，便仿佛立足顶峰，群山咸小，不但学习有了秩序，而且效果速高。凡俗排斥，唯在知识之海畅游。神聚气清，脑子灵光。重点在握，难点也必须一个一个克服。能感受到，我像一块磁体，知识之铁吸附而来，我像一个容器，知识之水汇流而来。我分门别类，点石成金。我还用思想之线，把知识之珠串在一起，从而构成了开合自如的项链。如此学习，乐在其中矣！

方法也十分重要。我往往是在语文之后演数学，数学之后务历史，历史之后弄英语，英语之后背政治。从头到尾，自尾而头，循环往复。总之，两个学科之距越远，越能产生兴奋。学习一小时，锻炼十分钟，动静结合，便保持了兴奋。窍道更见效，这要自己寻找。以历史而论，我制作了历史年表，贴之墙壁，俯仰皆能看。历史年表以时间连事件，以事件连人物，以人物连精神，收获颇丰。实际上各人有各人的方法与窍道，只要钻进去，方法自呈，窍道自现，不用谁教的。然而你钻不进去，即使大师教你，也无办法和窍道。

在高考之前的几天，我让自己慢慢放松。一张一弛，意在发挥，发挥当然是在考场。既然我已经努力学习了，我怕什么。早一点进考场固然可以镇定，不过迟一点进考场也可以镇定。胸有成竹，不怕竹不生动。考卷来了，便让目光从容地落在考题上，不能紧张，因为慌乱随紧张而生，差错随慌乱而生。达观高考，虽然它在人生之中至关重要，不过它毕竟只是人生的一个环节，所以我更不怕了。我也拒绝父母陪伴。我希望他们忙他们的，只等我的消息就行了。

我的消息是：大学录取了。于是我就有了一个高亢的平台，一个宽阔的眼界，当一个学者化和思想者化的作家就有了的可能。尽管天命的作品我现在还没有拿出来，人心之危和人性之美仍处孕育之中，不过我也并非碌碌无为，相反，我一直走在成功之途。凝目思之，如果不是我胜了高考，那么这一切皆为子虚。感谢高考，就因为这个机会让我脱胎换骨。

　　我的高考早就进入了历史，不过我知道每年都有几百万青年在为高考奋斗，每年都有人喜过龙门，也有人悲落榜下。有一个问题一定要戳破并能洞察它，这就是：高考只是成才的一个步骤，虽然它非常重要。这样想，便会发现人生愿景广袤无垠，从而自己会获得一种纵深的谋略，一种超强的状态，高考就不可怕了。既然不可怕，你的高考便已经赢了一半。

二〇一三年十一月七日于窄门堡

原载高校招生.2014年3期

# 向郭风墓三鞠躬

天倾西北，地陷东南，此为中国神话所叙述的大陆形势。这种奇幻的故事早就催我走一走福建沿海，以瞻其景。然而一拖十年，再拖二十年，直到甲午正月，我才游了厦门、泉州、莆田和福州。

促我成行，显然还有一个原因，是我想谒郭风墓，向先生表达我的敬意。此念在2014年2月6日8点20分怦然而起，强烈之极，不可回收，遂买了机票，径达鼓浪屿。

我和郭风先生既无面交之亲，又无杯酒之欢，一直如此。他长我两辈，相距也远，往来真的有阻。然而我读过他的作品，那种静穆和明丽的意境确实让我羡慕。我也曾经想象他的容颜和姿态，猜度其轩昂或矍铄。不存拜见之心，因为其中的差异太多。

依稀是我有书出版，一本散文选，寄给了他。我以为到此就结束了，难有什么反响，世情总是这样的薄。未料不久我竟收到他的信，开封一看，居然是一篇评论文章。仿佛两年以后，我复有书出版，一本系列散文集，仅仅是出于汇报，再寄给了他。旬日之间，收到他的信，一看居然又是一篇评论文章。两篇都是钢笔所写，蓝黑墨水，字迹刚劲，气息平和，偶压纸的格子。文章皆不长，然而有分析，有援引，语多鼓励。我能为先生做一点什么呢？聊任编辑，就出版一本他的书吧！然而以郭风先生的艺术造诣和社会影响，实际上是他支持我。即使如此，有一年春节之前，他还寄一盆水仙给我。在我的视线里，其水仙永远叶绿花白，俊俏十足，有盈盈的生机。

先生这些厚爱，都发生在20世纪90年代初，算起来当时他70开外，我30出头。那些日子，正是我运势持续动荡的时候，以愁云惨雾状我，一点也不夸张。按理我应该拜见先生，恳恳致谢，然而我觉得此举俗了，我也不得意。但先生的帮助与教诲却从来没有散淡，相反，我对先生的感恩固如磐石，重压我胸。2010年先生逝世了，我也尝动意到灵堂去吊唁，不过又立即抑制了我之所计，因为此举也俗了，尤其怕我的突然降临会造成一种打扰。

我决定向先生墓三鞠躬。资料显示，先生葬在他的故乡莆田，我遂骏奔莆田市华亭镇濑溪村的福宝陵园，以为先生安眠在此。可惜管理者告诉我，这里有墓一万余座，不提供具体信息根本不可觅。举首遥望，壑旋雾茫，低眉垂询，秦耳闽语，使我一筹莫展。原不想惊动任何人，现在只好求助朋友了。经了解：郭风不葬福宝陵园，其墓是在福山陵园。不过仍有问题，因为民政部门已经把福山陵园改为宝山陵园了。完全清楚了，遂辞别管理者，乘濑溪村一个青年的摩托车驰骋十余里，沿宝山十八盘而上，终于找到了郭风墓。

先生之墓与它周围的所有墓都是一样的规格，一样的石材，一样的安静。然而我觉得唯先生之墓是熟悉的，亲切的，尤其镶嵌在墓碑上的照片所呈现的先生的慈祥、喜悦和智慧显得独一无二，闪烁着古之君子才具的神采。

确认郭风墓以后，我攀崖入林，揪了一把青草，折了一簇翠枝，撷了一朵黄花，盘结一体。点燃我带的香，遂献先生。我久久站在先生墓前，虚怀净窍，聚精凝虑，让时光一分钟一分钟地悄然倒流，转至20世纪90年代初我的落寞岁月。我的泪水潸然而下，我说："先生我看望您来了！我看望您来了！"遂一鞠躬，二鞠躬，三鞠躬。

二〇一四年二月十八日，窄门堡

原载西安晚报.2014年4月9日

# 机 缘

我和陕西省作家协会的关系完全是一种机缘。大言为历史的机缘，小言为命运的机缘。有时候我会想，此乃真不以个人的意志而舍得。

## 第一次走进协会的院子

早就喜欢文学创作，不过知道有一个作家协会，驻西安市建国路，是读大学之后，遂暗忖，什么时候能见一见这里的编辑呢？

大约是1980年春天，草绿花红，鸟鸣树上，这一切都壮了我的胆，竟坐了公交车，至建国路，觅得陕西省作家协会的牌子。一旦断定，便迈步走进了院子。

印象至深的是，地湿如泥，处处生苔，以砖砌圃，种以桂树，甬道两边为斜顶房子，朱门洞开，窗以帘遮，是十分的安静。不认识谁，也不确定请教谁，一边张望，一边踌躇，桂树的叶子就扫了脸。

近路有一屋舍，转念之下，干脆就径入而去。有一位方脸的先生正读稿子，抬头看着我。我说："老师，我带了一篇散文。"他问："你是哪里的？"我说："我是陕西师范大学政治教育系的。"他指了一叠稿子说："你放在它上面，会审阅的。"他就不说话了，我也没有什么话再说，遂悄然告辞。他方脸，白肤，略有红晕，胡子刮得发青。四十余岁，我想，他站起来身材一定修长。显然他是一位编辑，但他姓什么，名什么，我却不清楚。

在出版社工作以后，总有机会到作家协会来。未毕业我已经认识了路遥，慢慢又认识了白描、晓雷、王观胜、李星，偶尔也会见到陈忠实。不过在1980年我见到的那位编辑是谁呢？我始终不知道。然而一个编辑在那个时代的日常工作中所表现出的庄严感与修养性，使我领略了作家协会的深度。

## 第一次由协会为我举办作品讨论会

到1993年，我出版了四个散文集，遂谋划举办一个作品讨论会。也并无别的意思，仅仅是晦气太重，寂寞孤独，希望触到暖流。

几经商量，决定由陕西省作家协会和陕西省写作学会联合举办，地点在作家协会的会议室。陈忠实在这一年当选了主席，遗憾他出门在外。幸运的是我邀请到贾平凹参加，并作了发言。当时他住西北大学靠城墙的一个单元楼上，我用出租车接了他。上午九点，研讨会开始。时任秘书长的晓雷站起来，举目环顾，一一向李若冰、李沙铃、贾平凹、阎景翰、陈绪万、徐岳、汪炎、田长山、刘路、张国俊、匡燮、陈华昌点头说：“欢迎诸位，都是写散文的啊！”接着他神奇地拿出一封电报说：“王愚、肖云儒、李星及杨玉坤四位在京有事，发电报由我转朱鸿。我念一下。”晓雷朗声读道：

　　我等因故突然决定赴京，未能参加大作讨论会，深感遗憾，并致歉意。我们都是你散文的爱好者，觉得它能将社会和人生结合，心灵和自然结合，构成冲淡沉厚的生命境界和审美境界。祝创作丰收，祝会议成功！王愚、肖云儒、李星、杨玉坤

　　我不料会有他们电报，非常诧异，惊喜之极，更为这四位评论家的仁义所激动。那些日子，我的运势一降再降，生活颇为灰暗。我想前贤一定是觉察了我的凄惨，怜悯我，也爱我，所以要给我以庇护，助我以旅行之力，防我跌倒，怕我伤骨而不起。我敏锐地感知了一种我亟需的温意，喉鼻哽咽，硬忍着阻其泪涌。电报至今我仍保存着，只要看到它或想到它，我便欲哭，可惜王愚先生已经逝世了。长山兄也早就故去了，他发言说：“朱鸿坎坷，不过他也很坚强。”音容甚明，但我要致谢却找不见他了。闻频先生也出席了讨论会，并高调夸我。王晓新先生也来了，他

烟不离手，意随烟远。当时年轻的小利兄和国平兄也都来了，他们竟执意地坐在了后排。

此讨论会对我有极大的鼓舞，它的情景永不磨灭。我至死不忘这些前贤、老师和朋友。历历在目，一想就流泪。

## 第一次忝列协会主席团

自发愿从事文学以后，没有一刻不希望以作品立身，以艺术安命。成名成家，也为常情。然而并不追求在协会任职，绝无非分之想。当然，念随事生，有时候也是形势逼人。艺术凭天赋与努力，但作品的传播却需要平台和渠道。

2007年9月18日，陕西省作家协会第五次会员代表大会完成了种种任务，顺利结束，于斯我当选副主席，忝列主席团。我一向认为，作家是自己的，也是社会的，但副主席却是社会的，属于会员。副主席是要承担协会所分配的任务的，是要为会员工作的。推卸任务，规避工作，仅仅让自己享用副主席的光荣，凡此吾不敢，不为也。基于此，我每年都选两三件事情来做，主要是散文专业委员会的，或征文，或采风，以营造气氛，鼓励彼此的创作，为协会的成绩添砖加瓦。

2011年10月23日，我所负责的散文专业委员会联合相关机构，举办了首届中国当代散文写作研讨会。主题是：中国文学传统与中国当代散文写作。邀请的专家、学者和文学评论家纷纷发言，各呈见解。他们分别来自陕西省作家协会、西北大学、陕西师范大学、西安建筑科技大学、西安工业大学、西安音乐学院、陕西省社会科学院。由于有学生参加，会场上座无虚席，过道也站满了人。此事做得我还满意。

2013年5月8日，在陕西省作家协会第六届会员代表大会上，我再次当选副主席，并继续负责散文专业委员会。窃告自己，将更努力地工作，否则就是辜负。现在正筹措举办第二届中国当代散文写作研讨会，确定主题是：中国当代散文与陕西散文写作。此研讨会将探究中国当代散文写作的理论问题及创作实践，考察陕西散文写作的源流与特点，及其在中国当代散文格局中的地位与影响，尤其是分析陕西散文写作的优点与短版。以小事大，不亦乐乎！

二○一四年四月十六日，窄门堡
原载太白文艺出版社.作家与作家协会2014年10月

# 让 座

离开北戴河，火车在幽燕之地一晃便驰至北京。高楼之下，熙熙攘攘，大厦之侧，攘攘熙熙，遂无意在此逗留。

出北京站，搭汽车往北京西站去，以返我长安的窄门堡。让座之事就发生在汽车上。

毕竟是北京，乘客鱼贯而入，坐了下来。我和妻儿拉箱提包，选中间的座位也坐了下来。免晒得惬，觉得很是舒服。我携儿子同坐，妻子隔过道并排而坐。

显然是空调坏了，有两处漏水，其一点一点刚刚滴到临窗的前后两个座位上。乘客嫌弃，统统绕去，两个座位便久久虚设。售票员终于引领了两个老人，让老妪坐后排，老翁坐前排。一旦座尽其用，司机便手脚发轫，驾汽车而行。

老妪稍坐就站了起来。她摸了摸裤子，又瞅了瞅座位，便直身提腕伏在前排的靠背上。座位湿了，只能站着。她应该有七十余岁，显然定力难平其身。好在个子不高，能够扣拥靠背，以防摇摆。老翁大约早就发现有位不可坐，从开始便站着。苦的是腿长腰长，个子甚高，得把脖颈伸越前排的靠背。他屈胸举首，算是勉强站着。老翁白发苍苍，足满八十岁了吧！老妪穿着一件紫底黑花短袖上衣，紧紧依偎着靠背。老翁把他的灰色上衣捅在裤子里，紧紧搂抱着靠背。他们一前一后，不能彼此照顾，也没有要任何乘客让座。两个小伙子各坐他们旁边，也根本无意让座。他们的肉体是平静的，然而也分明忍耐着在颠簸之中折躯盘足的艰辛。

阳光射窗而注，膨胀了汽车里的热气，乘客无不昏昏欲睡。空调嗡嗡作响，但它却并不制冷，反之发挥了催眠的作用。两个老人是汽车里岁数最大的乘客，也是气魄最大的乘客，坚持着清醒，因为倦意略袭，他们便会跌倒。

两个老人怎么也走不出我的视线。几次起念让座，几次都有理由按住了我。心在动，遂坐而不宁。我感觉得到，妻儿也一直注意着两个老人，也是坐而不宁。

妻子悄然倾身对我说："路还不近呢！"我说："不近。"她顿了顿又说："老人站着太难受了，我想把他叫过来，坐到我的座位上！"十三岁的儿子抢着说："摔伤了就缠住你了！"声低而厉，坚信无疑。妻子沉默了，我也沉默着。我相信儿子的善良，他的道德必有润发拂茂的空间。然而社会存在塑造着社会意识，尽管我有一些道理可以校正他，但径端却怕遭遇儿子的反驳，也显得做父亲的蛮横，尤其效果会很差。当然，事既如此，就非让座不可。退回到不义的状态，相当于邪压住了正。

我仍打算请妻子让座，我也有了一个办法。汽车在崇文门附近碰到了红灯，停了下来。我向妻子建议："能不能把老人旁边的那个小伙子叫过来，要他坐你的座位，要老人坐他的，这样老人就不用挪动了。"妻子说："可以。"遂招呼小伙子。小伙子惊醒调头，须臾离开，坐到了我妻子腾出的座位上，似乎也并无怨言和愠色。妻子扶老人坐下，便回转倚傍我和儿子的靠背站着，一副轻松的样子。儿子说："让座也没有感谢！"老翁显然极累，没有余力感谢了，不过我不愿意从此角度解释。我一边站起来拉妻子坐下，一边说："行善并不是为了求取感谢的，它是一种精神的需要。"恰恰这时候，老妪旁边的那个小伙子忽然也腾出了座位，要老妪坐下。妻子说："真是善点燃了善。"在我眼睛的余光之中，儿子若有所思地笑着。

二○一四年八月二十九日，窄门堡

原载渤海早报.2014年11月20日

# 黄 土

凌云御风以俯察西安，会发现这个城完全立于黄土之上，甚至黄土包围着西安。

平常会忽略黄土对西安的意义，因为出巷上街，所见是草木，是玻璃幕墙的高楼大厦，是华灯，是流水一般的汽车。然而离城而去，远一点环视，便会看到凡西安的建筑是尽由黄土支撑。

西安依龙首原营造。龙首原属于黄土的堆积，地势壮阔，地貌雄奇，可惜人类的活动：一个伟大的城的存在与持续扩充，已经把它的高岸与低谷拉平了，甚至把它遮蔽了，包裹了，黄土也内敛着，萎缩着，遂难免感受到城在龙首原之上。不过看一看乐游原的残坡剩陂，看一看正受到改变的少陵原和神禾原，也在遭掘的白鹿原，尤其是看一看暴露在外的黄土的立面和斜面，便可以想象这座城确实踞于黄土之中，甚至它就是黄土的变形。

实际上两千余年前的汉长安城，一千余年前的唐长安城，都作黄土之间。那时候，材料单一，城与黄土的关系密切之极。也许长安城就是艺术化或灵魂化的黄土，遂能漂亮地还原于黄土。

　　在地球北部的几个大陆都有黄土分布，不过中国黄土分布广，厚度大，覆盖连续，层序完整，为世界第一。它基本上处于北纬30°至49°之间。中国黄土呈东西向，大约铺排于昆仑山、秦岭和泰山一线的北侧。西北可达天山，东北可达大兴安岭和小兴安岭。

　　中国黄土以面积54万平方公里的黄土高原最为典型，也最具研究价值。其西起祁连山，东至太行山，北发阴山，南抵秦岭。浅的数米，数十米，深的一百余米，二百余米。深之至极，在泾河与洛河一带。这里位于黄河的中游。黄河经黄土高原而流，给这里的黄土赋予了神性。夕阳所照，黄土高原的气象便尽显洪荒和浑朴。风走过它的塬，梁，峁，壑，千里呼啸，万里回应，禽息兽匿，人谁不敬畏！

　　西安所拥的黄土，或汉长安城和唐长安城所拥的黄土，也属于黄土高原的范畴，不过这里的黄土自有其特殊。秦岭流出数水注渭河，渭河灌黄河。这一片黄土便发于渭河以南，止于秦岭以北。此地谓之关中，苏秦赞之为天府，东方朔颂之为陆海。形胜之地，遂一再立国作都。这里的黄土细腻，疏松，具绸缎一般的触觉和蜂蜜一般的视觉。

　　大约2300年以前就有中国人注意到黄土，但对它的研究却由西方的地质学家发轫，随之中国的地质学家也孜孜以求，大有作为。这些黄土是从何处来的呢？比较一致的观点是，里海以东有浩瀚的沙漠，一旦气流上升，它便会携带粉尘颗粒进入高空，并为西风环流系统所容纳，接着随西风带向东南飘移，至东经100°以东骤然沉降。260万年的堆积及其种种化学反应，遂为黄土。东经100°以东，恰恰就从祁连山一带开始。之所以黄土高原的黄土十分发达，也许是西风带让随它飘移的粉尘颗粒总是在这里集中垂落导致的吧！

有地质学家认为，黄土高原是古土壤与黄土累加起来的，因为它们相互叠压数十次，应该是260万年以来，包括更新世和全新世，气候暖湿与气候干冷的周期性回旋的结果。黄土夹缝还藏有几十种古脊椎动物的化石，其属于第四纪。显然，中国黄土是一部信息丰富的自然档案，凡地质学家，气候学家，生态学家，环境学家，都可以从中获取他们想要的自然演变的资讯。人类的活动也在黄土上留存着印痕，历史学家当然也颇感兴趣！

中国农业之兴，全赖黄土，尤其是在黄河中游一带。黄土呈柱状节理发育，虽然久久沉积，不过黄土仍是疏松而散，其密布的间隙，如小孔和细管，使地下水分得以向地上浸淫。一般夏季多雨。当此之际，暖气流起于海上，并从岭南向大陆漂移。只要它遭遇冷气流，就会形成锋面雨带。在锋面雨带逾越秦岭的时候，恰恰是夏季，其雨便补充了关中及黄河两岸黄土的地下水分。黄土软，雨易渗，水分宜蓄。年年如此，岁岁如此，遂在上古就有部落于斯耕植。初民不用灌溉，打磨几件石器作工具就能播种和收获。合适生存，初民便越聚越多。

神农氏曾经于斯指导初民种其粮，功莫大焉。有熊氏渐盛，其首领轩辕打败了炎帝，又打败了蚩尤，成为黄河中游一带部落联盟的共同领袖。会当凡非的蚯蚓出其土，显示土之德瑞，黄土为色，遂是黄龙，轩辕便任黄帝。黄帝发明频频，然而他仍不懈于教天下以稼穑。唐尧，虞舜，夏禹，皆据黄土高原开国成事，其经济所靠当然也是农业。

当是时也，周人的后稷神秘下凡。他显然有耕植的天才，会相地以播百谷，部落之民也都向他学习。尧举后稷为农师，御内便得其利。舜也敬重他，封邰，今之陕西武功。周人以农业而强，迁豳，徙岐山之下，过渭河，进关中，平商之崇侯国，作丰邑，再作镐京，继续修德振兵，终于取商而代之。周人对农业的贡献是使稼穑有了规模，田有公田和私田。他们实行了井田制，把奴隶组织起来劳动。

关中的黄土杂糅有大量的腐殖物，八水相绕，久有开垦，其粮遂常能丰收，上税缴赋甚多。司马迁说："关中自汧雍以东至河华，膏壤沃野千里，自虞夏之贡以为上田。"20世纪曾经有农业学家测量长安的黄土，发现这里的熟化层达50厘米至60厘米。如此之肥，完全可以让枯木发芽。这既有自然的作用，也有祖先世世代代劳动的作用。可惜一声风吹，上田便争盖房子以卖钱。真是罪孽啊，不肖子孙！

中国文明称之为农业文明，以农业兴于黄河中游，又称之为黄河文明，很好。不过有时候，我会登临黄土之丘而坐，捧一把黄土想，中国黄土，世界尽重之，尤其农业以黄土所创，所以称中国文明为黄土文明不是更好吗？

黄帝崩，葬于桥山，为黄陵。轩辕时代的历法，也为黄历。黄帝取黄土之色，是由于土出黄龙，表征了他的天子之德瑞。多少年以后，封建君主便以黄为色之正，为贵，乘黄屋，穿黄袍。黄成为专用，一旦士庶用之，就是僭越，有杀头的危险。高等和特权竟以黄得以体现，这应该出乎黄帝之所料。

黄土融有矿物质，按一定的比例兑水和泥，抟之为坯，装窑而烧，遂成陶器。新石器时代属于氏族公社的半坡人便有陶钵以盛水，陶罐以储粟，陶哨以吹音。他们的陶盆多绘有鱼纹和鹿纹，可以使用，也可以欣赏。遗憾半坡人在年岁的循环往复之中走失了，否则中国文明将别有一番精彩。

周人未必是半坡人的子孙，不过他们也掌握了用黄土制作陶器的工艺。营造宫室的板瓦便是由黄土烧出来的。秦人是周人特殊的一支，建筑所用的水管，盖房子所用的筒瓦和条砖，都是陶器，也由黄土烧之。秦砖坚硬，我收藏有一块。

汉人的领导多生楚国，然而居长安城便要用长安的黄土。未央宫有吉语的瓦，有草纹的砖，无不是黄土所烧。从汉陵所挖的各种各样的陶罐，造型大气，弧度流畅，当为艺术的精品，也是黄土所烧。我收藏有五个陶罐，击之皆发声洪亮。陪葬的陶器颇繁，不过我所好者惟陶罐。

唐人的建筑壮丽之极，其瓦其砖，也还是黄土烧的。也许是石材增加了，唐砖不太大，唐瓦也不甚华，多用的是有莲花的一种瓦，证明了佛教已经确立并普及。

依我的想象，汉长安城和唐长安城都以黄土为格调。它们雄霸的城墙是土夯的，宽阔的街道是土铺的，划地为坊，坊里的院墙和屋墙也是土筑的，即使墙有砖包，砖也是土烧的，进坊出坊的里巷间路也毕由土垫。土尽黄土，经日之晒微微发白，一旦淋雨，便多少发黑。云散天晴，阳光透射，土皆变黄。长安城是皇城，也是黄城。生活在长安城，就是生活在黄城之中，也就是生活在自然之中。

西安在过去几个世纪也几乎是一座黄城。它的城墙在1370年初建之际完全是土的，到1568年，陕西巡抚张祉修葺城墙，才给其外壁砌了砖，然而砖还是土，是土的异态。西安城的路是土的，园林之径是土的，所有的建筑，包括秦王府、衙门、官邸、庙堂，也无土不成。直到明亡清立，清盛清衰，辛亥革命的爆发和"中华民国"的诞生，这里总体上仍延续着黄土格调，不失其为黄城。它的四边也还是无边无际的田野，夏季的暴雨往往骤然而下，风从远方而来，掠城墙而过，把黄土的味道送至千家万户的窗口。然而毕竟黄土要减少，它无可奈何地减少着，越来越快地减少了。

现在的西安城几乎没有黄土了。混凝土、沥青、瓷砖、石材、玻璃、钢铁、橡胶、塑料，已经要把西安城包实裹严了，甚至一旦黄土露头，就有人搅拌着一团混凝土走过去捂住它，似乎黄土使西安城蒙羞似的。

黄土匿迹，让我怀疑世界的真实。科学技术孵化出的环境光怪陆离，玄幻荒诞，充满伪装的感觉，使我的身体和心理都不舒服。我常常想坐在黄土上，躺在黄土上，把手伸到黄土中，脱了鞋，踩着黄土，让黄土埋了我的脚。我的肌肤对黄土有一种饥饿之感，难耐的时候，便在城墙上寻找一块老砖摸一摸。舒服极了，然而这止痛不治病。

出母之腹，供我睡觉的是土炕，脱母之怀，让我立足并迈步的是土地，院子深广，抓一把黄土就可以玩。往田野里去，农民用铁锨翻地，把晒过太阳的黄土埋下去，未晒过太阳的黄土亮出来，使生土变熟，熟土更熟，以成熟化层。生土含有水分遂色重，风一吹便色轻，轻遂显白，浸雨就归黄，渐然而成熟土。有骡马犁地，铧入土裂，几十铧犁过为一分，几百铧犁过为一亩，百亩便是浪打浪的黄土的海洋。骡马累了，就卧在黄土上休息，打滚当然也行。

黄土出草，出木，尤其出粮。粮有黍、稷、稻、粱、小麦、大麦、青稞、荞麦、谷子、玉米，它们尽宜黄土。黄土出粮，也出菜。一掘土，红薯成堆，再掘土，洋芋又成堆，不掘土，可以拔出来的光滑的是萝卜。白菜、韭菜、茄子、梅豆、豇豆、菠菜，蒜苗，黄土皆长。

挖土一丈，遂成穴作墓，永远安魂。挖土三丈，便是井，汪汪的水可以饮，可以洗，几十年取之不尽，用之不竭。所谓土壕就是农民专门的取土之域，它往往有一两丈高的崖，横断面湿润，根须纵横，有蚯蚓，也有蜗牛，偶尔还有化石，其为生土，不浅而深，遂黄得单纯，干干净净。农民拉这里的土和泥以糊墙，兑水以漫墙，当然也填坑垫厕。制作土坯可以盘炕或盘灶，不过大量用以垒墙，盖房子。

少陵原南坡有长达数十里的崖，呈阶梯状，高达几十米。其向阳，黄土很是坚实，沿线一带的农民曾经凿穴以居，冬暖夏凉，惟恐久雨消解，造成湿陷或崩塌。在樊川的任何一个点上，都可以清楚地看到其崖静立天下，尽显沧桑。这里的窑洞已经空空如也，几乎都废弃了，然而所凿之穴的轮廓仍很明晰。鸟雀会落在崖畔，羊偶尔也会跑到崖畔吃草。有时候我心有惶惶，便出西安城，到樊川来，坐在寂寞的一棵白杨树下望着少陵原的南坡，夕晖照崖，草木泛古，沉默的黄土竟有意味深长的呼吸！

敬礼，伟大的黄土！别了，一种生活方式，一种文明！

二〇一二年十二月三十一日窄门堡

原载泾渭情.2015年3期

# 有情人小记

我至陕西人民出版社工作不足一年的时候，见教育编辑部从其中独立出来，建成陕西人民教育出版社，感觉到了改革之风的强劲。楼上楼下，无不议论，有的忧其赔钱，有的估其盈利，多赞赵喜民先生的魄力和智慧。

赵君是第一任社长，兼作总编辑，虽然从来没有表示调我入其团队，不过喜欢我，几次招我坐他的白色拉达车迎风而去，看教育出版社在孕育之中的办公楼地址，展望它的未来。他身材高大，脚踏实地，挥手比划着，显得热情，信心十足，对出版社如自己的孩子一样盼其壮大。几年之间，教育出版社便跃居为上，在品种、印数及获奖方面成为先进，员工的收入也节节增加。一旦有了榜样，人民出版社诸编辑部便多欲独立。社长文炎先生郁郁寡欢，锁着眉，低头运筹，以维护人民出版社的固有格局。不过他无法阻止几个有志之士请教赵君，以谋独立之举。此为当年的形势，也是我与教育出版社诸前贤诸朋友交往之背景。

1994年，我的老师刘路打算出版文论选，我有逆水，在文艺出版社无法解决，便登门求助赵君。我说："赵老师，这是老师的书，您支持在贵社出版一下，行不行？"赵君稳坐沙发，吐了一口烟，快然说："行么，行么。"我说："赵老师，我认识田和平，能不能让他当编辑，事就通了？"赵君仍快然说："行么，行么。"我拱手一拜，表达诚挚的谢忱与敬意。纠结顿然而除，我五体轻松，遂倾听赵君的新计划，新蓝图。那天晚上，至夜深城静，我才出了西木头市巷。虽是为老师的书寻找赵君，不过赵君诚然是帮了我的忙。二十余年过去了，思之历历在目，想到就感动。

田和平现在是教育出版社的总编辑，当年颇为青春，尚存生涩，是陈凡兄介绍我认识的。他有白净的脸，总是眯眯地笑着。白净，然而脸不小，尤其两腮厚实，谓之丰颐，是一副福相。在1993年，他当过我的一本书的责任编辑，知道他天赋成人之美的品质。果然，经他之手，刘路的文论选很快就面世了。

以我的一本书，老师的一本书，我认准了田和平为朋友。岁月如流，虽然没有时间觥筹交错，起坐喧哗，不过也电话常通，偶有一晤，能以事相托。窃以为田和平其人善良，谦让，宽容，以勤而精业，是难得的优秀总编辑。不知道是谁推荐他考察他的，我佩服其目光。

实际上对我有鼎力支持的是陈绪万先生。20世纪90年代初，他在教育出版社策划了一套又一村丛书，册子虽薄，影响甚大，陕西的名作家无不加盟其中。他不以我是灰头，毅然约我之稿，指定王志章当编辑。邀我之际，我的散文还是腹稿，他说："不急，什么时候写好了什么时候交稿。我这里没有问题。"何等坚实，何等可靠。胸怀着温馨与慰藉，我提着包，在蓝田汤峪一个民居写了二十九天，一部关于大学生的系列散文畅然脱稿。幸运的是，几年以后，此书得以再版。陈君说："这一次让姜莹当编辑。"接着他又说："女编辑，又年轻，又漂亮。"我忍俊不禁，猝然发笑，他也露出牙齿笑起来。陈君是一个非常幽默的人，文史皆通，儒雅博学，做总编辑以其知识性和专业性游刃有余。他的学者化，使他能广拢九州才俊与学士。教育出版社的产品一峰高过一峰，繁而为盛。现在我在古玩市场经常遇到他，彼此都好玉，见面便切磋，不亦乐乎！

姜莹认真之至，以更高一筹再版，2006年又作了三版。由衷地感谢她，虽然她当编辑是陈君的安排，不过她秉性负责，厚待拙作。姜莹俏丽，一见之下还脸红，现出一般女编辑根本不会有的羞涩。多年以后，同道聚会，若姜莹在座，她还具怯色，然而怯色之中闪烁着楚楚之婉与烁烁之华。

我在张炜一个困难的时刻曾经出版过他十本书，我的目的就是要让他赚得稿酬，因为我视自己为他的朋友。他有一度在教育出版社任总编辑，有一次我见他，以我所收藏的一本毛泽东语录相赠，私心是投之以桃。他的眼睛小，不过膀上的肉比较硬，捶起来像捶石子。

在这个春雨霏霏的早晨，教育出版社诸前贤诸朋友过目一一，纷然归于我心，难免感慨系之。王实甫曰："愿天下有情人终成眷属。”我愿我的有情人求仁得仁，求福得福。余念哉！
念兹在兹！

二〇一五年三月二十五日，窄门堡

原载光明日报.2015年7月24日

# 好　感

　　人生会有喜事的，然而多哉乎？不多也。何况有喜有悲，悲喜相连，所以道家才遇喜不贺，遭悲不哀。但好感却任凭创造，能够常有，此足以使人生快乐了。

　　有一次我乘公交车，没有零钱买票，遂把一百元人民币呈售票员。售票员皱眉，不高兴。当然不高兴，因为我只有两站路，而且找钱几乎会用尽他的零钱。售票员的不高兴让我紧张，恐他扔下不软不硬的讽刺，到站退我一百元，请我下车。正在焦虑，我邻座一位先生伸手递给售票员一元钱，说："我两站，他也两站，一元钱就不用找了。"售票员转阴为晴，退了我的钱。我也顿然轻松，并觉一种温馨遍体融化。我谢谢邻座的先生，下车告别之际再谢谢他。他40岁的样子，湖北仙桃人，在西安打工，住丈八路潘家庄。好感不虞而得，我收藏了。

　　还有一次，我匆匆上课，出了小区才发现以换衣服忘了带钱，如果返家取之，我将迟到。我呼住一辆三轮车，司机让我上。我站着未动，对他说："我坐过你的车。"司机说："好像坐过。""我今天还要坐你的车。""没有问题，请上。"

我说："今天我忘了带钱，你能不能拉我？"司机一振，抬头直视我，似乎估量了一下，说："忘了带钱也拉你，请上。"我说："谢谢你！我肯定会付你钱的。"遂坐了他的车，嘱他拉我至长安路。到站我再谢谢他，就跨桥进校上课了。

　　之后有数月我没有碰到这个司机，遂觉亏欠。从明德门至长安路一程5元，然而这个司机就是靠一程5元的积累维持生存的。夏天的黄昏，我在路上走着，忽见他驾着三轮车向前驶，赶紧喊他。他停下来，等我上。我说："我一直在寻你。"他说："寻我？干什么？"我说："春天我坐你的车到长安路，没有付钱，今天付你。"我掏出50元，是当付他的10倍，说："我谢谢你，你那天没有拒绝我。不要找了！"他诧异地说："不行，不行！"我说："行，行！"就走了。这种好感来而往之，是循环的，我也收藏着。

　　我反复想起一位陌生的兄长，并久享他所赠我的好感。那是1984年，我刚刚从大学毕业。我欲吃一顿羊肉泡馍，便进馆子排队买票。不料一步一步挪到柜台，才知道钱不够。难免羞愧，便打算抽身放弃。这时候有一个青年越二人而过，到柜台来说："我给他补够。"就数了9角钱给了服务员。我胸滚烫，激动至极。不过我仅仅以目致敬，没有谢他。只见他悄然返至自己的位置，继续排队。我注意到他旁边站着女朋友，她一直向他微笑。这是一个敦实的小伙子，肤色略黑，留着短发，充盈着一种可以信靠的英气。虽然我没有谢谢他，不过他声色平静地启示了我。他所赠的好感我已经收藏了30余年，早就增值了。

好感生于善举。善举或大或小，皆毓好感。不应该大善难行遂不为。实际上小善就会净世和暖世。总行小善，还会养性滋仁的。

我所谓的好感可以任凭创造，可以常有，是指小善可以处处做，不以小善而止之。对乞丐的评价素有纷纭，甚至有认为他们是骗子的。不过我认为，即使他们是骗子也不容易，因为他们损毁了自己的尊严，尤其是白发苍苍的骗子。何况他们只是为了一点小利，并不作恶。为了一点小利，以讨钱的方式做一个骗子，也足以怜悯和同情。不是生存所迫，谁这样呢！问题是，他们一定也有实实在在的乞丐。基于此，从酒楼饭店出来，碰到抬手要钱的，我或选择回避，然而我始终没有鄙夷和愤恨，更不训斥。在路上，凡碰到匍匐在地的乞丐，我往往会给其盒子放一点零钱。在街上碰到权力机构收拾小摊小贩，管理过度以砸物打骂，我也会仗义为弱势而辩。在公交车上，我辄让年轻者给老者或残者让座。有一次，适会一个妇女刷卡乘车，她连刷三次也未反应，又没有2元的零钱可以投箱，司机便转方向盘准备把车向路边开，以喊她下车。我觉不能这样让一个妇女丧失尊严，遂走过去替她刷卡。当此之际，我想起了多年以前为我补够钱以让我吃了一顿羊肉泡馍的那个陌生的兄长。我对自己很是满意，因为心存好感。

二〇一五年七月十九日，窄门堡

原载人民日报.2015年8月8日

# 不能想的父亲

父亲逝世几年了，我一直都没有哭过。

在59岁那年，父亲突发脑溢血，幸而命硬，也治疗及时并得当，遂能保存。不过他也以此手足失灵，行动不便。尽管这也是常有的情况，然而父亲获病，总是我的忧愁。经一春是一春，历一秋是一秋，他坚持了20年。

至79岁，父亲再犯脑溢血，以迅速抢救，免于殁矣。惜一再摧折，他也就越来越弱。厌烦了医院，也似乎有所犹疑，遂回家康复。

进了自己的房子，他欣然，有解放之感，显得踏实与轻松。不过在我的注视之下，父亲日渐萎靡，彻底卧床，随之食减力竭，言语短，瞌睡多。三个月以后，腰部便患了褥疮。请了保姆照顾他，但保姆却是不会换药的，遂又请了一个大夫专门换药。然而这个人比较冷酷，他用镊子夹了棉球向碘酊瓶子里强塞，猛拉而出，率易涂抹于背，横划，竖划，圆划，角划，算是消毒。

辞了大夫，我决定自己给父亲换药。无非是消毒，晾干，把软膏抹在纱布上，再贴在患处。我很舒缓，气氛也不紧张，父亲遂能安然。遗憾褥疮是顽症，缩聚甚慢，愈合极难。

有半年之久，褥疮好了一个，又添了一个，没有不好的，也未全好。父亲不感到疼痛和煎熬，也不丧失希望，总是一种尊严的平静。

那天晚上，大约10点左右吧，我换了药，叮咛保姆明天洗一下窗帘。父亲看着我，手伸出被子，放在床沿，似乎轻轻地摆了摆。我毫无预感，丝毫也没有注意到他的表示。数小时以后，父亲便归天了。

我瞻仰着父亲，他还是一种尊严的平静，然而造化已经抽提了他额头的温度。此刻，我没有哭。

我是长子，丧事由我主导，遂反复陪着亲戚、朋友、同事向父亲的遗像鞠躬，并招呼父亲单位的领导。这个过程，我也没有哭。

向父亲的遗体告别以后，我作了致辞，悼我父亲并感谢送我父亲的所有故人和嘉人。此间，我还没有哭。

火化结束，父亲就变形为骨灰了。我捧着盛放他的盒子，十分茫然。这时候，我还没有哭。

逢父亲的忌日，我召亲戚往陵园去祭祀他，凡三年。三年三次，我仍没有哭。

每至清明节和寒衣节，我都会以风俗习惯，为父亲烧一叠纸。夜幕笼罩，火苗冉冉。我栖之城，尽管华灯齐亮，汽车咸驰，它也是阴气森森，大为寂寞。即使沉浸在这样的氛围和情景之中，我也没有哭。

父亲之死，我真的无动于衷吗？这怎么可能呢？儿子是恃父

亲而生的，也仗父亲而成长，所以父亲为怙。以天演地转，儿子
必壮，父亲必朽，然而儿子与父亲天赋一种血缘，一种生态，一种
结构，一种链式，一种秩序，父亲之亡，能对儿子不产生影响吗？
父亲之去，让我觉得世间的空旷，空虚，空荡，空落，仿佛院子里
的一棵老槐树被伐走了，庭堂里的一张老方桌被抬走了。生活如
流，忙忙碌碌，然而我也并非一下就能适应永别父亲的变化。有时
候，我觉得孤独。有时候，我甚至觉得失魂落魄，轻得像漂。有时
候，我的目光会悠然拂过楼顶，直抵云霄，看到我的父亲。我的泪
水潸然而下，不过这不是哭，这只是眼睛里有了泪水而已。

　　我曾经梦到父亲两次。一次是夏天，他站在少陵原我家的院
子里用毛巾擦胳膊以图凉爽。一次是他坐在一辆三轮车上，旋韦
曲镇一个转弯的坡道飞速逆行。他穿着白衬衫，敞着怀，露出了
贴身的白背心。他面色严峻，似乎有急事，让三轮车快，再快。
不知道他为何是坐在车帮上，眼睛向外，腿也向外，而且还略翘
着。父亲有什么急事呢？父亲不怕危险吗？看起来他很结实，是
40岁左右的样子。他穿的也是20世纪70年代的男士普遍穿的衣
服。父亲啊！这些梦有什么寓意呢？向我暗示什么呢？我已经有
鼎力，情理当助您，您就吩咐我吧！

　　我不能想父亲，因为想到父亲我就泪水涌流，几乎要哭。我
有儿子，有妻子，有学生，有朋友，有从我左右前后闪过的衮衮
相识者或陌生者，我不愿意让他们看到我泪水浸睫的样子。然而
我想父亲，无时无刻不想到他。

在明德门城墙遗址公园散步，看见有人搀扶一个摔倒趴地的小孩，蓦地就看见父亲用自行车驮我走几十里，驰过田野的小路，驰过西安城喧闹的大街，至钟楼附近的一家医院给我补牙。窗子很大，玻璃很明，钻牙而补之都太疼，父亲之眉紧皱着。那年我8岁，父亲36岁。

只要看见有人搓手，我就看见父亲站在我的小屋，问躺在床上的我："腹部怎么不适？左边不适还是右边不适？"询之再三，仍有焦虑，说："我按一按。"就扔掉烟头，反复搓自己的手，直到手掌手指热透了，才放到我腹部，问："痛不痛？"他不敢使劲按，当然不痛。那年我21岁，父亲49岁。

父亲爱我甚于我爱他一千倍，一万倍，这是我多年以后才悟出的。父亲爱我甚于爱自己的其他子女一百倍，一千倍，这也是我多年以后才悟出的。我一切的优点，他都高兴，我一切的缺点，他都理解并原谅。小时候，少陵原冬天的风总是从旷野呼啸而来，冻得我鼻尖发红，耳轮发烫。他有狗皮褥子，会让我铺。他有羔羊毛大氅，说："你长高了，就是你的。"他有军鞋，可以踩雪踏冰，颇能暖脚，我上学想穿，他脱下拭净就给了我。我想要军帽，他就给我军帽，想要军装，他就给我军装。他有一辆当年很是时尚的永久牌自行车，我要骑，他便送我。他有工作，也有顶替的政策，几个子女大约都起了接班之念，但他却声色不动，唯默许我，等我选择。我考上了大学，户口遂由农村转到西安，他喜悦地说："你现在就是西安的人了。"我愚蠢地反驳父亲："不，是国家的人了。"他把自己戴了12年的上海牌手表卸下给我，说："这方便你掌握时间，准点上课，准点吃饭。"似乎若有所思，不知道还有什么东西可以送我。一月之后，他到大学我的宿舍来，坐了坐，从包里掏出一把剃须刀，说："这个给你。"每当我刮胡子的时候，每当我在买新的剃须刀的时候，我总是清晰地想起父亲送我剃须刀的可以从窗口看见终南山的那个遥远的晴秋，鼻子便一酸一酸的。然而我强忍着泪水，没有哭。

父亲送给我的东西，在今天看起来都是极其普通的东西，不足挂齿的。然而35年之前，社会尚处匮乏和贫困状态，这些东西也不是易得之物，遂显稀罕。关键是，凡此普通之物无不融入了一个父亲对他儿子的无穷的爱。只要想到这一点，我的泪水就要来，不过我没有哭。

家有祖传的一件酒器，银质小杯，刻有蔓草，确实是精细之作。小时候，逢过年，我就看见父亲用小杯独斟三五，高兴而惬意。患脑溢血以后，他戒了酒，不过偶尔也会拿出小杯置之于掌，仔细把玩，并把小杯用绢擦得发亮。我并不以为这是什么珍品，但父亲却视之为宝。有一天，我回家探望他，饭毕，他取出此小杯，解开包着它的绸子看了看，又包上，也送给了我。我捧着小杯，觉得父亲已经没有任何属于自己的贵重之物了，顿生伤感。

2008年，早就申请的一块庄地终于获得批准，我遂筹款，计划筑两层楼让父亲和母亲住。要有卫生间，有厨房，宽宽展展的。父亲闻之很是兴奋，忽然从什么地方取出一个存折递我，说："凑一点钱给你。"意料之外，遂难断接还是不接。接吧，儿子给老人建宅，又用老人的钱，未免不慷不慨，不诚不忠，甚至是借机而索。不接吧，又恐老人过虑，认为是我嫌其钱少所以拒绝，伤害了他怎么办。稍加权衡，我接了存折，说："两层楼，联合盖。"父亲很是得意，报了密码。实际上只有12756.5元，不过它凝结着一个老人的尊严，也是一个老人对他儿子负荷的分担。问题是，这笔钱尽由老人节俭而蓄。每想至此，我就欲哭。尤其是父亲和母亲在新的两层楼里并没有久居，因为父亲再犯脑溢血，不得不进了医院。2011年5月1日，他就逝世了。每想至此，我就欲哭。也是在这一年，少陵原上轰然拆迁，我和父亲联合所盖的两层楼也被夷平了。每想至此，我就欲哭。

尽管父亲对我有无穷的爱，我也爱父亲，然而我与父亲并不特别亲密，更无亲昵，且多少存在着一种距离。当然，这纯粹是一种父亲与儿子之间的天赋距离。我从来没有把自己的书送给他，是不愿意让他跨入我的一片微妙难懂的感情领域。但父亲却会自己往书店去买，这是我无可奈何的。有一次，他说："听广播知道你的书出版，我就买了一本。"抬手指了指，顺之转目，只见桌子上确乎摊着一本书，是我的。我略感惭愧，然而也保持着沉默。他又说："晁雄也想要你一本书。"晁雄是同乡同巷，我不打算赠之，遂仍保持了沉默。我的沉默颇为柔和，以免激我父亲之愤。

只有一次，我和父亲之间的距离有所拉近。他再犯脑溢血，在医院经过月余的治疗，已经无碍，遂要回家。大夫不持意见，认为回家也可以康复。我要他继续住在医院，因为这里毕竟安全，但父亲却不想。我笑着问："你回家行不行？让我看一看你能不能起床？"他保证着说："行。"就用一只没有疾症之手狠拽床背以起身。我又笑着问："腿行不行？能不能走？"他便穿上鞋，端坐床边，运了运气，抬起左脚使劲踏下去，又抬起右脚使劲踏下去，显示有力能走。我不禁笑出了声，又顷感老人的可怜，就答应他回家。离开医院一月之余，他便倒下了。数月之后，褥疮遂现。

我抱怨过父亲几次，是为我的弟弟。顶替他的工作，我考上了大学，不需要了，我姐姐已经出嫁，也不必给她了。由父亲决定，我的妹妹接班，入职3507工厂。弟弟当年才是初中生，他应该还有自己的前途，不料他竟以独守农村而抑郁，终于损毁命运，得了精神病，一再赶父亲和母亲离开我家。筑两层楼，也是要结束老人流离失所的生活，以让他们安居于少陵原上。在租借的房子里，我尝抱怨父亲没有周密考虑顶替一举潜藏的得失，甚至忽略了我的弟弟。父亲不承认自己有错，固执地认为是我弟弟懒。反复治疗，弟弟的病不得根除，反之越来越狂躁，或日以继夜地昏睡。这时候，父亲才察觉了问题的麻烦，遂半靠在床背上，一根烟接一根烟地吸着，直到烟头塞满了烟灰盒。现在，我经常想起父亲半倚在床背上的一副沮丧和颓废的样子。当此之际，我没有一次不心如刀绞，泪水横飞，悔恨自己为什么要抱怨父亲，抱怨又有什么用，抱怨难道不是让父亲增加他的不幸吗？

我29岁那年，由于有事，久未回家，父亲非常焦虑并担忧，又不敢往单位去找我，以直面他儿子可能会冒着的风雨。多年以后他告诉我："那些日子，我每天都在你单位门口溜达，或坐在附近的台阶上。我偷偷地，想从远处看见你。只要我看见了你，就知道你平安着。当然，万一发生了什么，我也想得通，因为你不是为自己。我就当你是进秦岭背柴去了。我和你母亲也会为你养大孩子的。"我哭了，不过我很快就咽下了泪水。然而只要想起父亲这样的一番经历，我便浑身颤抖，泪水濛目。父亲平凡，但他却深明大义。我敬他。

不能想父亲，是我不愿意哭。然而自父亲逝世以后，我处处会想起他。在书房里，在校园里，经少陵原，过韦曲镇，在朱雀路上看见一个手足有碍的老人，有时候看到树摇叶翻，看到一只燕子在蓝天下滑翔，看到夜空的星星，我都会想起父亲。父亲是走了，但他却时时刻刻出现在我的身前，身后，身左，身右，完全在相挽之间。想到父亲，我就泪水夺眶，以哭之不成，遂酸哽而使之倒灌胃里，从而给口腔一次又一次地留下苦涩。

我偶尔会闪念往终南山去，就是父亲所想象的我背柴的那个地方，深入幽谷，隐匿丛林之中，只有风鸣水响，禽言兽语。身处此境，我将放声哭一场，哭我的父亲，哭出我的五脏六腑，哭净行世之艰和为人之难！

二〇一五年六月十四日草，二〇一五年七月九日定稿，窄门堡
原载散文.2015年9期

# 启蒙老师

## 杨 云

我平生遇到的第一个老师是杨云。

1968年，我8岁，家长一再议论，当关进笼子了，至秋天，便给我报名入蕉村小学，开始念书。

杨老师既是班主任，又教语文和算术。教室昏暗，我所坐的泥墩也很低矮，但站在讲台上的杨老师却丰容仪娴，风姿绰约，大明我的眼睛。她的头发真是乌黑的，然而脸白，牙白，干干净净，声调平静而清越，全然不是朱家巷来来往往的那些毛手毛脚的妇人。

放学回家，我宣告长大找媳妇就要找像杨老师一样漂亮的。不清楚我的决定怎么让那些毛手毛脚的妇人获悉了，或叫奶奶的，或叫婶婶的，或叫姑姑的，她们扛着锄，挽着帽辫，在朱家巷碰到我都会问："杨老师漂亮不？"我说："漂亮。"她们激动地笑，我也跟着笑，根本不管杨老师风闻我以她为择偶标准将做何反应。

杨老师的板书清朗而有力。汉字，阿拉伯数字，一行一行的，都极为整齐。她经常手把手教学生握其铅笔。她反复领读课文。早晨要检查卫生，谁的手脏，她就让谁在盆子洗。盆子是她的盆子，水也是她从井里打的水。她做事极其认真，唯落寞了一点，冷了一点。

她是小学一年级和二年级的老师，春秋两度，影响如烙，当然深刻了。

## 王淑叶

三年级班主任是王淑叶，其生性喜悦热闹，似乎易于满足世俗之乐，不过一旦发怒也很厉害。

有一天，我和几个同学在课间混闹，隐隐感到她在睨视，然而并未觉得玩得有什么大错，遂未终止。铃声一响，王老师迅步走进教室。她红涨两腮，满脸僵肉，十分气愤地要求有不当行为的同学背朝黑板站出来。提醒两遍，有三位同学就离座上去。我欲蒙混过关，装着不懂何是不当行为，遂没动。王老师说："还有谁，请自己上来。"便又有一个同学低头上去了，不过我仍未动。王老师又一顿一挫地说："还有谁，请自己上来。"我执意认为自己不属于要受罚的，就继续挺身在座。王老师略有停息，教室一瞬极为安静。她突然锐声点我姓名，令我上去。我明白在劫难逃了，遂乖乖上去，忝列于受罚的同学之列。

王老师究竟批评了一些什么，以我处于羞愧之中，并没有完全听见，然而不当行为的要害是什么，我听见了，而且完全掌握了。

多年以后，我想到这次受罚，窃以为王老师之举英明而果断。她是一个防范青春期孩子误入歧途的守望者，呵护者。

有时候，我朦胧地意识到以此混闹及其久不认茬，我会给她留下可疑的或含瑕的印象，甚至我觉得她对我存有偏见。当然，这也并未对我构成任何困扰。

王老师教语文。她是否也教算术，我已经忘了。

## 叶兰君

到了四年级，叶兰君当班主任，兼教语文。

她有几个儿子，似乎粮食短缺，经济也紧。有时候她会举着馒头一边走，一边吃。馍不夹肉，也不夹菜，夹的是盐。不是不喜欢吃肉吃菜，是肉贵菜贵。光啃馒头不好下咽，遂以盐调和。

她的办公室兼卧室和厨房也比较零乱，但在墙角所置的一台钢琴却使蓬荜生辉。一旦她且弹且唱，这里便洋溢着一种艺术气氛。她音域宽广，擅长美声，不知道是否会遗憾自己仅仅当了一个落泊的小学老师。

叶老师曾经有一言给了我终身的暗示和鼓励。那时候，她会经常在课堂上朗读一些英雄的故事，虽然她读着读着便打盹，然而我能坚持听下来。我双手后背，坐得端端正正，听得聚精会神，并充满了对英雄的向往。大约觉察了我的一种状态，她有所感，就对二年级一位班主任夸赞我将有出息。她说："你看着，我敢打赌！"我在校园里乱跑，无意之中听到她的肯定。当时两位老师一边生炉子做饭，一边聊天。我悄然而去，她们也没有发现我。

## 韩淑玲

五年级，小学就要毕业了，班主任韩淑玲，教语文，也教算术。

韩老师修长，清丽，看起来既聪慧，又干练，总是胸有成竹的样子。在蕉村小学的女老师中，她是唯一在气质上显得有高贵意味的一位，刚柔兼具，其言不繁，也不短。

我收发作业，频入她的办公室，可以看到她日常生活的一面。逢其用餐，她会招呼我，吃一点吧！她的女儿由她带，大约读二年级或三年级，对其母亲颇为敬畏。我也发现她对女儿严肃且严格。

有一次我冒犯了祖母，祖父一呼，她听见了。我家与小学为邻，她立即隔墙探头，也看到了。我等着她训斥，但她却只瞪了我几秒钟。我很是忧愁，怕她下午在学校批评我。上课了，我坐在教室，准备承受她的指责。不过她只是用目光扫视了我一下，讽刺我说：能干！声音很低，遂转入语文解析。我相信没有几个同学能发现其中的奥秘，所以韩老师保住了我的尊严。然而她深重的眼睛和轻浅的词语，给了我触动灵魂的教育。韩老师，怀念你！

## 杨万凯、魏治安和张翊鹏

我在小学经历有三届校长：杨万凯、魏治安和张翊鹏。

杨校长遭到老师和学生的批判，大字报贴满了他办公室的门窗，不过他也匆匆调离了。

1971年冬天，下着大雪，魏校长手拿红头文件，传达林彪事件。操场茫茫一白，只有防空洞口冒气发黑。其他同学几无反应，不过我听得津津有味。在中国谁也不能脱离政治，11岁我就对这个社会学产生了惊奇。十余年之后，我才以公务往北京去。然而当魏校长分析林彪如何乘坐三叉戟专机飞出北京的时候，我便在强烈想象这个政治中心的轮廓和细节了。魏校长大嘴，大背头，额上的皱纹细而密集。他眼睛如缝，嗓门坚硬，加重了林彪事件的危险性和严峻性。

张校长满头白发，以短皆竖。不清楚他多少岁，他的白发并不标志他的年老。他仿佛从小就有白发，只不过白发延续到了年老而已。总之，他始终是一种状态：睿智，果敢，不倦。

他的训诫往往是在早操以后发表，班主任走前走后的，叮咛学生保持秩序。他有形势报告，也有事项注意。他显然患了咽炎，反复在清喉咙。

张校长与我父亲算是朋友，一盒烟，一壶茶，就能在我家聊至深夜。时局永远在他们的交流之中，偶尔续水，我便能逮住一词半语。那是20世纪70年代的初期，整个中国无处不感到郁闷。

我可怜的蕉村小学，2010年被夷为平地，湮灭了。实际上它在"中华民国"就有了，是方圆几十里诸村共享的一个小学。我父亲曾经告诉我，1949年，有教员忽然换了衣服，才知道他们是地下共产党，现在要上岗工作了。

我的老师多是蕉村的，有的虽然家在韩家湾村、羊村、高望堆村、东兆余村或西兆余村，然而都在少陵原上，远不逾五里。他们的学历并不高，不过其学力足以胜任教学，而且尽心尽职，尤其不会把浩繁的作业摊派给学生，以绰绰榨取他们的分数，为自己谋得奖金和晋升。我的老师只在黑板的一方留下作业，以使学生巩固课堂知识。他们绝不会把学生任情任性及其创造的空间挤扁压瘪。

我就是在他们富于快乐地教学过程中成长的。我不但慢慢地开始了知识的积累，重要的是，我产生了追求知识的动力。我以为我所有的上进心，荣誉感，道德律，善恶观，怀疑精神，审美意识，政治兴趣，都是在蕉村小学萌生的。我不知道我的这些老师现在都居何处，身体怎么样，是否行世，然而我敬他们，爱他们，感谢他们。

二〇一五年九月七日，窄门堡

原载陕西日报.2015年9月11日

# 叶舒宪与大传统

叶舒宪在陕西师范大学读中国文学专业的时候，我于斯读政治教育专业，可以引为同学，不过我低他两级。他留校执教，当了老师，我仍在求学，遂有师生关系的元素。这是我现在的溯想，实际上那时候我还不认识他。

认识他是在1984年以后，我毕业工作了。略熟是在2002年以后，我和他共同参加了北京一个朋友拍摄的一部以关中文化为内容的电视片。比较了解他，是在2004年以后，我狂热地采集瓦当和无产阶级文化大革命资料，他开始研究并收藏古玉，另辟蹊径，得以借物交流，从而倍感亲切。几年以后，瓦当骤少，我遂转入玉器收藏。听玉叙事，缘玉求道，使我和叶舒宪有了一致之雅好。一旦他返西安省母或在此讲学，便有二三子跟他同行，往古玩市场去觅玉，辨玉，真是大有意趣。

很久以来，我称呼叶舒宪总是含糊其辞。称老师，我饶舌，直呼其名，他逆耳，遂噢噢寒暄，实为不敬。现在相晤，不叫舒宪兄不敢开口，因为在治学成就上，治学精神上，治学方法上，尤其是为人处事的风度上，他悉为吾兄。虽然以一种习惯，我把老师之音压在舌根，不过在我心里他就是一位绰绰有余的老师。自负是我的重病，我也没有办法。

叶舒宪是北京人，小时候随家迁西安，于一家机械厂尝工作数年。1977年念大学，接着在陕西师范大学执教。12年以后，至海南大学文学院吐纳热带的风和雨，评为教授。5年以后荣归北京，在中国社会科学院从事文学人类学与神话学研究，凡15年。现在多居沪上，任上海交通大学致远讲席教授。此间，他还常常以访问教授的身份游学天下，或做客座教授。澳大利亚国立大学、墨尔本大学、阿德莱德大学，加拿大多伦多大学，美国宾夕法尼亚大学、纽约州立大学、耶鲁大学，英国学术院、牛津大学、爱丁堡大学、伯明翰大学、伦敦大学、剑桥大学，荷兰皇家学院，韩国道教学院、梨花女子大学，他统统去过。他也去过在台湾研究院、清华大学和香港中文大学。

没有一会叶舒宪的人，完全可以凭其经历想见他的气象。一面之交，当然也能感知他的丰富。他的朋友尤其了解他宽阔的文化视野，古今贯通的文史修养，东西参照的知识结构，及其致力于思想创造的快乐。他素朴无饰，然而有豪华的才情。他谦虚，然而蓄积有新意暴发的张力。他著作等身，闻达四海，然而总是洋溢着春风化雨一般的微笑。他是一个智者，然而他向往褐衣怀玉的贤者之境。

叶舒宪的学术生涯发踪于比较文学。他反对国学的作茧自缚，希望在方法上进行探寻。他从闻一多、郑振铎和茅盾的治学经验得到启示，有意借鉴西方理论，以作实事之研究。1984年的一天，他在北京图书馆阅览，英国学者弗雷泽的人类学像闪电一样给了他灵感。大约以此激荡，他的学术展开了跨文化和跨时空之求索。那时候，他不足30岁，是陕西师范大学年轻的讲师，不过他的新颖与博雅使他从衮衮儒林脱颖而出，诚如李商隐所形容的："桐花万里丹山路，雏凤清于老凤声。"学生都喜欢他，云集其课堂。有大胆的女生甚至会把自己的信叠成蝴蝶状，夹在作业里呈给他。丈夫未必寡情，不过叶舒宪骥蹄在动，志向远行，鹏羽必振，心怀高空。

　　他有英语的功底，遂一边著述，一边翻译。由他主编翻译的关于神话批评的文论集，在1987年由陕西师范大学出版社发行，持久不衰，卒为经典。他认为神话学不仅是比较文学之根，也是一切艺术之源，甚至是人类文明之源，遂一发而尽力翻译。弗雷泽、弗莱、列维——施特劳斯、科恩、利奇、普洛普、皮亚杰、金芭塔丝、梅列金斯基、列特尔顿、伊藤清司、吉田敦彦，凡神话学专家的大著，他倾情网罗，一一介绍。多年以来，不管是在阳光下走出飞机，还是在细雨中走下火车，他总是双肩挎着一个大包，一副收获在握的神情。了解他的人，都知道大包里装的是他买到的英文书或日文书。他仿佛一个盗火之士，要把国际学术界神话学的发现传播至国学研究的领域，使幽暗的地亩亮起来。作译结合，以作兴译，以译助作，当是叶舒宪在20世纪80年代的治学特点。

　　叶舒宪好用周诗表达他援引西方理论以治国学的观念，其曰："他山之石，可以攻玉。"翻译种种神话学大著，目的在玉成自己的神话哲学，并对中国的经典进行价值重估。老子、庄子、高唐神女、神秘数字、诗三百首及其鬼神与阉割，悉在他的解析之中。20世纪90年代，他聚精全意地进行神话学与国学的对接与裂变。灼见层出，影响波震。这一段他发表论文30余篇，出版著作近20部，昂然而为杰出的文学人类学专家。除了出席国际学术会议，他还频频现身国内各类大学论坛，为各类学生传道解惑。以叶舒宪的学术业绩，他担任中国文学人类学研究学会会长、中国神话学会会长、中国民间文艺家协会副主席和中国比较文学学会副会长。中国各级各地学术机构何其之繁，林林总总，万万千千，遗憾多是一建即废，一兴即灭，或有活动，乏学术，或变学术活动为关系联络，以刊文评奖，钻营项目。学术观点在哪里？学术思想在哪里？学术流派又在哪里？俗学问，浅学问，死学问，假学问，滔滔者天下皆是也！以我察之，叶舒宪是罕见的做真学问的一个教授。所谓做真学问，就是一心一意，使命在身，乐在其中，破学科，破文体，从实事出发，发现真问题，解决真问题，卒以成其学术观点，学术思想，学术流派。他以学术机构为平台，也无非是吸引同仁，推动同仁，携手并肩做其学问。入以比较文学，立以文学人类学，大约便是他在20世纪以前的学术轨迹和学术贡献。

　　跨世纪是一个令人寻味的瞬间和节点，凡是从事精神劳动的人，无不受其刺激，埋头反思，举目规划。我注意到叶舒宪的学术研究，随着21世纪的降临，出现了一种由螺旋式上升的渐变到火箭式飞跃的突变。他也增岁至五十而知天命之年，孔子的论语似乎有一种暗示，遂抖擞五体，以整合自己的知识、潜能和立言之方向。我要穿插一点：士一旦立言，立德便在其中了，因为有德必有言。恰恰这时候，国家在夏商周断代工程之后，又启动了中华文明探源工程，他眼睛大睁，问：为什么不可以从神话学的角度推进中华文明的探源呢？叶舒宪头圆额硕，发退纹出，灵感之际往往会目击远方，眼睛放光。窃以为，他把自己的学问做到中华文明探源之方向是有神助。我暗叹：功成矣！

经过充分准备，这包括发表神话学论文80余篇，出版神话学著作10余部，以叶舒宪领衔，在2009年申请到中国社会科学院重大课题：中华文明探源的神话学研究。显然，从神话学角度作中华文明探源之研究，实为开风气之先。

叶舒宪必须解决神话学研究中华文明探源的理论支持问题，不仅如此，他还要解决方法论问题，解决信息载体问题。这三个问题不解决，神话学将无以孵化出中华文明探源之正果。没有金刚钻，别揽瓷器活，此乃一种普世敬告。叶舒宪知道此敬告，他胸有成竹。

他提出了一个重要概念：大传统。在叶舒宪看来，文字是一个标志，文字及其所书之历史属于小传统，文字产生之前的历史属于大传统。大传统贯穿于整个新石器时代，并延伸至国家体制的形成。在此漫长的阶段,人类思维是神话思维,人类的意识形态往往通过仪式和图像表达。仪式变成了神话文本,图像沉睡在实物之上,是神话实物。人类文明之起源蕴含于大传统之中,中华文明之起源也蕴含在大传统之中。求索大传统之中的文明起源,神话学是有效的途径。日本的吉田敦彦,美国的金芭塔丝和德国的瓦尔特.伯克特,都是国际学术界著名的神话学家,他们深入大传统,对文明起源皆有高论。可惜中华文明的探源,尚未从神话学之途径动手,叶舒宪觉得这是巨大的遗憾。他也要深入大传统之中。

他有了一个重要的方法论:四重证据法。所谓一重证据法,指所有的传世文献,这在中国显然卷帙浩繁,即使皓首也未必穷经。所谓二重证据法,指出土文献,考古发现的甲骨文,金文,竹简、木简和帛书都是的,玉版也是。二重证据法由王国维提出,1899年河南安阳殷墟有甲骨文出土,王取之以考殷史,谓之二重证据法。所谓三重证据法,指民间口述和民族学考察的活态文化材料,郑振铎和闻一多在这方面有所专攻,并具著作。所谓四重证据法,指有图像的传世文物和出土文物。四重证据法是叶舒宪提出的,意义甚重。我不揣冒昧,把有图像的传世文物和出土文物呼之为神话实物,以别于神话文本。国学之园,学者多以神话文本治学,叶舒宪也并不弃神话文本,然而他能多以神话实物治学。走不同的道路,得不同的见识,这也是普世之理。

他瞄准了一种重要的信息载器:玉器。中国玉器八千年,一以流布。玉器尤其在新石器时代，至夏，至商，乃至周，中华文明的发生期，属于关键的神话实物。大传统的意识形态，常常以玉器表达出来，他要听玉叙事。除了玉器，叶舒宪也不弃陶器和青铜器这样的信息载体。

三个问题全解决了，基于此，叶舒宪相信自己能让神话学孵化出中华文明探源之正果：重建从炎黄到尧舜禹至汤文武的谱系，并绘以中华文明发生期之图画。

2002年，我返陕西师范大学任教。我的朋友唐金海是上海复旦大学博士生导师，久治现当代文学，业绩赫然，声振江南。他闻讯我当了老师，遂招手喊我至沪上读他的博士，说："大学是要看这一点的。"在由衷地感谢他之后，我选择不读博士，唯一的原因是怕绕了路，浪费时间，荒了写作。我便推荐王敏芝赴沪上读唐的博士，王冲冲准备，不过她终于读了李震的博士。我有愧唐先生，遂埋头而为，以增朋友之理解。在大学是要上课的，没有知识和灼见是难登讲台的，我便选神话批评为课业。此乃我的兴趣，窃以为它也可以有助于我的写作。于是叶舒宪主编翻译的关于神话批评的文论集就成了我备课的启蒙教材和延伸书单，我和他也就建立了一种我所知道的学问之联系。获悉有他的报告，便也挤进学生之中听讲。中国的博士多像中国的奶制品，生产的程序是有的，然而喝起来不是其味。叶舒宪当之无愧，他的知识是活的，尤其他能创造知识，使之增加价值。

当了老师，我也有做一点学问的念头，遂选择瓦当和文化大革命资料收藏，窃以为瓦当上的词汇和纹饰与文化大革命中的毛泽东语录和宣传画相通，都是意识形态的反映。我频频跑古玩市场，于斯常常碰到叶舒宪。他返西安，一定会淘他之宝。于是我和他就相约而行，有时候也呼别的朋友，图一个热闹。我采集我的所需，他采集他的所需，他的所需是古玉。

只有我知道我所经历的那些精彩的瓦当故事，不过我也多少知道叶舒宪与玉器的故事。西安的古玩市场甚盛，八仙庵一个，朱雀路一个，小东门一个，叶舒宪几乎翻遍了店主的铺子。以后有新兴的市场，分置大唐西市、大雁塔和大兴善寺，他也无不到其铺子去翻。有一度他大搜上古之猫头鹰，并说："我要荡去猫头鹰的恶名。"几年以后，他发表文章论证猫头鹰曾经是中国人的崇拜之鸟，凤取代猫头鹰发生在周更替商以后。有一度他又大搜上古之熊，随之论证熊如何尝受中国人之崇奉，并声斥："怎么会是狼图腾呢？问题很大！"

我和他共往，欣赏过陈绪万的收藏。陈自20世纪90年代便采集玉器，有相当丰富的经验，叶舒宪的姿态是请教的。他在玉器铺子往往一坐就是几个小时，不耻下问。店主见他诚心诚意，也视之为朋友，买则不欺，不买则透露生坑货贱，墓如何发，货假反而贵，伪如何辨。叶舒宪每事问之状，使我想到孔子。

我收藏的兴趣也渐渐转型，玉器成了我的狂热。这有一个背景：一方面，大开发和大建设已经把瓦当掏尽，古玩市场上的瓦当日益零落，长期断物，一方面，我意识到新石器时代以来中国人生存的信息载体，最早是玉器，其次是陶器，其次是青铜器，虽然纹饰通用，不过玉器为冠。还有一点，新石器时代至今，玉器无穷无尽，且具永续之势。这样我和叶舒宪便缘玉而乐了！

　　然而我只算兴趣，仅仅是兴趣，但叶舒宪却是做中华文明探源之工程。在中国，凡是考古发现有玉器的地方，他哪里没有考察过呢？红山文化，他去过兴隆洼和牛河梁。河姆渡文化，他去过余姚。良渚文化，他去过瑶山和反山。大汶口文化，他去过泰安、临沂和日照。龙山文化，他去过城子崖。齐家文化，他去过青海民和喇家遗址、甘肃武威皇娘娘台、广和齐家坪、静宁、榆中、会宁、定西、天水、永靖和渭源。他还去过秦安大地湾和临洮马家窑，以作陶器的田野调查。他似乎对陇右河西一带甚感神秘，共有5次甘肃之行。西玉东输让他产生百度之思，有一年他还沿周穆王会西王母的路线走了一次。他上陕西榆林石峁，过黄河登山西兴县玉梁山，赴山西襄汾陶寺遗址，以搞清楚不产玉的地方何以出土大量的玉器。读书穷理，格物致知。是的，他东奔西跑，行南旅北，徘徊于中，一直在思考中华文明发生期所出现的一种拜玉情景。这恰恰是被小传统挤压掉的大传统的一种文化态。听玉叙事，以求达观！

　　舒宪兄，你先封顶你的工程以为功吧！大传统是一个魅力甚大的领域，难免是要吸引我的。我发愿要收藏老玉器755件，并写一部有趣味的关于玉器的著作，以成唱和！可惜你不能久居西安，使我的请教不便。你为什么要离开西安呢？有一次我不禁走过去问一位领导，怎么放叶舒宪走了？领导若有所思，其言含蓄。想象你在洪荒浩渺空旷肃穆的大传统中匆匆来匆匆去的背影，我一再想到耶稣的慨叹：凡是先知，几乎没有谁是能为本地所悦纳的。这大约属于普世之陋。

原载延河.2015年10期

# 太阳坪

　　我在平利有三日之行，我印象最深的是太阳坪，我以为太阳坪颇具一种独特的美，不过我甚为忧虑的也是太阳坪。

　　平利县以平利川得名，取吉祥之意吧。事发唐高祖武德元年，公元618年，一个盛世渐渐降临。然而平利这一带，早就是有人类活动的。我在此地看到了石凿、石斧和石棒，证明新石器时代人类便于斯生存。我要问的是，大约7000年前后开始在这一带活动的人类究竟是谁？他们是否能繁衍不断，进化不息？如果他们是强大的并幸运的，那么谁为其子孙？平利的女士多很生动，男士多很稳重，我观察其脸，探究其色，想找出遗传的蛛丝马迹，然而这是徒然的。

　　从长安出发，穿越秦岭，进入大巴山，我的视线之中便重峦叠嶂，茂林修竹。平利藏在大巴山北麓，为陕西安康所辖。位于僻壤野外，它的归属注定是无常的。

　　大禹定九州，这一带归梁。商属庸国，周也随之。春秋战国以来，天下动荡，这一带先属巴国，后属楚国，终于归了秦国。秦始皇远追大禹，把天下分为36郡，这一带辖于汉中郡，汉也随之。秦汉以后，平利的归属渐渐明晰，但它命定处于省之边际却是不变的。

当然，它的优势也寓于自己的区域：左右逢源，前后都是出路。现在的平利县，一边邻湖北竹溪，一边邻重庆城口，这显然会赋予平利人以开放和交流的天才。

平利的山水以势所趋，皆向西北。秋山，药妇山，西岱顶和平头山，嵯峨，盘踞，不过它的夹缝自有清流，凡坝河，黄洋河，岚河，吉河，无不投入汉江。山水之间，盆地出焉。盆地往往横卧山之跟，水之旁，小者几十亩，大者数百亩，甚至上千亩。平利人多聚盆地而居，因为这里避风承暖，肥壤沃土，宜种粮，也宜种茶。也有住在山腰或山角的，遂显孤独。树掩屋檐，鸡鸣犬吠，不知道为何要离群而居？不知道有什么故事发生？化龙山是平利诸山之冠，我也略有攀登。林壑深秀，云开天蓝，足以悦目陶情。女娲山有其神话，马盘山有其遗址，可惜我未观之。

实际上我对平利人颇感兴趣。资料显示，今之平利人，其祖先足有90%是移民。那么谁是土著呢？土著是新石器时代那些打制石凿、石斧和石棒的人类的子孙吗？我明白这是奇思异想，然而我之所问也有它的逻辑。但我之所问却必然随风而飘，无影无踪了。

移民发生在清康熙十八年，公元1679年。当时以战乱、灾荒和瘟疫，平利一带的人口已经寥寥无几。虽然山耸水游，不过男失女亡，遂一片空寂，于是清政府就动员并鼓励移民。到平利来落户的，计有今之湖北人，湖南人，江西人，广东人，安徽人，四川人，河南人，陕西的关中人。移民初至，插草为标，任其开田，而且有永不加赋的政策，所以发展甚快。

三百年之后，这些移民的子孙在平利搞过土地改革，搞过阶级斗争，现在努力搞经济。我觉得平利人安静，机警，聪颖，既勤勤恳恳，忙忙碌碌，又自在悠闲，甚至有桃源在此之感。平利人的性格似乎是鄂人与蜀人性格的交融。我以为此乃平利人性格的主体。移民文化使平利人彼此磨合，互相影响，终于提炼出适者生存的一套法则。平利人不苦。

然而我印象最深的仍是太阳坪。我抵达太阳坪的时候是2015年7月14日10点26分，天光透明，云彩淡薄，风悠悠而吹，清爽极了。海拔2358米，冬天遂多有积雪，但日照却甚长，龙洞河村的农民便呼其为太阳坪。

这里没有一棵树，是因为树难生，也难长。这里也从来没有谁开过田，种过地。草甸一望无垠，遇沟随沟，遇坡随坡，颇具原始气象。沟也不深，坡也不陡，遂能望得很远。风轻轻地拂过草甸，紫的黄的红的粉的白的花，星星点点，或稀落，或丛密，无不凌虚摇曳，毕呈高洁弃俗无尘之姿。我意识到它的隐匿，它的沉睡，它的原始气象。我唯恐失礼地打扰它，侵犯了它。它美得像从来没有谁的手能触之摸之的肌肤！

是汽车把我辈送上太阳坪的。我也知道太阳坪是平利人执呈给我辈欣赏的一件精金润玉般的宝贝。遗憾汽车的轮胎之下是一条盘环而上的水泥路，新修的。当我发现沿途没有粮田和茶园的时候，也没有农民的屋舍的时候，当我发现太阳坪仅仅是一望无垠的草甸的时候，我顿悟这条新修的水泥路就是为汽车轮胎的缓缓旋滚而筑的，因为太阳坪的消费者没有汽车是上不来的。徘徊在水泥路上，我郁闷沉重。我非常清晰的观点是：这条水泥路是太阳坪的创伤，是大巴山北麓一处静谧的只有草甸的深山和老山的一道创伤。草甸的基调和大巴山北麓的基调是绿的，是软的，唯弯曲而升的水泥路是灰白的，是硬的。修筑水泥路难免挖高填低，遂多有裸露的黄壤，有的剖面高过人头。

草甸是一种以多年生中生草本为主体的植被类型，它需要的生存环境是适中的土壤、水分和比较湿润的气候。生态是极其敏感的，也是极其脆弱的。我不清楚把水泥路建到太阳坪是否有科学的评估？水泥路这种事物是否对草甸有渐进的损害甚至恶性的损毁？我更不知道太阳坪的消费者是否有环境与生态的保护意识，我只知道中国人走到何处就会把垃圾带到何处，而且我看到在水泥路的两边和草甸上，已经撒落了垃圾。如此之美的太阳坪草甸，大约需要把消费者培训一个世纪才配执呈给消费者，包括我吧！

我忧虑的是：太阳坪草甸是否会经受反复的踩踏，或坐或卧的重压，是否可以放风筝，扎帐篷？一旦草甸损毁，是否能够补救？倘若发生损毁，出现了一片两片根死叶枯的地方，它不但不可愈合反而要传染漫延，这怎么办呢？它是否会在久长的岁月之中把它的损毁带到广袤的大巴山？

　　我还有一个问题：太阳坪草甸既是当代人的，也是属于子孙后代的，既是平利人的，也是属于全体中国人的，所以动用开发它的权力，一定要非常慎重，因为这涉及敏感且脆弱的生态！不是这样吗？

　　不表达我的意见，我甚为压抑，然而亮出我的观点我也犹豫，因为平利的朋友陪我吃，陪我逛，我怎么可以违背其期待呢？

　　苏轼认为有意见表达会产生一种矛盾，不过他会坚持表达。他说："吐之则逆人，茹之则逆予。以谓宁逆人，故卒吐之。"苏子是我所喜欢的，吾从之。为了提一点意见，我也遍搜平利之美而颂之，以使我的心理与平利人的心理都得到平衡。当然，对真理的追求，也无法让我蔽了良知。

　　我的愧悔是，我也踩踏了太阳坪草甸！它真的太美了，我缺乏坚强的力量抵挡它的诱惑！

二○一五年七月二十四日，窄门堡

原载光明日报.2015年11月20日

# 喀 什

　　喀什的魅力表现在，没有去的时候，它使人向往，去了以后，它又让人咀嚼并久久地回味，尤其是它的历史地理。

　　喀什，喀什噶尔，此词有突厥语和波斯语的混合，意指汇玉之城。昆仑山从青藏高原至帕米尔高原，几近3000公里，其北坡多孕玉，喀什当然也孕玉。此玉本是昆仑玉，不过它以今之新疆和田一带玉龙喀什河所出的昆仑玉最好，遂统统谓之和田玉。它是一种透闪石，硬度在6.0至6.5之间。自殷商以来，中原王朝无不嗜玉，其多求其和田玉。和田玉可以循天山南路之南道至中原，也可以循天山南路之北道至中原，一旦南道遇阻，它便不得不行北道。喀什处于南道与北道的交点，遂为汇玉之城。我喜欢玉，然而我未在喀什采集。我觉得是新石器时代到汉之间的砣且琢磨而成的玉，但喀什却尽是璞玉或新玉。

　　喀什的位置非常特殊。它坐落在绿洲之上，又隐于塔里木盆地之中。它西南依帕米尔高原，东部偏北方向又临浩瀚的塔克拉玛干沙漠。它南有喀喇昆仑山，北有天山，西仍是帕米尔高原。逾葱岭，今之帕米尔高原，才能至大宛、康居、大夏和安息，才能经安息至地中海，或至北非，或至希腊和罗马。帕米尔高原显然是天下之阻，亚洲之阻，也是亚洲与北非和欧洲之隔。汉通西域，关键是逾葱岭，否则不得至中亚，也不得至南亚和西亚，更不得至地中海沿岸。翻葱岭，越今之帕米尔高原，古者往来之士，多经过喀什，喀什遂为亚洲文明交流的门户。

西域之国族，既有葱岭以内的，又有葱岭以外的。只要有国族崛起，其便企图控制西域，进而控制今之中亚，因为控制了中亚就扼住了往南亚和西亚之途。如此形势，遂使西域之国族，必然角逐于疏勒，今之喀什。

遥望历史的尽头，容易发现最早是匈奴据有疏勒。当此之际，大约是秦之末，汉之初，秦汉之间。一旦丝绸之路开辟，疏勒才易手，由汉掌握，属于西域都护府。五胡十六国，魏晋南北朝，中原降祸，丝绸之路断绝，疏勒也失。在唐它属于安西都护府，可惜安史之乱以后，唐不禁其衰，吐蕃人遂治疏勒。接着据有疏勒的是回鹘人，契丹人，蒙古人。至清，疏勒重归中国。

19世纪末叶，沙皇俄国与英国在中亚相争交锋，喀什遂成为彼此活动的一个中心。1881年，沙皇俄国在喀什设领事馆，1908年，英国也在喀什设领事馆，虽然瑞典未设，但它却把瑞典基督教传播的机构置于斯。我在喀什匆匆考察，夜宿其尼瓦克宾馆。当年的英国领事馆恰在这里，遂顿起兴奋。连问是否有遗址，直指高楼背面。惊喜难按，径绕高楼而阅。只见在一棵大树下，有几间平房呈一排，其红瓦绿檐，长廊木柱。支桌放椅，显然有餐饮经营，唯此刻歇业，条窗紧关，从而冷冷清清。资料显示，此领事馆50亩，曾经有池有林，且建筑精致。我满是困惑：不懂为何要拆领事馆？也不懂为何要留一点残余？更不懂为何要在这里生火做饭而卖之？

轰然发生的丝绸之路探险，实际上是沙皇俄国与英国在中亚博弈的衍生，其始于1834年。近百年以来，足有数十位西方及日本考古学家在天山南北孜孜探究，以破神秘。影响最大的几位，无不在喀什勘查，或从喀什发踪。瑞典的斯文．赫定，1895年2月17日，从喀什进入塔克拉玛干沙漠。英国的斯坦因，1900年6月23日，从喀什走向和阗，今之新疆和田。法国的伯希和，1906年9月1日挥镢在喀什勘查，随之而库车，而乌鲁木齐，而敦煌，而西宁，而西安，携大量文物文献，植物标本，穿郑州和北京，而返巴黎。

汉兰台令史班固指出，疏勒去长安9350里，其间沙漠横陈，山耸川曲，不知道此距离是如何计算的。

中国人最早往疏勒去的当为张骞。寻找大月氏，非逾葱岭不可，他当然要过疏勒。中国人在疏勒工作最久的当是班超。他夺得疏勒王的盘橐城，居之17年，以平西域诸国，恢复丝绸之路的贸易。领兵过疏勒而逾葱岭的是唐将军高仙芝。他一举灭小勃律，便粉碎了吐蕃与小勃律结盟，挤中国出中亚的阴谋。不料他惨然败于大食，遂助长了大食攻占中亚之志。

疏勒敬唐，其朝贡不绝，往往以献名马为天子所乐。一件有趣的事是，唐玄宗尝遣使者赴之，册立裴安定为疏勒王。疏勒与唐之关系显然非一般之深。

　　亚洲文明之交流，疏勒是门户，也是驿站。凡逾葱岭西去或东来，多会停留这里。内输的或外输的粮果及草木，都会经过这里，当然也会有选择地种植于斯。自葱岭以外传到长安最早的是葡萄和苜蓿，接着石榴、胡桃—核桃之类，皆经过疏勒而来。我在喀什就吃了葡萄，见了石榴，接受了学生所送的胡桃—核桃。其品质无不上上，唯没有见到苜蓿。

　　佛教从印度流布中国，疏勒的一方水土，功莫大焉。向东弘法的印度高僧鸠摩罗什，曾经在此获须利耶苏摩所授大乘，完成了他的思想转化。达摩过此，当然也要传道一番的。向西取经的中国高僧法显经疏勒，发现僧徒达千余，尽为小乘。玄奘返乡经疏勒，发现这里的僧徒还是学习小乘，只是增加至万余，且置寺院数百所。玄奘观察得颇细，他注意到疏勒气候和畅，稼穑丰茂，人长绿眼睛，好文身，擅织毯子，为地毯、壁毯、床毯，也做帘幕。悟空应该是唐最后一个从印度还我长安的高僧，他过疏勒的时候，安史之乱已经发生，吐蕃已经取得陇右，西域已经没有安全保障，然而疏勒未拘他，也未扰他。悟空蛇行鹤游，至唐德宗贞元六年，公元790年，才回长安。

　　伯希和在喀什的考古，包括炮台山、沙山、墩库勒、三仙洞、阿克噶什，发现有佛像、佛壁画，证明公元10世纪以前，佛教在此的存在并兴盛。他注意到一些寺院遗址有火烧之痕。

在公元10世纪以前，不仅喀什佛教兴盛，而且丝绸之路沿线也多信仰佛教。不仅有佛教，也有景教、祆教、摩尼教，而且传之长安。

萨图克·布格拉汗早就悄然信仰了伊斯兰教，这为喀喇汗王朝的伊斯兰化打下了基础。他似乎并不孤立，因为有波斯王子支持他。萨图克．布格拉汗在公元955年逝世于喀什噶尔，其儿子穆萨继位，也驻喀什，宣布伊斯兰教为国教，遂有20万帐众顿然皈依，并伐信仰佛教之于阗。几十年以后，大约到公元1006年，喀喇汗王朝灭于阗，从而将其统治扩展至罗布泊一带。这一带及丝绸之路沿线，也多转而信仰了伊斯兰教。此举重大，影响深远矣！

喀什的夜色甚美！华灯遍明，凡道路、草木、高楼大厦，无不交光互影，尤其是银行、商场和酒店，装饰得璀璨如幻，并不逊于京沪，也不逊于乌鲁木齐。唯行人稀落，夜生活薄弱。

晨曦所染的喀什一片宁静，维吾尔族老老少少，忙而从容。街两边的店铺渐渐开张了，馕摆出来了，干果和水果也摆出来了。有妇女携着孩子等待出租车，妇女目不环视，但孩子却生动地左右顾盼，惊之奇之。

艾提尕尔清真寺是必须看一看的，其筑于1442年，几番修建，卒达25．22亩，不仅喀什最大，在新疆也是最大的，而且在中国也是最大之一。其坐西朝东，有桑榆和白杨环围，甚为幽雅。礼拜殿起于隆出地面一米余的台基之上，其外殿立140根雕花木柱，作网状排列。木柱高达7米，以支撑白色的密肋天棚。气势壮矣，风格独特。

　　阿帕克霍加墓，或曰香妃墓，也当看一看，不过时间有限，我遂匆匆一览，到了高台民居。所谓高台民居，在喀什噶尔老城东北一带，有600余户维吾尔族住于斯。其多为土房，也有砖房。房连房，楼接楼，层层叠叠，穿插于几十条弯弯曲曲高高低低的小巷之中。过其家，往往见工匠坐堂屋琢之磨之，锯之凿之，不知道制作什么。工匠埋头干活，专心致志，无视任何扫描之目。有一家设了陶器馆，瓶呀、壶呀、杯呀、盏呀、罐呀、笔筒镜盒呀，拙朴可爱，观之者众，也有购之者。还有一家收藏有维吾尔族的日常用品，满屋尽阵，铜的锁、灯、香炉、铺首、酒觚，还有一些宝石，包括玉料、玉器、水晶、玛瑙。我挑选甚久，终于忍了，道歉一声，没有采集。

　　在一条小巷口，我碰到几位维吾尔族姑娘聊天，我想拍一张照片，遂徘徊着，想等待一个漂亮的角度。她们披花币，穿花裙，侃侃而语，唯不示其容。当然也不愠，也不悦。阳光弥空，黄墙返照，秋之喀什，也不热，也不冷。她们自在自为，淡淡然而平平然。

原载北京晚报.2016年3月3日

# 李若冰先生

李若冰先生是一个官员，但他过去到底担任过什么职务，我并不清楚；他是一位作家，但他的散文究竟有多少篇目，我也不清楚；他生于何日，逝于何地，我还是不清楚。窃以为这些都不重要。重要的是，我常常会想起斯人。在不定的瞬间，不定的境况，无意之中，先生的形象会蓦地闪现脑海，我不禁喟然赞叹说："君子啊！"

先生总是微笑着，唇动欲言，终于又沉默了，不过仍微笑着。先生背头，白发，额亮颐丰，敦实而稳健，是可以信靠的。先生重而威，威而不猛，温而厉，厉而不苛，恭而安，安而不固。先生恂恂如也，侃侃如也。

我是实实在在的晚辈，不与共学，何论适道，更何论同坚守，同经略。然而在我出乎大学与入乎社会之际，以路遥的引荐，荣幸地认识了先生，遂能旁观和侧闻他的高风亮节。

推贤进士是先生最可贵最可敬的品质。20世纪80年代，那也是一个晴空万里的历史阶段，凤鸣青山，木发黄壤，他如唐荆州长史韩朝宗一样，陕西文化界公认先生为风雅之司命，俊杰之权衡，一经提携，必可建功立业，扬眉吐气。三秦的青年，凡有志者，有技者，谁不盼投奔先生，博得先生的激赏，从而有一个平台，以振翅远飞。

他给了路遥巨大的帮助和保护，否则路遥将麻烦缠身，怎么会安然写其小说。他支持在陕西人民出版社创办一家大型刊物，并举散文家刘成章为文学家杂志的主编。他支持陕西省作家协会的机关刊物进行改革，从而32岁的白描当了延河杂志的主编。他支持导演吴天明做厂长，西安电影制片厂遂脱颖而出，誉满天下。先生的甄拔与调度，奠定了陕西文学、艺术、电影和出版的格局，尤其是给陕西文化界注入了强劲的朝气、生气和清气。

先生之爱才，也难免爱到有趣的程度。秦岭南坡有一个青年，好文学，欲有所发展，便进城见先生。先生觉得此青年的文章屡屡出彩，遂让单位给其置了一张桌子坐下来创作。此青年是农民，不得发工资。写了一个月小说，无钱吃饭，此青年就又叩门见先生诉苦。先生不忍其可怜，便指示财务部门要发工资。上达先生说："不在编，无法发呀！"先生说："让人事部门打报告，我批，入册不就行了。创作呢，还能不发工资！"多年以后，朋友相聚，每每会乐道此事，且无不莞尔颂之。

2002年的一天，在常宁宫举行陈忠实从事文学创作纪念活动，先生受邀，欣然出席。这年是陈忠实发表文学作品45周年的庆典，那天也是陈忠实60周岁生日的祝贺。先生敏于行，并慷慨褒显。有以小事大的，有以大事小的，皆为古道。先生长而老，陈忠实少而壮，先生之举，当属以大事小了。

先生是一位散文作家，著作甚丰，影响颇大，并孜孜促进陕西的散文创作。他对散文作家倾注着热情，只要发现有特点的作品，便不惜口舌，见了同道就夸。他夸过刘成章的作品，夸过李天芳、李佩芝的作品，也夸过匡燮与和谷的作品，当然也夸过贾平凹的作品。先生是散文的妙手，风格清俊，意境明澈，论中国散文少不了李若冰这一家，然而他从不夸自己。大约在1987年前后，先生提议成立陕西省散文学会，并亲自召集诸作家研究其机构和配位。我年轻，便由我通知开会的时间和地点。刘成章、贾平凹、和谷、汪炎，还有张国俊吧，应该都参加过讨论。他和诸作家反复酝酿，拟定了会长和副会长名单，以投票取之，严正产生。会长是第一重要的，那么谁当会长呢？他认为贾平凹合适，提议由贾平凹当会长。那年贾平凹才35岁，不过成就斐然，先生支持他。

自古至今，凡智士往往相轻。一旦荣誉与利益杂糅，竟无所不用其极地争座次，夺奖项，狼烟滚滚，冲锋陷阵，真是德之有亏，丑莫大焉。李若冰先生深具领袖风范，一向忘己立人且达人，素能不偏向，不伐异，不嫉妒，不毁钟，不鸣瓦，弃谗拒佞，凌是非之上，近乎于仁，岂非吾曹的一个景仰吗？

二〇一六年一月十八日，窄门堡

原载陕西日报.2016年3月17日

# 陈忠实先生

陈忠实先生有宝石一般的品质，群贤相集，众士相会，一旦论及先生，凡男女老少，总是交口称颂，完全由衷。

我从未看到谁指责过陈忠实，或表达过其菲薄的。先生也非圣者，脾气发作，难免怒形于色，不过他瑾瑜灭瑕，深具内在的温润。

1986年春夏之交，他至出版社向李佩芝交稿，是关于泰国的一组散文，我初见先生。他头发略分，郎朗笑着，露出了一个灞河汉子的白牙。不胖，然而脸上还是有肉的。一部厚重的可以立身安命的小说完成以后，先生脸上就只剩下皱纹满布的皮了。2016年3月23日下午3点56分我和他通电话，觉得先生的声音十分柔瓤，不禁临窗辛酸。岁月不饶人，也不饶先生啊！

我和他没有机会共谋其事，同理其事，往来并非最多，不过淡然处之，也许还能导向最亲，因为心贴就是最亲了。2014年以来，先生约我吃饭数次，除了司机，就是我和他。总以为先生有什么事，然而直到放箸付款，离开餐桌，他也只是问了问我的情况，不言其他。他常常会沉浸在自己的思想之中，沉默着，无意之中惆怅一声，终于无语。先生有他的特点，从不贬人，从不骂人，此贵于吾辈矣。我和他吃饭，每每是先生掏钱。我望着他提取了口袋里的一叠人民币，步出包间，过一会儿，又望着他步入包间，坐下来吸几口雪茄，说："走。"我怎么不懂由我结账才是礼呢！然而经验告诉我，我掏钱他真会急的。从命吧，这也是尊敬。

先生一直善待我，我是有感动的。求字送客，我懂尊重其劳动，然而尚未探价，他便说："你来，你来，来就行了。"敲门入室，略作招呼，先生遂递我一个书袋说："这是一幅，你送客。"又递我一个书袋说："这一幅，也给你，你不嫌就留下。"淡然笑着，使我如享熏风。刘茵编辑我的散文，需要一篇评论配发，我开口请先生之作，他说："好！你什么时候要？"在约定之日，我登堂取其文章。他先给了我一份复印件，后又持一份自己的钢笔件说："这也给你吧！"出乎意料的惊喜，仿佛天窗悠启，阳光旋照，一片明亮。先生鼓励我参加鲁迅文学奖评选，遗憾铁幕难破，我遂一笤二毛，扬声告别了。先生说："情况我也知道一点。既然这样，不参加也罢。"此乃理解，也是安慰，若空谷幽兰，旷野素菊，足矣！我有感动，先生一直善待我。

我不能想起自己为陈忠实先生做过什么。只记得拂逆他，一而再，再而三，可恶至极。

1996年，我编辑了他的文集五部，行世在即，打算举办一个新闻发布会。出版社不愿意有花销，就把负担转嫁给先生了。幸而一家企业慷慨资助，问题得以解决。企业欲通过新闻发布会腾声三秦，这也很是正常，遂提出由其老板主持。先生约我见面，茶饮之间，悦然相告企业支持之事。获悉新闻发布会要由企业老板主持，我劈头盖脸地说："这不行！版权是出版社的，必须由出版社领导主持。"先生一愣，又说："我已经答应了。"我说："陈老师，答应了也不行啊！可以给老板增加一些节目，主持必须交出版社领导主持。"先生骤然发火，冲冲宣示新闻发布会作罢。不料形势如此，我遂婉转校正。经过反复协商，新闻发布会归出版社领导主持，然而程序多有空间，以让企业老板亮相，事遂顺利且圆满。先生轻松愉快，竟向领导夸我厉害，可以重用。实际上我根本不满意领导，也不为出版社争什么。我只是遵循一个道理和规矩，而且坚持这一点。

　　还有一次，我邀三五朋友小聚，先生说："某某几次要见我，干脆喊他也来，就算见了。"窃以为某某不纯，便没有允诺，也没有通知。那天晤饮，先生注意到某某不在，就问我："某某没有来？"我恬然且怡然地看着他，没有正面回答。先生略有色作，说："不就是加一双筷子的事么！"我蔼然不语，恭候他之平静。俄顷启宴举杯，先生遂开颜而乐。半年以后，某某便以其莽撞之举彻底得罪了先生。相信先生的明白，我也没有再解释什么。

还有一次，我做得非常糟糕。时在2008年，春节期间，先生做东请客，十余人也咸为朋友。我和庞进有龙之辩，影响广泛，以至席间诸君仍发所议。庞进并不在场，不过先生似乎倾向庞进，是扬龙的，并以二月二，龙抬头这样的民俗论证。我的观点是：龙的文化属性十分复杂，然而其要害在于，龙是皇权的象征。基于此，龙极易为专制思想所利用，所以选其角度抑龙，贬龙，责龙，应该是一个知识分子的觉悟和承担。可惜出于对先生的敬重，我既不能径言，也不能大言，遂他一句，我一句，一句杠一句，气氛渐渐凝固，终于紧张到诸君无不噤声。先生也搁下筷子，背靠椅圈，仰起头吸烟。菜一盘一盘地上来了，我转至先生面前，说："陈老师，搛菜！"先生悠着气息说："你先用，我抽几口烟！"不知道怎么缓和为安的，总之，尚未炸裂，以礼而散。我的沮丧涨满了全身所有的细胞，是方英文陪我从小寨走到了明德门。三公里，王顾左右而言他，不能提龙。

我的认真，我的偏执的认真，不含糊的认真，不得体的认真，不领情的认真，不蹈孔门的认真，不会圆融的认真，一而再，再而三，顶撞着先生，一个兄长，一个前辈，一个文学事业辉煌的人，一个社会声望甚盛的人，一个道德律极高的人，一个尊严感颇强的人，一个性格坚硬的人，一个谨防冒犯的人。然而先生一次两次三次地理解了我，宽容了我，原谅了我。他对我没有丝毫的疏远，没有任何的讨厌，没有微茫的旁敲和侧击，反之，他待我越来越好，越来越信任，甚至越来越喜欢。这个春天，为什么我总是伤感？为什么我常常落泪？我想看一次先生，然而不便，不成！

记得2007年，文学院有意成立一个写作中心，委托我邀先生做主任，他欣然响应，然而拒绝报酬。我再见他，告知文学院领导的意思：主任怎么能白做呢！所以不确认报酬是多少并接受所付报酬，写作中心成立的程序便不能向前走了。先生转过脸，睁大眼睛，目光直视，声情并茂地说："你看：我有工资，有版税，字也有一点润格，还在别的大学做一些事，这就够了。担任写作中心主任，我能做什么就会做什么，只是我不能再拿报酬了。我很清楚人与社会之间的利益关系：要合适，不能过。我不能过！"我知道了先生的所想。此肺腑之言，给了我难得的启示，文学院领导也啧啧赞之。

先生是一个久经儒家文化浸润和陶冶的人，其动心凝虑，举手投足，皆有仁义礼智信的约束。孔子在20世纪一败再败，儒家文化也持续衰落，至21世纪，究竟几人还以君子的标准要求自己呢？

秦岭嶂峦，东西横贯。天街犹在，南北纵穿。一日照空，万木尽繁。先生之正，馨必飘远。

朱按：本想让陈忠实先生活着看到此文，不料他突然就走了。虽然它变成了万千悼文中的第一篇，不过我还是愿意陈老师能在生前看到它。若如此，那么好啊！

二〇一六年四月十五日，窄门堡

原载新民晚报.2016年4月29日

# 怅 望

我的故乡久有历史，方志具名，是少陵原上的蕉村。

这里并不算富饶，然而天空日月星辰，地面春夏秋冬，足赖繁衍子孙，昌盛家族。

小时候，我读了一点书，顿然心野，发愿离开故乡。至19岁，我步入大学，闯进了自己向往的故乡之外的世界。

故乡固然路小，墙由土打，房是瓦苫，做饭洗衣的水从井里用辘轳一桶一桶地绞。然而羁旅江湖，还是想家。城市很热闹，很炫幻，也可以建功立业，可惜我总感到自己是城市的客。即使户口落此，工作于斯，买了房子，也不过是在几个楼板之间寄居而已。一旦蒙冤受伤，更是想家。

我曾经频频从城市返蕉村探视父母，以解牵挂。有时候回故乡，也是因为疲倦至极，需要呼吸，以壮精神。登上少陵原，看到蕉村的一片绿树，我便觉得踏实，轻松，愉快。羊在沟坎上撅草，麻雀在麦秸上聒噪，老者相语，幼者相戏，夕阳收敛，炊烟飘散，这一切不仅仅是亲切，它尤其给人以安慰，并有精神的治疗之效。

　　2011年，蕉村消失了。少陵原上，地球上，也许永远没有蕉村了。拆迁的时候，母亲对我说："我咋不想走！"妇女几乎都在流泪，有的竟号啕大哭。母亲虽然未哭，不过她也十分难过。母亲难过，我也难过。

　　有一个73岁的老人，租住在樊川一带，由于不习惯异地，很是痛苦。他想自己的院子，遂经常揣着馍，登上少陵原，选一个荒丘坐下来，远眺着蕉村。蕉村已经夷平了，但它的废墟上却长出了一簇一簇的高楼。他颇感陌生，不过他仍远眺着蕉村，想自己的院子。

　　我在城市的日子从来是混混沌沌，浑浑噩噩的，因为日夜扩张的高楼遮掩了天边和地线，尤其是女士的裙子，四季皆穿，四季不清。人居城市，若陷隧道，不知道美的窗口在何处。

　　但我的故乡却有自然秩序和社会秩序的统一。正月初一过年，是家庭的欢聚，遂长以祝福，少以施礼，整个故乡都沉浸在喜庆与安谧的气氛之中。正月初二以后，亲戚朋友开始往来。那时候，残雪正在小麦之间融化，故乡的小道上，三五成群，提篮子，执灯笼，无不穿新衣，戴新帽，尤其轻狂的是孩子。清明节，上坟扫墓，烧纸祭祖。端午节女走娘家，舅看外甥，贫富都会送一把艾蒿，斜插在门上，以驱虫子。小麦黄了，割小麦了，种玉米和谷子了。此间农民悉在田野忙着，故乡出现了一岁一次的紧张状态。忙罢就要过会，无非是在一个约定的日子，所有的亲戚朋友都来做客，夸丰收，聊埫情，祈祷未来。中秋节虽然没有喧闹，不过凡母亲都会烙一个大团圆饼和几十个小团圆饼。如果讲究，那么晚上还会把柿子、石榴一类的水果献给月亮。十月初一，阳间渐冷，想到阴间也会渐冷，遂上坟焚纸衣，焚纸裤，以表达生者对逝者的悲悯和追思。冬天到了，春天也在冬天之中孕育了，遂在腊月的最后一个晚上除夕迎新。

　　一个人之所以有文化，并非仅仅读几本书而成。一个人只要他受过乡约和乡俗的影响，见过乡贤，懂得如何对待乡党，他就有了文化。儒家就是这样的，中国的历史几乎就是这样的。

　　故乡就是安放祖灵的地方，是父亲娶妻以生子的地方。我时时想念故乡。尽管蕉村没有了，然而不管我在山南还是在海北，我都可以为自己的故乡定位。

　　怅望故乡，我的眼睛常常含满泪水。

二〇一六年六月二十日，窄门堡

原载人民日报.2016年7月13日

# 咸阳原和五陵原

渭河北岸，关中一段，有空阔高亢之地，秦谓之为咸阳原，汉谓之为五陵原。现在是中华人民共和国在陕西的一个行政辖区，谓之秦汉新城。

我对此地兴趣十足，曾经三番五次地于斯徘徊，以察古今之变。

## 以汉压秦

秦从东而来，处于西陲，融于犬戎，在今甘肃天水一带为周王室放马。以护送周平王迁洛邑有功，封为诸侯。久在犬戎之中，秦遂具游牧风俗，比较落后，在天下没有地位。

不过秦暗藏抱负，又尚武，是一种军民兼容的体制，一代一代向东发展，终于在秦孝公时，公元前350年，选山阳水阳之地，建都咸阳，并以咸阳宫为堡垒继续向东进取。

咸阳宫就营建于咸阳原上。这是一片敞豁爽朗的台地，其北阪缓缓隆起，足以远望。

秦在这里建都，目的在灭赵、韩、魏，乃至齐、楚、燕，以做天下之主。远交近攻，是秦的一贯策略。以咸阳为国都，不管是交通还是形势，都利于此策略的实施。至秦嬴政为王，统一了天下，于是秦王就晋升为秦始皇了，咸阳遂也提升为天下的政治、经济和军事的中心了。

秦始皇从咸阳宫出出进进，大有作为。收缴天下之兵，销之铸金人像十二尊，置于咸阳的殿堂，表示和平的日子来到了。调动天下十二万富户，徙于咸阳的周围，以加重京师的分量。秦破一个诸侯国，就照此诸侯国的室制，在咸阳北坂作其屋宇，标榜你败我胜，你死我活，于是咸阳北坂就有赵、韩、魏的建筑，也有齐、楚、燕的建筑。秦始皇从这里巡陇西，登泰山，至碣石，行云梦，前呼后拥，威风至极。

虽然秦能打仗，可惜它不懂仁义，残酷对待人民，遂霸天下15年便遭到推翻。项羽杀了秦始皇的亲属，又烧了咸阳，扬长而去。

关中人或陕西人一向自称是秦人，这未必是对的。陕西人并非秦人，陕西人只是秦治下的黔首而已。秦人是从秦亭，今之甘肃天水张家川一带，挥鞭征伐，向东推动，终于据有关中，并从咸阳舞剑抢刀，占领了天下。不能因为秦人在关中建都，关中人或陕西人就自称是秦人。这就像蒙古人和满人建都北京，北京人不能自称是蒙古人和满人一样。我也不明白秦人有什么可以推崇的，竟以当秦人为荣。也许秦人是有自由的，然而秦人让关中人或陕西人或天下人有自由吗？自以为是秦人的关中人或陕西人，多少是糊涂的。敬重和钦佩英雄是一种高尚的感情，然而认为秦始皇是英雄，便是判断出了问题。秦始皇属于暴君，他的管理是暴政，此乃天下定见。

秦始皇自信他的家谱会存在十世，百世或千万世，不料他的江山并非是铁打的。区区陈胜吴广一呼，竟万众响应，并以席卷之势，包举之效，推翻了秦对天下的奴役。

汉高祖刘邦坐了江山，那么建都何处呢？经过讨论，建都长安。汉高祖和秦始皇一样，皆有意愿使自己的家谱千秋万代。实际上凡统治阶级，一旦掌握政权，没有谁会随便放松手脚。他们必从各个角度努力，以巩固政权。

刘邦曾经为秦之小吏，在咸阳服徭作役，当然见过咸阳之壮，也见过秦始皇之盛。防止政权丧失，他不会不深谋远虑。汉知道自己是在秦经营了五百余年的关中执政弄权。汉尤其知道咸阳一百余年了，秦气深厚浓重，不可小觑。

以汉压秦，文章当然要做在咸阳。咸阳宫在今之咸阳窑店一带，属于咸阳之核，那么长安就营建在它的对面，让其耸立在渭河南岸的龙首原上。隔空逼视，从而压之。这还不够，汉遂将自己的坟茔造在咸阳宫一带，或咸阳北坂，以彻底毁坏秦的风水。五陵原指汉高祖长陵、汉惠帝安陵、汉景帝阳陵、汉武帝茂陵和汉昭帝平陵，及其陪葬的后妃、贵戚和功臣之冢。这还不够，汉干脆更咸阳为新城，为渭城，以从地理上和版图上使之湮灭和虚无。

五陵原替代了咸阳原，这似乎有理有据，很是顺利。当然，论秦的时候，可以指咸阳原，论汉的时候，可以指五陵原。总之，汉把自己的皇帝埋在秦的咸阳宫及其政权象征的翼阙一带，埋在诸侯国的屋宇一带，埋在秦的基础之上，也够狠的！

## 想象五陵年少

汉有一个社会管理理论，认为中央集权是树干，要加强，地方势力是树枝，要削弱。这就是所谓的强干弱枝理论。其具体措施是，把天下豪民移至五陵原上聚居，形成以帝陵为依托的县邑。县邑之繁荣，历有惊叹！

唐诗人习惯以五陵年少形容富贵子弟。李白诗曰："五陵年少金市东，银鞍白马度春风。落花踏尽游何处，笑入胡姬酒肆中。"意在表现富贵子弟之阔绰和淫侈。张籍诗曰："五陵年少不敢射，空来林下看行迹。"意在讽刺富贵子弟并非侠义。白居易诗曰："五陵年少争缠头，一曲红绡不知数。"意在反映富贵子弟得意之际，对待娼女慷慨大方，不会计较。

五陵年少是怎样的性格，遂难免穿越历史，让我喟然想象！

1992年前后，我在关中踏梦，走遍了这里的帝陵，尤其对五陵原多有登临、观察和体验。我注意到一个有趣的现象，五陵之中有三陵都在咸阳故域：长陵在渭城窑店，安陵在渭城韩家湾村，阳陵在渭城肖家村。茂陵和平陵虽然不在咸阳故城，也在咸阳原上。

汉不想留下咸阳的痕迹，也许是恨秦，也许是怕秦，也许兼而有之。然而以今朝否定前朝，甚至不惜粉碎其历史遗存，证明今朝的伟大，证明今朝自古从来就是伟大的，实际上透露了今朝的懦弱及其对文化的伤害。

当年我一再向五陵原上跑。我还曾经站在乐游原上，顺着李白的目光看过去，眺望五陵原。我胸中激荡着一种又简单又复杂的慷慨之情，奔赴五陵原。

李白词曰："箫声咽，秦娥梦断秦楼月。秦楼月，年年柳色，霸陵伤别。乐游原上清秋节，咸阳古道音尘绝。音尘绝，西风残照，汉家陵阙。"

当年从西安至咸阳只有59路公交车可以乘。始是5角一程，终是5元一程。我乘59路至咸阳，已经涨价，一程是一元了。总是这样，我从西安玉祥门出发，至咸阳以后，再乘农民的三轮车往五陵原上去。以经济的原因，我不在咸阳住宿，所以每一次只能考察一个帝陵。每一次，也就是每一天。没有明确的功利目的，不过存在着一种朦胧的使命感和求知欲。隐隐闪烁的冒险和挑战心理，也增加了一种稀薄的乐趣。我一鼓作气，触摸了几十个帝陵。登临汉家坟茔，我往往会想象着五陵年少。

五陵原是一片起于渭河北岸并以斜坡向远方的九嵕山渐渐高扬的土地，空旷开阔，气象宏伟。除了汉文帝霸陵和汉宣帝杜陵在渭河南岸以外，汉家帝陵尽在这里。从东向西，汉家帝陵一一拔起，绵延100里。不管是在夏日的阳光下还是在冬日的阳光下，它们都沉默着。两千春秋，两千风雨，已经荡平了属于帝陵的所有建筑和树木。偶尔会看到一些陪葬的石刻，不过凡此残余，更觉变化的沧桑。

五陵原上的县邑，生活在县邑里的富贵之家早就灰飞烟灭了，而且难考他们的去向、下落和脉络。没有汽车可以三道或五道并行的大路，虽然阡陌纵横，不过悉为小路。村子也都沉默着，于是羊在安陵、阳陵或平陵觅草而嚼的声音我就听得非常明显。没有五陵年少，我只能想象！

汉武帝茂陵上的风一直吹在我的脑海里。天远，天蓝，地平线波动着云霞。我不知道风从宇宙的什么缝隙而来，不过风大，风硬，风改变了我的发型，风还拉扯着我的衣襟和裤管。

我得意的一举是，突发奇想，在晚上登临长陵。从西安坐59路的末班车，到咸阳以后再乘末班公交车至窑店，就没有车了。我约定了一个农民，请他用三轮车送我至长陵，我上去，他等我，之后再送我往渭河一个发电厂的招待所去投宿，天明返西安。我沿着长陵的小道一步一步走上其顶，毫无畏惧。一个人选择晚上走帝陵，如此行为，大约罕有，所以我一直感到得意。那是冬日的晚上，月光明亮，足以看清长陵上的黄土和枯槁。我久久倚徙，极目四野。我以为，当年在长安城也可以看到长陵，甚至刘邦的子孙就曾经逾越渭河凝视过长陵。那天晚上，我在长陵上冒寒逡巡，甚为喜悦。星辰在位，夜空浩瀚。有农民在什么地方灌溉小麦，偶尔会传来他们互相的招呼之声，仿佛是给我作伴。狗也会吠，以表示自己在执勤。

## 用美的理念建设生活

五陵原几乎一直处在农耕状态，农民种田，不会过度使用它。改造不大，就保护了汉家帝陵，也就保护了一种文化遗产。

我曾经提出，可以把整个关中作为一个整体的文化遗产向联合国申报以保护。在全世界，几乎没有一个地方像关中这样，从旧石器时代的蓝田人遗址，到新石器时代的半坡母系氏族社会遗址，从周到唐的13朝国都遗址，及其13朝的近乎80个帝陵。我以为这样丰富且时间连续的文化遗产，只有整体申报才有正果，并能给予彻底保护。一旦申报成功，这样一个谱系完全的文化遗产，只要善于经营，也会得到丰厚的经济效益。

如果这样，那么我就不会为五陵原忧虑了。

汉人事死如事生，遂阳间所有，阴间也必有。皇帝驾崩以后，往往口含玉蝉，身穿玉衣，并置车、马、金银、珠宝、丝绸、兵器及货币，厚葬为荣。帝陵无不有很多陪葬墓，凡后妃、贵戚和功臣，谁不是也置重物以享之呢？显然，五陵原就是一个博物馆，藏品有已经出土的，也有未出土的，也许未出土的还多于已经出土的。

三个问题呈现了：如何保护？如何规划？如何修路盖楼？我之忧虑尽在其中。

这是一个功利主义猖獗的时代，甚至无处不是急功近利。鸡要速长，桃要催红，演员要一夜成名，作家要持续出书，教授要频发文章，官员要多出政绩，所以秦汉新城将如何在自己掌握的五陵原一带大动其作，是需谨慎的。

虽然屡经日晒雪消，以何清谷先生的考察，汉家帝陵的封土仍高出地面20米以上，尤以设有县邑的五陵为崇。长陵高30米，底部面积20655平方米，安陵高25米，底部面积23800平方米，阳陵高31米，底部面积28900平方米，茂陵高46.5米，底部面积52899平方米，昭陵高29米，底部面积25600平方米。汉家帝陵是历史，也构成了形胜。

在这里修大路，盖高楼，作豪宅，显然一定要谨慎。不回避帝陵是不行的，不回避帝陵的陪葬墓也是不行的。五陵原上的坟茔有的是能知道的，不过也许还有一些不能知道。它们已经被夷平了，作了沃土，早就种粮食了。当文物随着挖掘机的操作而出土的时候，怎么办？中止操作，立即考古，还是采取措施，以保证工程的进度？想起来，这实在揪心！

清点史迹，查准遗址，并给予严格的保护，尽管很难，很麻烦，很矛盾，然而草率不得，粗暴不得。五陵原碰到秦汉新城人的手里了，但它却不仅仅属于秦汉新城人，五陵原碰到今人的手里了，但它却也属于今人的子子孙孙。保护这个博物馆一般的五陵原，象征着是否有尊重祖先和告慰子孙的文化情结。

我在大地上走来走去，看到一些错误的规划和建设，总是难免痛苦和义愤。在关中，在长安，任何一个规划和建设，都要怀敬畏之心，具高贵之质，都要用美的理念。蛮横，随意，简单，小气，鄙陋，贪婪，这种心理是不宜在古都、故城和京畿之地从事规划和建设的，因为它会损毁皇家余绪。不只是遗址，这里的形胜也是古都和故城的组成部分。

在五陵原上规划和建设，实际上是在非常有限的非常吊诡的空间穿梭，需要一批真正的精英，需要一种打破僵化思维的智慧，需要一种善待文化的良知。

五陵原并非一张白纸，可以任人画，任人绘，或任人勾勒和涂抹。这里本来就是美的。这里本来就有规划。五陵原上的所有帝陵和陪葬墓，实为汉政府最有才华最有知识的人规划并在其领导之下建设的。他们是当年的地质学家、地理学家及建筑大师。每一座帝陵选在什么地方，每一座陪葬墓选在什么地方，都有自己的根据和标准。茂陵修了50余年，所植树木在汉武帝逝世之际已经成林，粗壮得难以合抱。霍去病墓照祁连山形状所营，是在纪念这个抗击匈奴的英雄。在五陵原上动土，应该如临深渊，如履薄冰，战战兢兢，因为稍不留神，就会破坏汉帝国一种卓越的规划和建设。

五陵原碰到今人手里了，碰到秦汉新城人的手里了，我以为应该用尊重历史的态度进行规划，这也包括必须认真考虑五陵原及其文化遗产的存在。不应该恣肆地把自己的意志强加于它，反之，应该知道它也是一种有生命的存在，并随物而赋形：路不一定非直不可，当绕就绕，也不一定任何一段都要宽得数辆汽车同轨，当窄就窄。建筑不一定要集中成林，当空就空，其高度似乎也要考虑帝陵的高度，并注意疏密，有错落，留视野，能思古。如果让建筑遮蔽了帝陵并把它们矮化了，弱化了，那么就是一种失败。建筑的形式和颜色大约也要非常讲究，以和谐于五陵原，以适合于五陵原。城市化和现代化进入五陵原，真的是非常危险，甚至植在这里的树木也应该注意其品性、格调和风度，注意其亲和力与传统感。

五陵原不是一张白纸，它是两千年以前的权威规划并按其规划建设起来的。它自有美的理念的灌注。今人，秦汉新城人，也应该用美的理念展开建设。应该意识到在五陵原建设的不仅是一座新城，它尤其是一种新的由美的理念孕育的生活。这种生活归根结底就是以人为本，有助于人的尊严和自由。以人为本，有助于人的尊严和自由的建设，也一定有助于经济的增长。

拜托了！

二〇一六年七月十八日，窄门堡

原载西安晚报.2016年9月3日

# 坐 车

在人生的路上，仅仅步行是不够的，有时候不得不坐车。

1984年初秋，我乘火车从嘉峪关返西安，全程站立，累得几乎坍陷。出了火车站，见一辆卡车停着，问到哪里去，答到长安县韦曲镇去。大喜，便上车睡下，顿然入眠。不知道什么时候，司机喊我，说："到了，下车吧！"起身举目，街道、树木和人的神情衣饰皆熟悉如常，便下车回家。

20世纪80年代，我数往商州去，各种车都坐过。奇异的是，有一次在路边等车，一辆邮车竟停下来要拉我。真是美妙极了，每有信件投递，司机便停车，我就相陪进屋，看他与户主如何交涉。沿途山清水秀，心诚情挚，幸甚至哉。刻于骨而永志之，并要再三咏叹！

1992年考察萧关，腹空饥袭，难以忍受，遂至一村乞食，不料猛犬扑我。一犬吠，数犬竞巡，危险至极。好在主人出门拦住猛犬，未遭狗咬。进食念灭，打算走，走为上。环顾四野，发现有卸煤的卡车，便请求拉我，遂坐此车至孟原，再等班车至固原，而平凉，而咸阳，而西安。

善者之举，念随年增，往往感慨系之。

40岁以后，世界大变，各种各样的小车潮涌大地，尤以其豪华尽显这个时代的暴发。官员的车，老板的车，同学的车，朋友的车，学生的车，还有我妻子的车，我都坐过。在北京，我还坐过几次军车。军车畅通无阻，让我体验了什么是牛！

实际上凡车悉为运输的工具，其如驴车，如马车，可以载人从此点至彼点，从而免去了步行的劳累。当然，其速度也很珍贵。不过毕竟小车也只是一种运输工具而已。可惜人是社会动物，遂给小车附加了无穷无尽的社会元素，或高或低，或雅或俗，似乎想比谁。

尚有机会，我也要开车。不过，哈哈，我有鞭子，一定会把车当牛骑的！

二〇一六年九月十五日，窄门堡

原载华商报.2016年9月21日

# 读书之乐

读书的重要性谁不知道呢？可惜中国的人均读书量不高，读书的自觉性也疲软不强，低迷不扬。

实际上读书不但重要，而且固有其乐。

读书之苦当然也是存在的。我计读书之苦，共有七类。其一，想，很是羡慕，唯缺乏天赋，恨不得抛头碰墙以启慧，读书苦。其一，具材质，无兴趣，读书苦。其一，聪明也够聪明，兴趣也来兴趣，遗憾卓越之著受查封，遭禁毁，只余务农、种树和治病之篇，读书苦。其一，考试所逼，目的在分数，读书苦。其一，遵命所为，是分派的任务，还要出产一些豪壮的体会，读书苦。其一，不得不为文成序，给平庸的甚至拙劣之作以评论，读书苦。其一，钢琴或麻将之声穿窗入耳，思不专注，虑不凝聚，读书苦。

不过读书之事从来是好的。自古及今，读书的中国人真是像江河一样源远流长，浩浩荡荡，挤破了社会进步的大道和小径，是因为读书有益。遍地的乡村，其门楣曾经多会镌刻二字曰耕读，既含物质，又含精神，构成了几千年避免失衡的文明。为了励学，有的皇帝竟直接指出读书的功利曰：书中自有黄金屋，书中自有颜如玉。总之，中国的传统是读书可敬，读书为上，读书可以进其身，光耀其祖先，繁荣其子孙。

读书之有益，仅仅是这些看起来渗沁色而结包浆的骨董吗？不！读书之有益也是变化的，完全可以适应并支持人的生存和发展。显然，读书还能辨恶识善，远伪近真，减愚增智，祛俗养雅；使富者慈悲，贫者坚毅，给美者锦上添花，丑者雪中送炭；见贤闻圣，是求索者的通天路，驱鬼迎神，是苦难者的避难所。

读书不但有益，而且有乐。从消遣到享受，什么口味都会满足的。读书之乐多矣！

读文学之乐，在于激潜情，荡沉感，兴以愉悦，虽然久隔数千年，遥距几万里，可以触怀通灵，发生共鸣。"东临碣石，以观沧海。水何澹澹，山岛竦峙。树木丛生，百草丰茂。秋风萧瑟，洪波涌起。日月之行，若出其中。星汉灿烂，若出其里。幸甚至哉，歌以咏志。"曹操之气何壮！"今日天气佳，清吹与鸣弹。感彼柏下人，安得不为欢！清歌散新声，绿酒开芳颜。未知明日事，余襟良已殚。"陶潜之胸何旷？"自断此生休问天，杜曲幸有桑麻田，故将移往南山边。短衣匹马随李广，看射猛虎终残年。"杜甫对唐玄宗失望至极，对自己的命运也无可奈何，其膺何愤！

读文学之乐，也在于发现人性的复杂性，人世的可能性。曹雪芹之深奥，托尔斯泰之崇高，马尔克斯之酣畅，无不令人喜而喟叹！青春期读爱情小说，申冤中读复仇小说，深夜里读悬疑小说，也颇为刺激！

读历史之乐，在于破获巨大的秘密，其陶然若勘探得矿，出土得物。

春秋战国，风云际会，从而中原之上，江河之滨，制度的文明或野蛮得以水落石出，鼓息剑挥，其影响远矣。窃以为，楚国的失败，秦国的胜利，平多极，立一极，是杜牧所发现的天下人不敢言之始。楚国的失败，是以臣子费无忌把一枚病毒输进了楚国之躯所肇。让楚平王娶太子的妻，遂使骨肉相恨，君臣相仇，此乃费无忌的病毒，它终于催生了伍子胥挖墓鞭尸的凶兆。小人往往是不幸之种，费无忌实为小人。秦国的胜利，显示了暴力的能量，然而暴力并非万全。尽管秦得了天下，可惜秦的气量窄小，不足以包容九州，遂经营15年而崩溃。明之灭，是以官之腐败，民之颓废，而清之灭，则因为它不能进行有效的社会动员和改革，以理顺内愤，防御外侵。俄罗斯之痛，缘起机关枪扫射了尼古拉二世一家。不过迹象表明，东正教似乎正在慢慢安抚北极熊的创伤。美国之减色，之声坏，是以克林顿发轫的。他和莱温斯基在号令之地干了龌龊的勾当，也就玷污了构筑美国的理念。

读历史之乐，还在于知道兴亡有数，盛衰必转，尤其是肉食者或统治者结局难料。秦子婴乘白车，穿白衫，缴出了玉玺。汉孺子婴任王莽摆设，死于混战，葬于不明之土。晋愍帝出降，竟坐羊车，赤身，口衔一璧。法国激进者或革命者，丹东杀国王，罗伯斯庇尔又杀丹东，断头台又杀罗伯斯庇尔。

读历史之乐，乐极生恐，也生悲。然而不必怕，不要却步，因为乐是主要的。

读哲学之乐，在于以短暂之生涯考察永恒之宇宙，并研究人和宇宙如何相处，人与人如何相处，是智者之所为。老子说："道，可道，非常道。"又说："道之为物，惟恍惟惚。"还说："故道大，天大，地大，人亦大。"道很重要，也很玄奥，遂想得道。然而道究竟是什么？谁知道呢？赫拉克利特说："我们既踏进又不踏进同一条河流；我们既存在又不存在。"琢之磨之，似乎意味深长，俄而又似乎柳暗花明。柏拉图推崇善，说："善不是本质，而且在尊严和威力上要远远高出于本质之上。"亚里士多德也推崇善，认为善就是幸福，是灵魂的一种活动。康德注意到自由的宝贵，说："再没有任何事情会比人的行为要服从他人的意志更可怕了。"黑格尔的观点是诡谲的，其肯定性与颠覆性是交织的，有糖衣药丸之感，颇具鼓舞的作用，他说："凡是合乎理性的东西都是现实的，凡是现实的东西都是合乎理性的。"叔本华，一个令人郁闷的家伙，他说："生活中值得嫉妒的人寥若晨星，但命运悲惨的人却比比皆是。"基于此，他感到先生或女士这种称谓方式并不准确。他认为恰当的称谓应该是："我苦难的同胞！"叔本华也够歹了！

对于一个只知道赚钱，赚钱之后只知道满足食欲和发泄性欲的人，哲学完全无用。然而我必须告诉这些可怜的人：哲学会使人耽于一种宏大问题的思考之中，使人如神游一般，它所导出的欣慰是干净的，恬静的，肃穆的，甚至是豪华的，若太阳升起，玫瑰绽放！

神话之乐，在乎它是原始性的创造，创造性的幻想，幻想性的经典，蕴含着一个民族的价值取向和追求。地理之乐，在乎它显示这样一种现象：地理决定生活，生活孕育文化，文化反哺其民或反拘其民。其提醒着：人啊！要选择环境，要把羊领到水草丰茂的地方去！逻辑之乐，在乎它能有序推理，有力论证，并对荒谬的推理和论证做出非常有效地识别、揭露和反驳，从而使真理大白于天下，是一种使思维严谨和精密的方法。读人类学，读社会学，读心理学，读伦理学，读生物学或动物学、解剖学，读数学，读物理学，读化学，应该各有其乐。书如瀚海和群山，无乐不备，无乐不秘，无乐不藏。凡读书之人，谁都能发现属于自己的一种独特之乐。实际上一种乐就是万种乐，足以使人沉醉其中。

读书之乐，唯纸质书才有。纸质书由草木所制，是生命之物。灵魂以处纸质书而安，呼吸也为之得畅。纸质书是宁和的，也是清雅的，温馨的，即使看一看它，摸一摸它，也觉得舒服。它的书脊、封面和封底，无不让人亲近，甚至仅仅一瞥，也怦然而应，使人留步，倾身，随之举手开卷。读纸质书，动容以吟，悟而首肯，是一种久传的风雅。读纸质书，如居推轩见竹之屋，如穿布衣或丝裳，如以紫砂壶饮茶，是一种不争自高的品味。所费不多，就可以读纸质书，何乐而不为呢！

二〇一六年五月二十九日，窄门堡

原载光明日报.2016年11月11日

# 小　路

　　出蕉村的几条小路，我一一走过，想起来感慨竟涌而难抒。

　　东南方向的小路通杨村、新寨子、旧寨子、新合村。

　　祖父有一个妹妹嫁新合村，这里过会，他遂带我往姑奶奶家去做客。那时候，我也就三岁吧，走不了一里便累了，于是祖父就架着我走。坐在祖父的颈上，我竟撒了尿，流了他一身。我是长子长孙，深得祖父之爱，他也不恼，反而笑眯了眼睛。记得祖父当年穿着白绸衫，黑布鞋，摇一把蒲扇，脚步轻捷，自有潇洒。祖父1973年逝世，至今已经43年了。1963年由祖父携我至新合村，至今已经更是53年了。

　　东南方向的小路比较背，是因为这一带地薄粮少，比较穷，人来人往比较少。也有几次我独行此小路，可见生产队的牛马游吃麦苗，罕见有男女的身影。14岁那年初春，我腰上出疮，又沉又痛，便遵母亲之嘱至新合村找我姑爷爷看病。姑爷爷揭开衣服看了看痈疽，说："下搭手！"就从竹篮里取出一块旧布，在结实的地方摊了一团膏药，剪成馒头大小一个圆片贴在疮上，轻轻拍了几下说："不要紧，拔了脓再来。"姑爷爷声音沙哑，满

嘴黑牙，切了一盘冻肉让我吃。我觉得脏，不敢吃，他遂津津有
味地自己吃了。几天之后，我又换了一副膏药，疮痒着痒着就痊
愈了。姑爷爷干瘦干瘦的，我想，他的声音只能是沙哑的，甚至
偶尔会弱得像要断气似的。姑爷爷医术甚高，遗憾他的几个儿子
都不喜欢中医，竟没有继承下来。走在弯曲的小路上，望着一望
无际的田野，我尝暗想，我也可以向姑爷爷学习中医吧！此念如
云，转瞬就散了。

裴家崆村也有一个姑奶奶，还有一个姑姑，我曾经随祖父祖
母一再出门至此。这是一条东北方向的小路。

姑爷爷在单位工作，经济有余，用餐的时候总是大人一桌，
小孩一桌，小孩的这一桌当然是低矮的。菜都一样，会陆续端
上，然而大人喝酒，遂有敬有受，也有回礼。执壶端杯，或起或
坐，热情而不失序。我难免会停下筷子，看着大人喝酒。祖父往
往倾杯而尽，其嘴唇与杯缘以气流相吸，发出干净的音响，此乃
一种妙技。我父亲也能喝酒，但我却绝之，不沾一滴。姑姑和姑
父都是农民，除了年画以外，环屋都是空墙，菜也简单。然而他
们待我又亲切，又诚恳，我觉得十分自由，甚至可以反客为主，
称霸于三表弟之中。

我印象最深刻的是沿途的风景，风景最震恐的是排列成阵的
石人、石马和石羊。过了高望堆村，石刻便出现了。明秦王陵13
座，悉在少陵原上。我往裴家崆村去，要穿过世子井村，数里之
外，东望简王井村，西望三府井村，都是王陵，王陵之前皆立石

刻。这些石刻尽为青石，不过几百年的日晒雨淋已经让它们发白。石刻寂静地踞于黄土之上，树木之间，不禁让我手脚收敛，甚至让我肃然沉思。

至南里王村、北里王村，或夏殿村，只能走西北方向的小路。

祖父的舅舅在夏殿村，他曾经引我去过一次。我的一个同学在南里王村，当年补习考大学，彼此多有往来，并去过他家。此小路也比较背，其坎横沟纵，起起伏伏。20世纪70年代以前，冬日的深夜，随风而来的还有狼的长嗥。至南里王村见同学那年，我已经18岁。此小路全程荒梗，不过也无所可怕。骑着自行车，遽然早出，悠然晚归，脑海里尽是未来之谋，有什么可怕的呢！

向东的小路尽管也是小路，不过它通公社，遂会略宽一些。此小路也是直的，即使拐弯也随便不得，非直角不拐弯。村与村之间的小路无不是黄土所铺，然而公社向外辐射的小路皆由烧过的蓝色炭渣所铺。权力之贵，当年在乡间也是不含糊的。

汉宣帝葬杜陵，他的许皇后葬少陵。少陵原，以至杜陵公社，杜陵中学，皆以坟茔得名，因为在封建社会，这些坟茔都是至高无上的。

杜陵公社驻东兆余村，韩家湾村至东兆余村也只有几百米。杜陵中学在东兆余村与韩家湾村之间，显然有其根据。

1973年至1977年，共有5年，我频频走此小路。我擦韩家湾村而过，至杜陵中学读书。周边大约有10个村的学生于斯读书，其最近不足一里，最远二里有余，各村学生皆无住校。读初中，又读高中。

经朱家巷，再经堡门，向东便是奔中学的小路了。冬季上学，天还未亮，遂会约上同学做伴。实际上一旦步入此小路，便碰到同学。自己以为早，尚有更早的。自蕉村至中学，近乎三里路，学生的状态永远是步履匆匆，私语窃窃。

走此小路，确实让人增加见识，不过这并非专指中学的教育。每天过朱家巷，过堡门，或过晁家巷，每天的观察都有启示。那时候，农村的活动都听铃声。铃敲声响，凡劳力都扛着锄或别的工具，散漫下地。午饭是主餐，男的都喜欢蹲在门外吃。面条是用盆子盛，两个或三个馒头会用筷子直穿而过，挑起来大口大口地吞嚼。一边吃，一边聊，意见相左，辩着辩着，忽然就翻脸，动嘴相骂，以至动手相打。有壮妇或美妇惊呼破门，冲过来帮助自己的丈夫。旋有男女拥上，唯长者会挤过去让彼此息怒。骂仗打架算是紧急之事，也是热闹之事，偶尔才呈。农民总体是老实的，平和的。吃了午饭，若有时间，也有兴致，就会唱几段秦腔，或下几盘棋，以在无穷无尽的苦日子里酿造属于自己的小快乐。

往来在这条路上，可以随意游目，扩展视境。田野任性起伏着，远方总是地平线。庄稼有两种，从中秋至来年的初夏是小麦，当年的初夏至中秋是玉米或谷子。田野闲不了，农民也闲不了。种下小麦以后，便要用架子车拉粪施肥，一遍又一遍的除草，若干旱还需灌溉，直到麦子黄了，开镰收割。种下玉米或谷子，也需上粪。间苗，浇水，当然也是必需的。麻雀会啄谷子，所以要吆喝着扬鞭赶鸟。收玉米，收谷子，也是火烧眉毛的工作，因为及时种下小麦才能保证来年的丰产。农民不是在田野忙，就是走在田野的小路上。他们根本不能做别的，卖菜，卖鸡蛋，或以细粮换粗粮，都不允许。他们只能脸向地，背朝天。他们困于田野，束缚于天地之间。我从小路上走过，无日不看到在起伏的田野里耕耘的肉体。肉体有时候是长长的一排，有时候是歪歪扭扭的数列，有时候像一把豆子似的散落着。

田野也以庄稼的生长或短暂的休止变幻着颜色。小麦刚种下是嫩绿，冬天是墨绿，春天是翠绿。小麦黄了，收割以后，会留下一层小麦茬子，望过去田野竟是白的。冬天有雪，田野也是白的。不过小麦茬子的白仿佛是田野的呼吸，但雪的白却是田野的酣眠。玉米和谷子都是绿的，然而玉米绿得飘逸，谷子绿得深沉。

冬天的深夜特别安谧，早晨打开房门，便见雪满院子。打开院门，上学去，朱家巷还没有足迹，不过堡门一带已经脚印杂沓，小路上的学生更是三五成群，嬉闹而行。20世纪60年代和70年代，雪很多，而雪则总是让人兴奋。农村的孩子多穿了家长做的棉鞋，暖是暖，可惜无法隔水防潮，到了学校，踏上砖砌的甬道，遂用力抖雪。雪倒是掉了，然而坐在教室便觉得棉鞋湿透了。秋季雨繁，常常一下就是十天半个月，这真是一种困扰。只有个别学生有伞，一般都是戴一顶草帽。上学去总是零零星星，断断续续，但放学回家却是所有班级一起走，小路遂变成了草帽的逶迤。泥泞不堪，只能探着走，鞋湿，裤管湿，然而青春是无所畏惧的。

当年的教育没有尽其责任。教育不但以批判为务，而且教育还要学习大寨，吾辈颇受耽误。不过它毕竟也是初中和高中的一种教育，有中国特色的社会主义么！

在这条小路上，我思考了很多问题。同学可以发展为朋友，不过同学里也有坏种。教师的身份决定了他们应该传道、授业和解惑，然而教师里也有歹徒。中学和高中所走的这条小路，人生既拉开了璀璨的大幕，又隐约在戏台的一角露出了它的艰险。

向西的小路有两条，一靠南，一靠北，都可以往韦曲去，当时的长安县政府便驻于斯。朱家巷距靠南的小路近，我习惯走这里。不过我偶尔也走靠北的小路，尽管它远一点，然而没有庄户，遂具空旷与宁静的魅力。

靠南的小路，穿西兆余村，又穿皇子坡村，便至韦曲。仅仅5里，少陵原的台地便变为韦曲的川道。皇子坡村是少陵原与韦曲的过渡，其沟壑纵横，壁断坡斜，尽展黄土的落差。小路便环绕于崖顶与崖底之间，会晕头的。韦曲水明鱼翔，稻香荷红，众蜻蜓和众蝴蝶有层次地飞越于碧蓝的空间。唐朝显赫的韦族曾经居于斯，只是不知道他们现在消失何处了。当年的长安县政府设此，其男女衣饰、神态和语气，显然异于少陵原。

　　小时候，我一年之中随母亲要行此小路数次，以看望舅爷和舅奶。稍长我便经常独赴韦曲，在文化馆浏览一些报刊以后，吃红肉煮馍一碗，惬意回家。之所以能如此享受，是我的父亲有工资。这条小路通韦曲，韦曲有15路公交车可以至三爻，再至小寨，再至南稍门，再至南门，便进西安城了。走此小路总是让人产生对文明的向往，并增加人生的动力。

　　1967年夏秋之交，我在蕉村小学门口远见几个人抬着一个死者从杨村一带而来，默默过蕉村，又远见入西兆余村，以往韦曲的权力机构去请愿。长者说："新寨子和旧寨子武斗，把人打死了！"

　　朱家巷靠南，于是向南的小路我就特别熟悉，也特别亲切。此小路两边属于我所在蕉村第一生产队的耕地，我无数次看到母亲的背影夹杂在一群女社员之中参加劳作，我也无数次看到母亲的微笑驱散倦意，匆匆而返。我也曾经沿着这条小路至田野割麦子，捡麦穗，割谷子，摘谷穗，或掰玉米，也除草，松土，运粪布肥。不过我越干活，越不愿意当农民了。把式很多，他们得意地犁地，扬麦种，播谷种，点玉米种，把劳作化为了艺术，遂是喜悦的，可惜我不能。

在小学五年级的时候，我养了一只狗。冬天到了，雪盖大地，茫然一白，我便带着狗从这条小路上往田野去。我希望碰到一只兔子，让狗抓住它。小路上的雪光洁完整，狗跟着我跑过才留下人踪和兽迹。我喝着狗在路东冲一冲，在路西闹一闹，只是雪厚如毡，跑不动，也没有什么兔子。不过很高兴，有一种俄罗斯草原上的味道。

有近乎十年，知识青年也在此小路上往来。他们总是同进同退，郁郁寡欢，不能融于农民之中。男女之间要嬉戏，便会先东张西望地观察一下，再拉拉扯扯。姑娘遂涨红着脸，把小伙子推开。在田野嬉戏，他们还是很节制的。林彪认为知识青年上山下乡是一种变相的改造，此观点曾经受到包括知识青年在内的整个社会的批判，然而权力更迭，发布了新的政策，他们就卷被子回家，摆脱了贫下中农的再教育。

我家的祖坟在路东的坡地上，封土浑圆，长满了百草和苜蓿，并有乔木绕之而起。有一次，逢清明节，我由祖父带着烧纸祭祀，似乎还碰到过从朱坡村和四府村赶来烧纸的，他们是我的本家。公社强大至极，竟无声无息地以拓荒扩田的方式把祖坟夷平了，本家也就不见了。

我祖父逝世以后，埋在了路西的一片高地上。为他送葬的儿孙、亲戚和乡党，遂从这条小路上走过的。八个壮汉抬着祖父的棺材，稳稳向前。我披麻戴孝，捧着祖父的遗像走在送葬的队伍之首。两年以后，我祖母的棺材也由这条小路上飘过。

我荣幸地遇到国运之转，19岁考上大学，之后工作，算是离开了蕉村。不过父母在，遂屡屡回家。小路依旧，心情不同。我深刻地体会是，只要跨上少陵原的小路，我就觉得这个世界是踏实可靠的。小路及其两边的白杨树，小麦或果园，不仅可以审美，而且能治愈精神的创伤。

21世纪，旋有管理委员会的机构出现，属于政府与企业的合体，目的是经济增长。其提出拆迁，蕉村就拆迁了。它周围的村子凡临韦曲的都拆迁了，从而少陵原的一半便改变了面貌。村子没有了，小路也没有了。高楼耸峙，由沥青或水泥所修的大道遂不可一世且毫无人情地径南径北，径东径西。

我常常想起自己曾经走过的小路。实际上我走过的小路，也是父母所走过的，是祖父祖母所走过的。这些小路究竟起于何时，不易求证。左丘明说："宣王囚杜伯于焦，士无罪而王杀之。"传曰焦就在少陵原上，蕉村由焦村所改。如果以此考之，那么蕉村的小路已经2800年了。这些小路的产生都很自然，前人一走，后人再走，走的人多了，就踩出了小路。小路不规划，不设计，图的是方便和快捷。小路显然支持了祖先的生存和发展，功莫大焉！通婚，通亲，通信，通市，交敌，交和，交娱，交盟，都以小路而成。小路沉积着自有农耕以来的层层叠叠的传统文化。

少陵原上的百余聚落，尽由这些小路连接。关中的所有古镇，乃至九州之城，也由这些小路连接。小路是中国的神经和血管！

二〇一六年八月二十四日，窄门堡

原载西安晚报.2017年3月4日

# 长安书

走很远的路，穿过很多的遮蔽，才会发现生活在长安是一种幸运。考古学家如此，历史学家如此，作家也如此。

大约从1989年开始，我意识到散文创作的突破，当由写身边生活转向写纵深的精神领域，就以长安为材了。可惜那时候，囿于长安县这一行政概念的影响，我对长安的理解还非常浅薄，也颇为模糊，遂把目光投放在了关中。

我是从关中进入长安的。现在想一想，选择此路完全正确。娄敬和张良建议刘邦建都长安，主要在关中地理、资源和传统的优势。当然，他们考虑的出发点和归结点，都是刘家江山的安全和帝业之永续，难免有军事的估量。这也符合历史的逻辑，很是正常。

多年以来，我结合神话与文献，怀着一种深沉的敬畏和爱，走遍了长安的黄土、山、原、川、河、池、宫室、帝陵、王墓、道观、佛庙、大雁塔、小雁塔、碑林、城墙、钟楼、鼓楼、门、道、路，街、巷及大学。当然，我也一再赴萧关、武关、散关和潼关，以感受长安之四塞。

为什么想到长安，诵到长安，就会拨动心灵深处的琴弦，并让一代又一代的人倾听，而且使之共鸣？因为长安就是神话，就是原型，就是在文学作品中反复出现的意象。它是一个地理概念，也是一个历史概念，一个文化概念。虽然它现在还是·个行政辖区的概念，不过它终为中国人的一个向往，一个理想，甚至是一种价值追求。

李白说："长相思，在长安。"我也是。

关于长安，我成书三种。其书店皆有售，网上也有售，亦不枉长安人矣！

二〇一七一月一日，窄门堡

原载桥山.2017年2期

# 春　天

世界上的春天总计有多少，怕谁也不清楚。它一年来一次，去一次，周而复始，似乎从未失常或止息。

我见春天五十余次，当然是可怜的。它逝得一半又混混沌沌，一半又热热闹闹，竟没有什么提炼可以纪念。

不过今年的春天在一瞬之间引发了我的思考，遂觉得有特别的意义。

三月中旬，一个星期六的中午，我在永宁门里一家药房取药。不巧得很，大夫吃饭了，要等他一会儿，因为有处方才能进入取药的程序。医患寥寥，药房满是草木的味道，还隐现着一股冬天留下的寒气。

大约十三点二十五分，我取药离开药房，打算横穿湘子庙街，到朱雀门里一家面堂用餐。

春天的启示就发生在这里，真是偶然得之。

湘子庙街总体是直的，我从东向西走。刚过牌坊，蓦地发现照在砖墙上的日光通透明亮，我身上似乎也涌起一阵暖意。国槐的叶子还躲在皮层之中，枝干仍是黑的。不过有竹子从一个庭院探头拂垣，轻摇着一抹新绿。还有路边道沿的几棵歪脖垂柳，也欣然萌芽了。没有下雨，不过恰是草色遥见近不见的情景。

店铺相连，但生意却很冷清，甚至此时此刻的湘子庙街往返稀疏，空空荡荡。然而宇宙毕竟给参差错落的楼顶倾泻了一片海蓝，遂有水一般的朗润。

一个姑娘经营服饰，她把橱窗的玻璃擦得干净无尘。她反复调整挂在衣架上的一件套装，是希望能有一个好的角度展示其美。在一家泡馍馆门前，母女一个提壶，一个擦拭，埋头冲洗几把椅子。有两个老者站在画廊的匾额下私语，会神之处，频频点头。我喜悦之情难禁，遂装成一个旅人，一个外人，躬身问他们："朱雀门怎么走？"两个老者蔼然还礼，举手指路说："过五岳庙街就是了，二百米吧！"

我突然意识到，是太阳带来了春天，春天带来了一种活力。

可惜春天颇短，太阳将匆匆把它带去的。一旦春天远遁，冬天便降临了。那时候，遍地寒气，万物凋谢。人类尽管不会像木草一样枯萎，不会像禽兽一样疲困，但阴风冻云却会在身体上、精神上和思想上传导冷缩的感觉，因为活力都沉睡了。

实际上春天对人类，对禽兽，对草木，对天下万物，并没有任何善念，也没有任何恶念。它只是随太阳而来，随太阳而去。不过唯春天来了，万物不得不潜藏的活力才受日光所照，得以苏醒，甚至它们的繁衍意志也勃然而发，要加强生育。人类总是纵情地咏叹春天，其根本原因也是这个季节适宜自己最激动最热烈地恋爱。

　　太阳带来了春天，太阳从石器时代以来就给了人类在采集、狩猎、游牧和耕作的机遇，遂有普遍存在的太阳神崇拜。在中国，也久有迎春与贺春的春祭仪式，并有浓郁的踏春之俗。一年之计在于春，显然并不唯指要适时地种瓜点豆，它更指要适时地领承阳光，以给身体、精神和思想注入活力。遗憾人类今天已经习惯于窝在屋子，这是工业社会造成的异化。

　　三天以后，有朋友约我交流唐长安的胡姬问题，我建议至常宁宫南坡，可以一边沐浴阳光，一边轻松讨论。五天以后，我披着鲜嫩的阳光独登终南山，饱览了一次林壑之蔚。接着，只要没有硬性安排，我便至明德门遗址，坐在阳光下读书。辜负了春天，就是辜负了的上帝最珍贵最奇妙的恩赐。

二〇一七年四月三日，窄门堡
原载新民晚报.2017年4月22日

# 思岚皋

从岚皋返长安，顿陷冗务之中。一事套一事，几无闲暇。不过我还是会闪念岚皋，想岚皋。岚皋的种种情景，烁烁明灭，意味深长。

岚皋在大巴山北麓，隶属陕西安康。过去不了解这里，读文献才知道，此地设过路盘问一类的治理机构才三百余年，置县才一百余年。涧[]幽林荫，也可以生存。可惜山高皇帝远，久处自然状态，到现在还很贫困。

跟县领导走了几个村，总的印象是岭峻溪清，云白天蓝，空气特别甜，居民多住岸上或坝上，经济除了土产，就是餐饮和客栈了。

四季镇天坪村有养蜂的，其方法极为别致。在我的经验里，养蜂人往往是由南到北赶花，在河边或路旁摆一些方块蜂箱，放蜂采集田野的花以酿蜜。然而这里的养蜂人是用木板或竹片箍桶，把桶固定在悬崖上以放蜂。在零星的雨中，蓦地发现峭壁上高低错落的有几个桶，十几个桶，甚为困惑。获悉这是酿蜜，真是惊喜。

　　我还在一个作坊看到有铁匠打制工具。作坊低矮，只有几平方米，仅可容身。工匠曾经在企业上班，以破产回家，办了这个作坊。他烧红铁件，放在铁毡上抡起铁锤砸着，三番五次，就是一把铁铲了。在墙角摆着一堆成型的工具，都是他打制的铁铲、铁锄、铁刀、铁锹和铁簸箕。炉火熊熊，他的工具一片蓝光。我问："儿子会跟你学吗？"铁匠说："不感兴趣，不学。"法国作家左拉神经衰弱，导致失眠，遂离开巴黎，在大地上游来游去，到黄昏便随意投宿到一个作坊。这里的父子都是铁匠，其父为主，其子为副，彼此配合得十分默契。其父既强健，又开朗，让左拉高兴，竟长期住此，从而治愈了一个知识分子的毛病。太巴山的铁匠始终站在暗中，似乎很腼腆，很忧郁。

　　我至岚皋，是进行文化扶助的。受陕西省作家协会的安排，我在岚皋中学做了一场关于散文创作的报告。我按时进会议厅，只见300余学生、语文老师和青年作家已经正襟危坐，安安静静的。顷感文学的神圣，便以肺腑之言交流。报告结束，是答问。答问结束，是局长的总结。这时候，有一个学生跑上来签名，一个引来几十个，蜂拥成阵，于是局长的总结就中断了。

　　我并不以为自己怎么样。诚挚的感受是，在大巴山北麓的岚皋，不仅文学依然神圣，而且这些拘于僻壤的童男童女，充满了对文明的向往。除了签名，也有学生让我写一行励志之语的。我一一照办，不敢怠慢，因为这些学生太纯洁，太恳切了。最后一个女生，羞怯地嘱我为自己的爷爷写一句祝福之辞。最后是一个带着眼镜的男生，要我为他的妹妹写一句鼓舞之言，便胳膊微抖着，声音微抖着说："老师，岚皋的南宫山非常美，盼你有机会看一看。"我说："好的，好的。"他一鞠躬，悄然离开了会议厅。

这是岚皋唯一的高中，老师多是安康辖区的，省级或国家级大学的老师难以久留。有免费师范生应该回岚皋中学执教，然而他们常常毁约。今年当有6位免费师范生返岚皋中学，遗憾他们尽飞四方。王校长很是焦虑，怕几年以后，十余位老师退休了，谁将到这里补充！

一场报告，竟使我有几天不得安宁。窃以为教育资源的不均，是亏损了岚皋的学生。同年而生，岚皋的学生要考入北京、上海或广东的大学，只能是偶尔降临的天才了。

实际上像岚皋这样的僻壤之地，在中国也还有吧！然而我与岚皋有了往来，便当为岚皋的学生而鸣。我是否要上呈一个提案，以加强免费师范生的践约责任？或是调整自己的生活，为边远的学生尽我微薄之力？

在长安，思岚皋。

二〇一七年五月二十二日，窄门堡

原载安康日报.2017年6月15日

# 李白咏长安

李白自谓楚人，一心想至长安工作。

唐代的青年，几乎没有不想往长安去工作的。长安是国都，是京师，是皇帝之州，到此工作何等荣耀！

西安是长安的转生，所以唐代的长安也就是今天的西安了。在历史地理上，在历史文化上，西安与长安是相连的，也是相通的。

以道士吴筠的举荐，李白颇受唐玄宗的喜欢，并委以翰林供奉之职。李白对此工作不满意。他觉得自己未受重用，便有情绪。长安的酒肆，以胡姬当炉的为风雅，他遂一再在此沉醉。

唐玄宗对李白是始悦终嫌。李白才大名盛，上便辞臣以礼，让他不失面子地走了。

李白真爱长安，一直以诗咏长安。至长安之先咏长安，在长安，咏长安，去长安之后还咏长安。他说："长相思，在长安。"

长安一片月，万户捣衣声。

秋风吹不尽，总是玉关情。

何日平胡虏，良人罢远征？

　　李白这首咏长安的诗，我很是喜欢。它意境宏阔，有深情，尤其表达了长安女性希望停战相安的所想。停战相安，不正是世界和平之愿吗？

　　我试翻译一下此诗吧！

　　天黑了，一轮明月照在夜空。长安的妇人是勤劳的，在井边或河边洗衣服。她们把衣服放在石板上，木板上，浸了水，举起棒槌一下一下敲击着，以榨其污，使其平。明月一片，捣声满城。她们思念戍守边塞的丈夫。秋风浩荡，尽如她们的思念之情。低下头洗衣服，正是默想丈夫的时候。也许她们会把眼泪滴在衣服上，反正天黑了，也没有谁能看到自己在暗泣。哎，什么时候会有胜利的一天呢？这样我的丈夫就回家了。

　　李白吟唱着："长安一片月，万户捣衣声。"

　　我喜欢这首诗！其味厚，可以百回。

二〇一七年四月二十一日，窄门堡

原载今晚报.2017年6月27日

# 我所知道的西安饭庄

父亲当年在3507工厂供职，有一度的任务是对外联系。我闻西安饭庄是父亲所言。那时候我随母亲在乡下，村子外边的消息多是父亲带回的。我还知道了五一饭店，同盛祥，素味香和珍珠泉。西安饭庄与这些老店应该在一个方阵，不过西安饭庄名大，真的是腾声三秦，享誉九州。

我至西安饭庄用餐，已经是我上班以后了。忘了办什么事情，到了吃饭的时候，抬头一看，是西安饭庄。想了想，也当享受一次，便上台入门。有玻璃隔挡，有雕花屏封，有戴白帽和穿白袍的服务员，具富丽堂皇之感。舒缓沉气，在菜单上选了一个砂锅。除了盐味适中，似乎也无特别，不过在西安饭庄用餐算是有了纪录。

略悉西安饭庄初为西安饭店，创建于民国十八年，1929年，始在西大街三道巷19号。经营模式属于聚众集资，颇合商道。合拢股金的数士也都非平凡之人，国民党联军师长甄寿山，戏剧界的马公涛和封至模，还有餐饮界的冯克昌，想起来无不腰包坚硬。团队共推冯先生为经理，他也当仁不让，就热火朝天地干了起来。至民国三十一年，1942年，冯克昌尽还股金，独立运作，并改西安饭店为西安饭庄。变化还在继续，这就是经过改造，1956年成为国营，1958年迁至东大街菊花园口，1977年换传统的庭院式而造现代的高楼式。西安饭庄现有六层，雄厚敦实，甚为可靠。

20世纪80年代我在此用餐，是在一层临窗的方桌上。

西安饭庄主烹陕菜。其对陕菜素有继承和弘扬，集而大成，非常正宗。这里还有小吃近千种，百口调之无虞矣！陕菜贯使的技法是蒸、炝、烩、氽，从追求营养的角度考虑，这些无不为善。

我好吃的计有：其一，葫芦鸡。其软而不柴，香而不腻。其二，温拌腰丝。这道菜是常驹成师傅的得意之作。他左手按着绵滑颤缩的腰子，右手持刀，先把腰子一片一片削下来，再把片切成丝，粗细均匀，连之断之甚少。烧水而氽，剪油而泼。水烫与油热皆有其度，并融以做熟了的蒜泥，温拌腰丝遂能鲜脆嫩爽，口感似肉非肉，似茎非茎，妙极了。其三，奶汤锅子鱼。其汤色白如和田玉，质地如荔枝瓤，味厚，味醇，味足以回。几次欲问是何奶，以涉禁忌，欲言又止。荷叶粉蒸肉，红油牛筋，风味羊腱，鸡米烧海参，香菇扒芦笋，面辣子，吃起来也美得有富翁大宦之感。金线油塔、地软蒸包、黄桂柿饼和臊子饸饹之类，虽然发自草野民间，不过一旦经西安饭庄点铁成金，也具豪门高堂之感了。

　　凡此飨食，无不受朋友所邀。或琼州归来，请客以释念，或著作出版，请客以祝贺。何日我扬眉吐气了，必将反客为主，请二三子于斯大酺一顿。

　　我是一个崇古的人，凡老店我都喜欢。父亲当年津津乐道的那些品牌，在我供职之后几乎都有亲临，以一一验证。珍珠泉创建于民国二十五年，1936年。曾经随父亲而去珍珠泉，记得中央是浴塘，两边为包间，其迎客送客之声今天犹响耳边。素味香没有鸡鸭，没有牛羊，也没有鱼，颇具特色，遂一再食之，不知所湮。同盛祥创建于民国九年，1920年，牛羊肉泡馍汤浓料重，印象深刻，不乏诱惑，咥一次，还想咥一次。五一饭店也算有历史的，其创立于民国三十五年，1946年，今天仍在营业。有一年我在钟楼一带购物，饿了就直入其中，要了一份套餐。熙熙攘攘，使我如沉海水。

　　西安饭庄以老店而红，以陕菜而隆。窃以为它除了老店有积累和它的陕菜藏绝技以外，还有革命的元素。周恩来尝在此设宴请张学良和杨虎城，以交流处理西安事变的意见。几十年以后，周恩来陪越南领导人黎笋、范文同一行至西安，仍垂询西安饭庄的情况，并夸奖了这里的陕菜。创建西安饭庄不是为了革命，然而周恩来一旦于斯行动，便会打下革命家的烙印。这也会演化为传统，从而作家老舍、柳青及朝鲜领导人金日成，循迹而来，以应其声。这样反复叠加，遂成盛况。当然，这里的陕菜之精，之正宗，实际上才是其关键。想一想，如果西安饭庄没有独到之陕菜，周恩来敢在此请张学良和杨虎城相聚吗？

不过我还要建议，西安饭庄孕育于民国，诞生于民国，让它多少带上民国的风格，岂不也是取胜之一技耳？

二〇一六年六月二十一日，窄门堡

原载西安日报.2017年8月30日

# 钟镝论

西安是老城，艺术多随传统而出，并携带着传统之韵。书法当然也是古道，不过在当世真是大为热闹。

但钟镝的字却十分冷静，闭目想一想，脑海会现残荷凌冰，断剑陈石，或冬木披霜，朽简出土，其资质之苍润，风度之萧瑟，贾平凹尝有长叹。天赋灵性，遂若风拂蓝袍，有动感，有神态。我以为钟镝的书法宜长者和高士，宜阅世深者，宜骋怀远者。实际上他还年轻，只有三十五岁。

在钟镝的书法与篆刻之间，我偏爱其篆刻。我收藏有他所赠印章几方，偶尔用之，辄会久抚。兴尽装匣以后，总觉冷香数萦吾窗。也曾经求其印章以送朋友，凡智者和贤者无不喜欢，使我欣然，陶然，窃喜此礼是合适的。

钟镝在少年便学习书法与篆刻，为之他竟放弃了高中，这应该是惊险的选择。不过当是时也，青春期恰恰降临其身，一种对艺术的沉迷骤然融入叛逆的精神之中，他挡不住自己。父母深感压力，然而他们也挡不住钟镝。此间的一头长发，是其象征。

有时候钟镝心上会飘来一缕失败的情绪，甚至觉得他的出生便是失败。实际上他是成功的，得名颇早，报酬也不菲，自己衣食无虞，还足以养其亲，是难能可贵的，因为他没有任何社会职业，艺术属于他的专务。在西安，专务艺术的人有几个能活呢？能尊严地活呢？艺术市场似乎还不够成熟和繁荣，各种各样的艺术家不得不在官方所提供的火炉旁取暖，否则便要尾随商贾抽薪烤手，或是依傍某位红得发紫的主角，或是有所经营，像钟镝这样独立的艺术家寥若晨星。不遇马河声先生几个春秋了，他也是独立能活的艺术家。

钟镝尤其是幸运的，能够转益多师。一旦立志书法和篆刻，便受到曹伯庸先生的教诲。曹有厚德，遂指引卫俊秀先生宅第让钟镝进见。之后诣李正峰先生和陈少默先生，无不得到嘉许和奖掖。曹卫李陈皆为西安有饱学的书法艺术家，有的也是篆刻家，近朱者赤，闻芳者馨，钟镝的涉世便有了境界和榜样。

大约26岁，他南北壮游，拜会各路诸侯。黄永玉，范曾，刘炳森，吴藕汀，马世达，王镛，皆耿耿向往并终于晤面于一室。春风有浴，点铁成金，孜孜求其为大器。

钟镝有艺术的觉悟，也能吃苦。篆刻以临秦汉印始，除鸟虫体，他皆临，连续临其三年，春节也不止。他一贯反感鸟虫体的纤细和妩媚，觉得自己是老城人，抬头望其终南，低头察其黄土，想象十三朝国都，惟大气和平正符合他的兴趣。其书法初临颜体，再转到汉隶，再转到魏碑，无一不临，有的一遍，有的超过百遍，王羲之几乎天天要临，现在还在坚持临。唐人只学习颜真卿，琢磨其以圆为主，结体是合。篆刻与书法彼此影响，交互滋润，从而相得益彰，各放光彩。

在中国，一个书法家和篆刻家，当然还有画家，如果不以文学熏陶自己，不诵唐诗宋词，不读大家巨著，那么他的作品总会有所缺憾。钟镝知道这一点，遂注意使自己得到学问的支持。他喜欢的作家是司马迁，陶渊明，在西方，他喜欢莎士比亚。

我观钟镝的篆刻，凡几百方，一辨而别，因为其皆有鲜明的特色。然而一方与一方又无不变幻，各是各的姿容，避免了雷同或僵化。词语在石头上的布局，有的留边宽，有的留边窄，有的干脆破其边，宽窄都不留，有的是上下直读，有的是逆时针读，旨在表达一种天性。天性的展示并不是要执意求之，执意也未必能得到。面对不同的词语，不同的石头，甚至印章之所归主，钟镝往往会产生不同的情绪，其天性是随情绪而出，并带进刀锋之中。盖他所治印章于纸上，总有一种版画感，镂雕感或窗花感。他善于把秦汉封泥的字体和砖瓦的字体及金石的字体融为一体，以创造自己的一种气象。或是舒展，或是跌宕，或是俊秀，或是粗犷，皆有其源，并求其通。如斯高古的艺术效果，完全应和了吴昌硕和齐白石的观点。他非常注意字与字的关系，更注意一字之中笔划的关系，从而使线条错落参差得有粗细，有斜正，有曲直，有疏密，有轻重，有方圆，有深浅，有华实，以交响为遒劲和雄厚之乐。

钟镝还有绘画之思，来日方长，盼自强不息。

二〇一一年二月五日既辛卯年正月初三草于窄门堡

二〇一七年六月五日改于窄门堡

原载文化艺术报.2017年9月1日

# 沿渭行小记

## 一把玉铲

我在甘肃省渭源县古玩市场购得一把玉铲，颇为喜悦。

文化讨论会结束以后，遵从安排，看了渭源县博物馆的藏品，欣赏了属于齐家文化的玉斧、玉璧、玉环、玉瑗和玉璜，骤然兴奋，便想到古玩市场去碰一碰运气，并鼓动博物馆领导带路。事竟遂愿，欣然收获了此玉铲。

齐家文化主要是羌人的创造，其所留下的玉器大约在公元前2200年至公元前1600年之间，虽然是玉文化的后起，不过自有其妙。渭源县一带处于齐家文化圈，这是可以证明的。一个生长在王贡坪村的作家，小时候就见过玉器出土，可惜他不知道玉器之美。看起来这里固有一种敬玉的习惯，我注意到几位参加活动的渭源县人的胸前或腰间都有玉佩。

我的玉铲是单面钻空，其打磨精细，包浆厚重，沁色灰白如染，足以可爱了。

## 秦长城

由甘肃省渭源县文化官员指引，我和考察团队的朋友到秦长城遗址来了。

夕阳斜照，长城一抹金黄。墟有颓气，荒凉，衰败。环视四野，真是苍茫大地。

秦长城分秦国的长城和秦朝的长城。我所登临的长城是秦昭襄王时所修的长城，在渭源县北寨镇祁坪村的马家山上。长城攀峰而建，逶迤而去。夯土叠加，一层一层地向上筑，高在3米至8米之间。虽然残破堕落，仍具大势。

祁坪村有数户人家，房矮墙低，羊走鸡鸣。一个妇女身穿黑衣，独坐麦秸堆旁越过旷古高原远望着夕阳。千山万壑，白云在天。

我拾到一块旧铁，不知道是秦的还是汉的。当年的死生之地，有待富起来。

## 找陶片

渭河南岸，甘肃省陇西县文峰镇东铺村一段，有暖泉山，实际上属于渭河的二级台地，高有30余米。2016年7月20日上午11点21分，阳光几乎直射在这一片面积180000平方米台地上。冒着炎热，考察于斯。

　　考察团队的朋友无不低头缓行，寻寻觅觅。凡拣到瓦片的，多会让考古专家张天恩辨别。张拿在手上，正一看，反一看，便肯定地说："仰韶的。"或马家窑的，或齐家的。

　　暖泉山显然是一个遗址，人类在六千年至四千年前后曾经生活的地方。论仰韶文化，论马家窑文化或齐家文化，总是感到遥远和渺茫，不过一旦站到遗址上，抚摸着彩陶、红陶和灰陶的残余，今人与古人便可以握手交通了。

　　叶舒宪先生采集了几个陶片，欣慰地笑着，说："思接千载，视通万里。"

## 晋家坪遗址

　　甫抵晋家坪遗址，考察团队的朋友便纷然下车，径奔保护区，其状如众鸟出笼一样兴奋。

　　虽然是保护区，也有一些耕种，看起来都是枝矮叶疏的植物，不伤文化层的。无不怀着期待，慢步移趾，搜剔齐家文化或别的什么文化的零件。

　　晋家坪遗址在甘肃省漳县新寺乡，居渭河支流榜沙河西岸，足有25万平方米，广矣！大约3700年以前，有羌人于斯生活。大约4100年以前，不知道是什么人在此生活，留下了马家窑类型的彩陶。大约5000年以前，还有一种什么人在此生活，留下了仰韶文化类型的彩陶。显然，这是一个三种文化共存的遗址。

　　榜沙河西岸日晒气蒸，平整如砥，土壤松软若棉。榜沙河的水很浅，又发黄，远处微有缥缈。不过我想，几千年以前，这里一定是草木丰茂，避风迎光，否则人类不会在此安家。

　　我在晋家坪遗址所见甚多。有旧石器时代的石核，其黑色，尖硬，不规则，可以打砸。还有像食指粗的一个圆柱，应该做锤子用，属于新石器时代的工具吧！还有一块黑色石块，手机电池一般大小，两面皆现切割的线条，难断是否是一件没有完成的饰物。我还看到一些破碎的彩陶、红陶和灰陶，都是能深入研究的标本。我有意选取一片两片带给长安的朋友，也不知道他们喜欢否？

　　田野考察又苦又累，然而它会激发想象。我反复自问，在陇右的山河之间活动了几个世纪的羌人究竟往何处去了？实际上我也是在求索人类的盛衰兴亡之道。它也通向现实，并自判这也是一个现实问题。

　　人类行为方式的下面，永远是生存之争的暗流。

## 羌人之路

　　羌人从何处进入关中，这似乎当从齐家文化的分布考察。

　　从甘肃省渭源县至天水市，在渭河左岸或右岸，多有齐家玉器和陶器的发现。当然，齐家文化往往排在仰韶文化和马家窑文化之后，属于共存状态。不过天水以东的渭河两岸，已经鲜见齐家文化的遗存。

天水市麦积区伯阳镇有柴家坪遗址，在渭河右岸。由一位刘姓农民开道，进入保护区。小路积水，保护区更是泥泞，稍不注意脚便深陷湿土之中。猫着腰，目不转睛地在夹杂着树叶和蒿枝的黄壤上扫描，终于看到了一些陶器的碎片。翻覆辨识，当是仰韶文化和马家窑文化的残物。没有坚硬的齐家文化的遗存，难免让人沉思。

沿着渭河再向东，至陕西，宝鸡市陈仓区拓石镇有由张天恩先生在2002年发掘的关桃园遗址，居渭河左岸。由张带领，进入保护区。考察团队的朋友采集了仰韶文化及前仰韶文化陶器的碎片，也有马家窑文化及西周的遗存，然而仍无齐家文化的残物。

车驰近100里，越陇山，豪观陕西省陇县博物馆的珍藏，喜见羌人的红陶器皿，鬲、罐皆有。还有一把玉刀，数十厘米长，可惜它不在这里，因为陕西省历史博物院收藏了。

我以为，羌人在渭河两岸的台地生活，并顺水渐渐向东发展，固然是不错的选择，不过当渭河闯荡秦岭与陇山之间的时候，它便失去了舒缓的风度。谷狭而曲，峡湾而崎，逼得渭河激烈冲突，尤其是两岸崖峭壁悬，已经没有了台地，羌人便不能生活。基于此，羌人选择了从陇山进入关中。在陇县发掘的齐家文化遗存，便是证明。

实际上秦人也是过陇山进入关中的，之后有汗渭之会，建雍城，迁栎阳，再徙咸阳，以平六国。

　　羌人进入黄土高原及黄河中游一带，似乎是由湟水而黄河向东发展的。羌人对夏有功，对周也有功。羌人显然参加了中华文明的建设。

　　中华文明的发生从开始就是一种融合文明，这也决定了它必须持开放的态度，以不断融合而提高。

原载文艺报.2017年9月4日

# 明德门

　　我在西安迁居三次，2002年宅于明德门，时间一长，还真是喜欢这里了。

　　初至明德门，难免怅然。其东的朱雀路处于断头状态，根本不知道什么岁月会打通。其南的丈八路是石子与炭渣所铺，遍处崩裂，一旦下雨，车辙猛陷，泥浆便飞扬四溅。它的两边春有小麦，秋有玉米，完全是农村风光。社区之间的几条明德路冷冷清清，只有一家扯面馆、一家牛羊肉泡馍馆和一家杂货铺，连一家发廊也没有。人与人相遇，彼此不熟，目光便警惕起来。

　　积日为月，累月成年，一味沉于工作之中，不知不觉，对明德门的树木、气息和声音已经习以为常，似乎也不在意它的什么了。

　　俯仰之际，睁开眼睛，顿然发现这里除了空间没有变化，其中的一切都在变化。这不禁使我惊喜。

　　以人多之故，来来往往，需要注意避地让路，否则会迎面相碰。有时候便问，这些人都是何处的？怎么都汇聚在明德门了？当然也是随问随置，不求甚解。晚上7点前后，夜市开张，卖馄饨的、卖冒菜的、卖烤肉的、卖凉皮的、买炒米的，各占一角，尽显其特，以保证谁都能享上口福。灯火辉煌，也不用吆喝。汽车像从天上掉下一般，常常会互相拥挤，形成堵塞。经过这里的巴士很牛，其喇叭偶尔要响一声，不过听起来是颇为节制的。凡明德路两边的门面，无不尽显其用，银行、医院、药店、茶社、衣饰，当有悉有。民以食为天，餐饮遂最多，生意也最火。独门的行业也能发展，打字、复印、照相、洁牙、美容、书画辅导和打拳教授，无不存焉。黄色的单车无中生有，靠在墙上的样子像夕阳似的闲散。朱雀路已经打通，其出朱雀门，径达终南山。丈八路也以沥青筑成，走起来颇为宽阔。两排女桢迎风，万座高楼竞耸，农村的痕迹杳然难察。社区已经热闹且繁华，并纷呈着一些时尚的元素。

明德门是唐长安城三个南门的中间的门，属于正门。当年它设五门道，但长安城别的外郭之门却只有三门道，足证其重要。明德门五门道各宽5米，进深18.5米。它的五个门道皆可并行两车，不过中间的门道只跑皇帝的马。明德门上建有楼观，北望是皇城的朱雀门，再北望是宫城的承天门。韩愈所赞的天街就是从明德门到承天门之间的街。

可惜明德门湮灭一千余年了，不但其雄伟无影无踪，即使它的所在之域也沦为西安的郊区了。我想，也许曾经还有狼在这一带的田野游荡和寻觅吧？

不过，一千余年的田野现在也消失了。唯经考古勘定，留下了明德门的夯土。此为遗址，遂作了保护。于是一段明德门遗址就变化为一个公园，老者在此闲坐，幼者在此学步，快乐的是妇女，她们不分昼夜地在此唱歌和跳舞。

明德门的卫生过去不怎么好，令我久久皱眉。我曾经暗忖，也许这里除了没有卫生以外，任何脏东西都不缺吧？

然而我终于注意到此情况也在变化，仿佛一夜之间，社区经过了一次彻头彻尾的沐浴，完全是脱俗而出，干干净净了。树叶落地就扫，甚至要禁止烟头落地。污水没有了，浮尘也没有了。有一天，我经明德路回家，忽然看到行道旁的冬青上，每隔三五十米，便挂一个铁皮罐，以督促人有规矩地扔烟头，扔纸屑，扔皮屑，竟莞尔而笑了。垃圾箱也置路边，但悬枝的铁皮罐却反映了一种特别的状态。

一切都在变化，不仅仅是我栖息的明德门，实际上浩瀚的宇宙，小小的地球，古老的中国，无不在变化。探究世界变化的原因非我所能，但明德门变化的力量却是我可以感受的，其在人对财富的追求及对文明的向往。

二○一七年十月十一日，窄门堡

新民晚报2017年10月20日

# 吕刚研究

吕刚是一个诗人。如果是在唐长安，吕刚将属于贾岛、许浑和李商隐一类骚客，不谋做辅弼，不图纯风俗，然而十分敏感于个人的体验，无独特感受而绝扬头吟唱。吕刚的作品都很风雅，精致，是经过了再三推敲的。他拿着锤子和刀子，忍性耐心，慢慢地剥削着，雕刻着，以把石头里的意象掏出来。他没有喧嚷，也没有乏美的谎诞。因为是诗人，所以他呈现给世界的都是人的诗，无不是人的惊喜、赞叹、幽怨、愤怒及其人对善的追求。

吕刚是一个书生。喜欢读书，久教书，遂将一张脸熏染成了书的封面，或简装，或精装，唯缺畅销的设计和色调。黄景仁说："百无一用是书生。"指书生无权，不富，难坐首席和高位。吕刚止于欺世，甘于寂寞，然而他也足能把儿子养大，使其在上海发展。他尤能特立独行，持守己见，甚至也敢抵制。何以见得？他留的长发便是证明。

吕刚是一个敬业的教师。我打电话联系他，十有八九正上课，不是上课，就是走在上课的路上，不是走在上课的路上，就是准备教案，或批改学生的作业，为上课收集材料，构思布局。

有时候一个学期上三门课，我觉得这多了，他说："已经安排了。"接受怡然，毫无抱怨。他没有脾气，我也就不好有什么脾气了。总是建议他少上课，少上课，少见学生，便能当学术带头人，当什么黄河之水学者，渭河学者，灞河学者或澜沧江学者。他笑得呵呵的，终于放不下学生，所以到现在连一个昆明池学者也不是。

吕刚是一个优秀的主男。儿子像羊一样在上海吃草，这当然也有他的功劳。他不仅是慈善的父亲，也是孝顺的儿子。对自己的父亲和母亲问寒问暖，若身体不适，便问医问药，万一进了病房，便陪昼陪夜，忧心忡忡，以求父亲和母亲的健康。他对妻子体贴之至，这一点，尤以在陪妻子旅行天下上有突出表现。假期难免走青海，走云南，走福建，或走新西兰。问都有谁，几乎每次会说："雏莉他们！"我便沉默了。我不知道雏莉他们究竟是谁，不过知道肯定有雏莉。雏莉是吕刚的妻子，也在大学当教师。

吕刚是一个可以交流的朋友。他能听懂朋友的意思，更能理解朋友的衷肠，即使不同意朋友的观点，也会体谅朋友的立场。他知识丰富，思想不僵，情商颇高，朋友之喜，之悲，之怨，之愤，之得意，之失落，他咸接得住，应得妙，幸甚至哉。讨论艺术，朋友与他悉能眉飞色舞，言尽意存，如浴春风，如掌美玉。

中国神话有论："数起于一，立于三，成于五，盛于七，处于九，乃后有三皇。"毕达哥拉斯对数也大有求索，认为万物皆数。吕刚是诗人、书生、教师、主男和朋友，有五种贤良，其成矣！谨盼吕刚盛于七！

2017年10月22日，窄门堡

原载秦岭.2017年夏之卷

# 先生阎纲和周明

北京文学界的陕西人，我认识最早，敬意最深的，是阎纲和周明。

阎纲和周明也有其异，我指的主要是性格。阎纲凝思，沉重，爱憎分明；周明朗畅，喜悦，世界大同。他们的名字似乎也透露了这种信息：纲者，提要也。明者，光亮也。

阎纲和周明也有一致，我指的主要是对陕西作家的态度。他们都关注陕西作家，凡有才华的展示，一旦发现，就高兴，就传播。只要求助，他们便伸手以扶。路遥、陈忠实、贾平凹、邹志安、京夫、高建群、叶广芩，皆在中国文学界腾声千里，试问，其谁没有得到过阎纲和周明的鼓吹与举荐呢？即使成绩弱小的作家，缺乏影响的作家，甚至现在还很年轻的作家，他们仍怀以热望，涌以热情，并会对其成长施以大力。

所谓的伯乐精神指，马有良有驽，相马师善辨千里马之能，从而让其奔腾，免其死于槽枥之间。以伯乐精神称颂阎纲和周明，不妥且俗。我以为阎纲和周明的所为，几近于推贤进士，是汉唐以来的一种立人达人之传统。材属于天下之材，有地位和有权力的人，皆有义务推贤进士。

司马迁无权力，有地位，任安遂提醒，让他注意擢奇，以为朝廷用之。韩荆州得地位之势，具权力之重，所以李白请求，盼朝宗使自己激昂青云，扬眉吐气。如果司马迁能像任安所嘱，韩荆州能像李白所吁，那么他们就是推贤进士了。

阎纲和周明如此所为，不是推贤进士吗？我不懂政治和经济，然而文学之成事，离开北京是不可以的。从陕西看北京，北京当然是文学的中心和顶峰，这是由文学的资源决定的。从北京看陕西，陕西是否属于文学的边缘和低地，我不清楚。不过我明白，在陕西，文学的资源不足，尤其是展示平台不足，虽然这里并非无才。

陕西作家要成事，无不希望北京有人提携，而北京文学界最亲近最方便的则只能是陕西人。故乡之情，几近于血脉之情，在中国的任何畛域都是根本。

阎纲和周明不薄陕西作家，凡老的，小的，男的，女的，贫的，富的，贵的，贱的，统统支持，做到了推贤进士。还有刘茵女士，她曾经也是竭尽所能地支持陕西作家的。在经历上，她也属于阎纲和周明的方阵，可惜她已经走了。李炳银小阎纲和周明，也小刘茵，不过他对陕西作家的支持也是孜孜矻矻的。

我认识阎纲和周明是在1985年春天。当时我在陕西一家文学杂志社工作。大学毕业，刚刚入职。一天早晨，头儿招呼一声阎纲和周明要来。我正忖阎纲和周明是谁，骤闻几位编辑匆匆下楼，以喜悦迎接。我也随之下楼，恰恰一辆黑色轿车缓缓进门，停在出版社的院子。只见阎纲和周明笑着下了车，出版社三级领导一一向前握手。旋转了几圈，轮到我，也就行了一个握手的仪式，从而认识了。

不料认识以后，竟交游了32年。今天仍有往来，真是幸甚至哉！

实际上我与先生的交游平淡极了，无非是过节问候，偶尔往北京去出差，顺道看一看，碰到相关之事，请其帮忙。他们永远是诚恳的，可靠的，即使帮忙无果，也感觉温暖。

周明和阎纲，各有一事，我反复回味，始终觉得贤者之德馨。

有一年，我带妻儿过北京赴北戴河，忘了带照相机，便向周明借用。由于时间甚紧，约定在一个地铁口见。我辗转到了地铁口，就远远游目搜寻他。眼光逾越车辆和身影，发现他已经在等我。他坐地，背靠墙，两腿伸长，很舒服的样子。我赶紧跑过去，一声感谢，拿了相机，便辞他而去。

有一次，我和安哲探望阎纲。相叙之间，方庄一带停电，遂在黑暗之中继续论天论地，直到深夜。电灯不亮，电梯不行，就劝阎纲不送了。阎纲说："远道而来，怎么也要送。"便举着手电，从17层一个台阶一个台阶地送下楼。想着他再将移趾返上17层，我和安哲不仅慨叹。那年，阎纲应该74岁了。

我把阎纲和周明并列在一起，是因为我认识他们的一瞬之间，他们就在一起。他们也总是结伴，一起回陕西应邀参加故乡的文化活动。还有一点，他们的家都在关中。阎纲居九嵕山下，周明居终南山下，秦川之旷荡，也必会熏染他们。还有一点，阎纲1932年生，周明1934年生，少年是在民国度过的，他们难免会沿袭一些古风、古道和古典。

平生不解藏人善，到处逢人说项斯。

这是唐的气度，长安的精神，由阎纲和周明带到了北京文学界。

我愧无项斯之标格，然而经常得到先生的美言，是十分快乐了！

世界总是变化的，一切都在变化。当我拾起身子，抬起头，站在劳动的田野遥望燕都蓟城，蓦地醒悟要顺着故乡之情的线索进入北京文学界，已经令人胆怯和腿软。千里万里，浩茫一片。北京之外，尽是边缘和低地。包括陕西，包括河上河下，江左江右，要进入北京文学界，大约都需要斟酌。故乡之情已经式微，不知道什么可以成事。这显然是一种悲哀的醒悟。

然而，我自有其欣慰，因为我收藏着阎纲和周明的贤者之风。时间会销蚀并湮没所有的破铜烂铁，但玉的光泽却会永在。

历史和市场也有它的选择。凡良知者，慧眼者，将一定会摒弃糠皮瓦缶的。这便是空间，所以悲哀并不意味着绝望。欺世者，盗名者，无非都用了鸡鸣狗盗之技，其结局难免是可怜的，冷冷清清的。

关键是，基于文明价值观和高贵艺术观的士林盘踞于浮尘之下，浊浪之后，凡同声者，同仁者，一旦需要，其一定会奋臂而援。这是我耳有所闻，目有所睹的，并使我感到安然以至振作的。

在北京文学界的陕西人，李建军，不是这样的猛士和贞士吗？

然而阎纲和周明，念及先生，想到先生，我总是喟然！

二〇一七年六月十二日，窄门堡

原载文谈.2017年4期

# 母亲的意象

我的母亲是俊秀的，白皙的；是图强的，劳苦的；是忍让的，慷慨的；是敏捷的，坚毅的；是喜悦的，仁慈的。

不过她也在春秋交替之间不知不觉地把对襟衣服换成了斜襟衣服，衣服上的花也没有了；渐渐地，她皱纹萌额，白发染鬓；终于疾病降临，更是残酷的扭曲她的肢体，扰乱她的语言。

一

我爱我的母亲。

小时候我就懂得保护母亲，也许我可以对母亲发火，然而我不允许任何人欺负我的母亲。

六七岁那年吧，我的叔叔蓦地寻隙挑衅，惹得邻居围观。他站在厨房的檐下，赖我母亲弄脏了井水，母亲便据理反驳。他恼羞成怒，竟抬脚踢我母亲。虽然足尖落空，但他的行为却震荡着我的整个身心。当时我站在母亲背后偏右的地方，这一幕完全看到了。我感觉自己仿佛一头小小的雄狮，泪水盈眶，紧盯着叔叔的手，所有的血液都推动着我，使我扑过去，咬断他的指头。发现我已经变形，他猝然收声敛焰，显然是害怕了。这天以后，叔叔再也不敢冒犯我的母亲了，他对我也辄示喜欢，并日益器重。

十二三岁那年，生产队近百社员在场里碾麦，真是热火朝天，可惜场长派烂活给我母亲干。我恨之入骨，遂堵住他，站在他面前指摘，叱骂。场长拿着木权检查麦秸的厚薄，这儿抖一抖，那儿翻一翻，到处走动。他转到什么地方，我就跟到什么地方，总是站在他面前叱骂他，指摘他。我像一头小小的公牛似的，摇头甩尾，逼得场长发蔫。多年以后，有老师问我："你就不怕场长戳你一木权。"我说："没有想！"

十五六岁那年，父亲和母亲有了芥蒂，经常争吵。父亲在工厂上班，虽然赚钱，不过我坚定地站在母亲一边，斟酌着如果他们离婚，我就随母亲。有一次，一言不合，父亲跟母亲就又闹开了。我放下作业，批评了父亲一顿，结论是："我母亲逝世了，我要给她立一个碑子，不给你立。"父亲颇为尴尬，也很是无奈，遂佯装大度地说："儿子爱他母亲是正常的。你这样，我也放心了。"

## 二

母亲更爱我。

小学就在村子里，生产队的孩子念书，几乎都是自己去，很少有家长送的。但我念书的第一天，上课的第一天，母亲却送我出门，出朱家巷，陪我走了半个村子，直到看见小学的屋舍，才让我自己去。母亲送我念书，此举固然平凡，不过我似乎获得了追求知识的永恒动力，想起来也十分温暖。

20世纪70年代，冬天甚冷，我的同学多冻伤了耳朵、手、脚和脸。然而我有母亲做的两件棉衣，两条棉裤，两双棉鞋，轮换着穿，并戴着可以保护耳朵的棉帽，戴着手套，从而避免了冻伤。

中学在韩家湾村，一天跑两趟或三趟，时间不确定，不过冬天总是有热饭。实际上锅早就凉了，是母亲隔一会儿就点火烧一次，才保证我放学回家，扔下书包，能吃热饭。

父亲从工厂带了一顶军帽给我，我兴奋至极，急于戴上它炫耀，可惜军帽大一圈，在头上晃来晃去的。母亲便改它，连夜垫一圈草绿色布以缩小。线细针密，毫无痕迹。不幸的是，看露天电影，甫感头上触动，军帽就飞了。我左顾右盼，见所有的五官都颇为平静，根本不知道谁是贼！

考大学，我一败二败，不过也越考越勇，志在必得。母亲支持我，除了不让家务使我分心以外，她还给了我辄有变化的一日三餐。我往韦曲的长安二中去补习，有时候会碰到她在田野锄草。她看我一眼，算是目送。她收回眼睛，埋头继续劳动。踏着乡间的小路，想象着大学之门，我信心更足。她以我托，每天早晨在窗口喊我起床。复习真是累极了，要不是母亲喊我，也许我每天都会从早晨睡到中午。

大学三年级，我身体不适，休学回家，以中药调理。母亲替我煎药，早晨半碗，晚上半碗。她是在下工以后，吃了饭，收拾了厨房，才至院子的一个墙角煎药。秋深霜重，夜气拂面。她一把一把地烧着麦秸，以保持平稳的文火。母亲垂着头，不过文火的闪烁还是照亮了她的疲惫和忧伤。此情此景，烙印在我的心上，到现在还有抓挠之感。

入职了，结婚了，本当自立，遗憾我仍为母亲添了麻烦。有一年，我不得不应付一场灾难，遂把不足两岁的女儿送母亲带。少陵原上浩瀚的秋风和凛冽的冬雪之中，满是她的愁绪，她一边经管着儿子的女儿，一边恐慌儿子的命运。

一天早晨，母亲正在下米熬粥，猝闻女儿尖叫。她猛然转身，只见女儿在案板上摸什么，竟把一杯开水灌进了棉衣的袖筒，灼得当然尖叫。母亲吓坏了，匆匆剪开袖筒，然而她不在村子找医生处理。她抱着我女儿，抄小路，走十数里，再乘车进城，把孩子送我，以求所谓高明的治疗。母亲的棉衣湿透了，背上热气直冒。她也很是内疚，怪自己疏忽，几乎要哭。

三十一岁是我坎坷以后新的跋涉的发轫，不胜艰辛和孤愤，遂不能从容回家。尽管西安和少陵原也不过相距30里，然而我未必会保证每月探望一次父亲和母亲。那时候，我已经零落成泥，资产为负了。命运坠入低谷，就得为翻身而战。不但不能经常回家，也不能经常报讯。

　　母亲不放心，便进城看我。我不清楚她是如何辗转乘车的，总之，她像一片白云一样忽然就出现在我的门口。又激动，又难过，几乎使我落泪。那时候还没有家装电话，更没有个人手机，不能预约以等她。有几次她到了小区，偏巧我不在，她便安安静静地坐在门外的楼梯上。获悉母亲在门外等待，我迅速回家，看到我，她的眉梢溢满了笑。她不知道我的感动和难过，不知道我想落泪。

　　父亲患脑溢血后遗症，母亲患脑血栓后遗症，手脚都不灵便，遂硬撑着生活。我也明白她们需要一个保姆，唯经济拮据，是心有余而力不足。不忍，我也无法。一旦我缓过来，便立即雇了一个保姆。可惜一月之后，不告诉我，母亲就把保姆辞退了。我以为这个保姆不妥，又雇了一个。然而一月做满，她又辞退了。我打电话问："咋辞退保姆呢？是不是嫌花钱呢？"母亲慢慢地说："娃呀，雇保姆，你是为了我。我用保姆，你就把我害了。""为什么？""生活能行么，用保姆干什么？不行了，再雇保姆吧！在村子里生活，不兴用保姆啊！"实际上母亲仍是觉得我经济紧张，不舍得让我雇保姆。

　　2014年秋冬之际，是我父亲逝世三年以后了，有一天，我和母亲聊天，无非是评姨姨，论姑姑，让母亲高兴而已。俄顷，她在房子悠悠地转了一圈，似乎若有所思，渐渐抬起头，郑重地对我说："娃呀，我要是不行咧，我就想走快一点！"我的心顿然沉了一下，没有应接，旋即岔开了。

　　母亲是神的女儿，尽悉自己的生命属于神，应该不会胡思乱想。我父亲临终之前，完全卧床，这是母亲看到了的。我以为，母亲所谓的想走快一点，当是指不要完全卧床的结局，也有不希望再加重我负担的考虑。我了解母亲，她非常自尊，即使万难也要自力，即使儿子反哺，她也存打扰儿子的歉意。

## 三

　　在人民公社的那些岁月，母亲是我家唯一的劳力。从1957年至1968年，她先后生有四个孩子，姐姐，我，妹妹，弟弟，都需要她抚养。我的祖父和祖母，已经不能在田间耕耘了，也需她照顾。关键是七个人的口粮，要靠母亲所挣的工分而取得。为了工分，她竭尽了所能。

　　父亲也是生活所赖的半壁江山，其以人民币供给我家所资。不过生产队有自己的规则，它以劳力及其所挣的工分断其所获。我父亲不算劳力，于是居住在少陵原的这七个人的生活，就主要靠母亲了。

　　只要闭上眼睛，我便看到母亲忙碌的样子。春天她扛着镢头打胡基，修梯田，没有一晌不是一副受饿之态。夏天割麦，没有一晌不是累得虚脱的神色。秋天她握锨浇地，抢镐砍苞谷，挖红苕，没有一晌不是服役之状。冬天拉着架子车施肥，没有一晌不是汗水潜淋，棉衣从里向外蒸发其汗的。

几乎是每天，母亲下工会小跑回家，利索地摘菜，擀面，或做别的饭。她一勺一勺舀到碗里，一碗一碗地端给老老少少。终于姐姐长大了，我也长大了，可以给祖父祖母端饭了。母亲最后一个吃饭，接着洗碗洗锅。天黑了，星辰如洗，母亲坐在炕沿穿针引线，为公婆、子女和我的舅爷舅奶缝棉衣，缝棉裤，纳鞋底，纳袜底，不知道月驰中空，夜逼未央。晚上如厕，从偏厦出来，我总是看到母亲的影子映在正房东屋的窗纸上。

给我祖父祖母四季浣涤，顿顿馍面，这也罢了。难能可贵的是，祖父逝世以后，祖母半身不遂，她毅然承担了全程护理。白天所食，皆由母亲喂之，因为姐姐和我在上学，妹妹和弟弟尚幼，对母亲的夹辅只能是零星的。晚上她按时间抱起祖母，执盆溲溺。点灯，招呼，擦洗，难免会吵到我，在半睡半醒之中，我倍感母亲之累。每天晚上，她有两次助我祖母，从而保持了被褥干净，空气清爽，直至祖母安然殁矣。

有了农闲，母亲便往娘家去，看望自己的父亲和母亲。她做一笼花卷，再做几锣凉皮，分类放在竹篮里。她用纱布盖住，以防灰土落上。她把公婆和子女的生活安排妥当，再三嘱咐，便踏着乡间的小路，匆匆而去。她给我的舅爷舅奶整理房间，拆了被子，去污，晾干，再捶展，再缝了被子，拭窗掸壁，淘米炒菜，做了所有当做的活，又匆匆而返。母亲为大，她的三个弟弟，两个妹妹，无不由衷敬重她。她晚上很少在娘家呆，因为公婆和子女不可须臾离开她。

母亲至娘家，我总是若有所失。黄昏披垂，我便在村口向乡间的小路远眺，希望迎接她，可惜她迟迟不归。终于月悬秦岭，星辰灿烂，母亲像一个漂移的点似的在白杨萧萧的小路上出现了。

小时候，姐姐，我，妹妹，弟弟，跟母亲在一起生活，因为父亲只有星期三才回少陵原。懵懵懂懂，打打闹闹，一个接一个地长大了。姐姐在人民公社的商店工作数年，便如期出嫁。1979年，我进了大学。妹妹机会难得，接班到了父亲的工厂。弟弟情绪起伏，无所适从，遂成我家之惑。1996年，我经大夫分析才弄懂，此乃疾病之端。

大约这个阶段，淡雅的梅花或菊花就从母亲的衣服上消失了。她开始改穿蓝的灰的一类单色衣服。她明朗的容光之中，也加入了忧郁的元素。然而母亲仍是刚强的，仍是非常能干的。

在我生于斯长于斯的朱家巷，在我少年隶属的生产队，谁有我母亲能干呢？

我家的自留地，不管是小麦还是谷子，母亲可以种得没有一棵草，疏密适度，整齐苗壮。凡是经过我家自留地的长者，多会驻足欣赏，连连赞叹。

过年以前，母亲会使我家庭院的里外和前后焕然一新。她把笤帚绑在一根长长的竹竿上，够着打扫房梁上、天花板上及房间里所有的尘埃，之后化白土于水盆里，一刷一刷地漫墙。所有的被子，她要洗一遍。她把被子搭在两树之间的绳子上，一经冬日阳光的照晒，盖起来真是又暖又香。她撕下旧窗纸，糊上新窗纸，并要对称地贴上窗花。

母亲还有杰出的表现，一般妇女是不具备的。房顶上生长青苔和瓦松很正常，不过繁茂了便要阻水，导致屋子漏雨，是应该拔掉的。母亲就借了梯子，从墙头爬至房顶，自高而低，仔细撅草，并统统清扫一遍。看到别的小孩吃槐花麦饭，嘴馋也要吃，然而我家老的老，少的少，谁能抅槐花呢？母亲便爬上槐树，坐在树杈之间，拘下枝干，之后溜下槐树，捋了槐花，濯净拌面，以蒸麦饭。当时母亲不到35岁，显然就是一个英雄。

# 四

酸楚起于父亲的疾病，随之是我的灾难及其离婚，接着是我弟弟诊断为精神分裂症。接二连三的变故，沉重地摧残了母亲。她白发剧增，皱纹加深。然而生活是要继续的，天也不会绝路。

母亲左右求索，得到了神的启示，遂能凭着信仰行世。我以为她60岁以后的幸福，主要源于此。父亲留下了脑溢血后遗症，只能由母亲照料。虽然是不虞之祸，她也心平气和。给弟弟积极治疗，也应该是有希望的。1995年我又结婚了，它显然也是对弥漫在少陵原的一种悲哀气氛的反击与否定。妻子真爱婆婆，婆婆真爱妻子。我觉得惬快，视我命运的吉庆是给母亲的安慰。

此间，母亲有几次进城看我。我自幼喜欢吃她做的凉皮，母亲遂带凉皮来，并用瓶瓶罐罐装着自己炝的豆芽及其他佐料。在享受凉皮之际，我会问村子里的情况，随之慢慢转向问父亲，问弟弟，给母亲以鼓舞。见我平安，妻子平安，女儿也乖，她便轻松地说："娃呀，你们都好，我就放心了。"便返少陵原，以照管我的父亲。

多年以后，只要想到母亲进城看我，我就为自己的一个疏忽深为遗憾，顿生隐痛。每次见母亲，不管在哪里，我都会给母亲一些零花钱。然而母亲进城看我，我竟有一次或两次忘了给母亲零花钱，让她空手归去。固然父亲有工资，固然母亲并未提出缺钱，不过，如果母亲钱不宽展，需要儿子的钱予以补贴日用呢？多年以后，当我意识到这样一个问题，我就为让母亲空手归去而悔恨得想哭，我就想抽自己的耳光。

我对生活的重整，尤其以拼命翻身，多少让母亲释怀且高兴。她不能放心的是弟弟。春夏之交，弟弟不禁会有狂暴的举动。住院治疗，有药控制，遂还平静。出院回家，他服着服便中断了药，于是狂暴就又爆发了。反复如此，母亲不得不携父亲离开少陵原，寓居于樊川或韦曲一带。母亲说："把他交给神吧！"见我沉郁，她就说："娃呀，不发愁，天哪里黑，在哪里歇！"

## 五

在我父亲得脑溢血后遗症九年以后，2000年的冬天，我接到一个电话称母亲感冒了。不可能！我想，一定是严重的疾病。

我火速奔赴少陵原，只见她躺在床上，已经处于昏迷状态。急忙住院，诊断为脑血栓。几天之后，恢复清醒。三月之后，可以出院了，然而右腿和右手都不灵便，语言也疙疙瘩瘩的。不过她坚持祷告，笑迎日出和日落。

我不如母亲，暗忖我家沉疴三人，难免忧闷。那些年，我经常从梦中猝然惊醒，旋坐床上，一再想我弟弟吃什么饭，我父亲和母亲会不会摔倒，遂再也不能入眠。

母亲的伟大，是她能顺应惨绝的遭遇，不抱怨，不叹息，并能把一种内在的明亮和温暖投射到外在的形容上和声音里。她确实是黑暗世间难能可贵的一盏灯！

右腿坏了，不过步行是可以的，她就一高一低地赴市场买菜。右手坏了，她便用左手擀面、烙馍、洗衣服。她拿布条缠住刀片的一半，左手握之，以刀片的另一半切土豆、切萝卜、切白菜、切豆腐、切黄瓜、切肉。她用左手持铲炒菜，并用左手掌勺盛到碗里。

父亲仍由她照拂，屋子照旧干干净净，井井有条，甚至每一个用过的塑料袋也会绾结成团，放在一个纸盒里，以方便再用。

大约就是这些日子，我的逆境得以改变，遂给母亲雇了保姆。然而她一再辞退，认为自己能行。2010年秋天，父亲再犯脑溢血，乃至瘫痪，侍护起来甚为艰剧，她才同意我请保姆。

算一算，我母亲共照顾父亲20年，其中她以脑血栓后遗症之躯，照顾我父亲11年。2011年5月1日，我的父亲逝世了。

办完父亲的丧事，母亲便独立生活。此前，我已经接母亲进城了。她和我共住西安明德门小区，我妻子给她买菜，我也可以随时看她。我数征意见，要雇保姆给她，她无不干脆地说："不要！娃呀，我能行么。"见我默然，她补充说："我不行了，你就雇。"我依了母亲，她便快乐的样子。

我父亲逝世三年以后，母亲衰颓明显。她移趾拖沓，扬眉拙滞，常常有所疑虑。母亲虽然没有多少学历，不过她是睿智的，通明的，生命感觉颇为敏锐。

在这一年，她有两次郑重交代，我以为它就是遗嘱了。秋冬之际的一个黄昏，她对我说："娃呀，我要是不行咧，我就想走快一点！"

为了安全和容易操作，我买了电磁炉，以让母亲做饭烧水。烧水的壶，有一个弧形的柄，因为她左手之力有限，只能垂提，不能平端。她先提壶接水，再提壶放到电磁炉上，再提壶灌进保温瓶里。数年如此，并无大碍。不过有一天她笑着对我说："不行咧，不行咧！一壶水提不起了。"

母亲的坦诚让我起敬，也让我伤感。母亲承认她不行了，就实实在在是不行了。我宽慰她说："放心吧！现在给你请保姆。"她说："请保姆吧！"

母亲在81岁的时候，以其之老，以其之恙，终于不能自己做饭烧水了。对此变故，我当谨记。

我便四处奔走，给母亲雇保姆。此事既是轻车熟路，又是无从把握的。中国的保姆让人生畏，令人失望。你可以交心，你难以得心。保姆是赚钱来的，这无大错，不过保姆来赚钱，是否会敬业，是否凭良知？总之，换了一个，又请一个，循环往复，计有五次。

# 六

2015年1月16日早晨，刚刚起床，我便接到保姆的电话，告我母亲情况有异。我一边打120，一边跑。三五分钟我便见到母亲，不过她已经昏迷。急救车随之而至，径送医学院。诊断为脑溢血，便直入重症监护室。

经过43天的治疗，一切都正常了，不过脑溢血后遗症严重至极：除了思维尚有，母亲彻底瘫痪，包括彻底失语。

大夫让母亲回家康复，我怕难保平安，便托朋友，让母亲进了另一个医学院，在所谓的干部病房过年，过十五。一切都稳定了，我才接母亲回家。

母亲躺在床上，头不能在枕上转，脚不能在空中抬，十指也没有一个可以动。母亲几乎变形了，生命仿佛演化成了一棵植物。

然而任何珍贵的植物也不会有灵魂寓于生命之中。

我的母亲是有灵魂的。她紧闭嘴唇，凄迷满目。我想，她一定是觉得自己成了一个拖累吧！母亲是要强的，她不愿意这样。

我对妻子说："不管怎么样，我还有母亲。既使她不会答应，我也可以叫妈。如果母亲走了，就永远没有人可以让我叫妈了。"

为了振作和激发母亲，我说："妈，现在要训练说话呢。你跟我读。"我便发音：一，二，三，四，五，六，七，母亲也随我发音：一，二，三，四，五，六，七。她舌头僵硬，发音含糊。

我非常清楚，已经无法让母亲恢复说话的功能了，然而我想让母亲意识到我爱她，我需要她。我想让母亲明白，既使她躺在白色的护理床上，一动也不会动，她也仍有一个母亲的价值和尊严。

母亲很是幸运，临终之前的数月，竟碰到了一个天使般的保姆。母亲及母亲的房间一直是清洁的，连一个从新西兰来的护理专家也为之称赞。我以为此乃母亲的善报，是神的恩赐。

妻子、我姐姐和我妹妹，交替着跟母亲说话，保姆也跟母亲说话，目的是促进交流，可惜她不应答，不理睬。她面向天花板，望着虚无，没有任何表情。

我必须唤醒母亲对生活的关注和热情，否则她的虚弱会加速的。我搬来一个方凳，挨近母亲坐下，讲我小时候所经历的她的故事。我讲她掐生产队的苜蓿，讲她用架子车拉小麦磨面，讲她买猪、养猪和卖猪，讲她肩上搭着毛巾，一边擦汗，一边拌搅团，讲她腊月的黄昏在荒地里碰到了一匹狼，讲她把我绑在后院的槐树上打我，教训我。我唯一不能告诉她的是，我可怜的弟弟已经不在了。

母亲嘴唇嚅动，咽喉里也有了声响，显然百感交集，要表达什么意思。可惜她主侧大脑半球受损，完全失语了，遂在脸上涌满了哀戚。

保姆夸我，我妻子扫视一周，对我点了点头，我姐姐和我妹妹颇为嫉妒地站起来，拉了拉母亲的枕巾，又抚了抚床单的皱痕。

母亲躺在床上生活着，我不知道她是否懂得春去矣，秋也去矣！

## 七

2016年11月8日上午，我母亲走了。

二〇一七年七月十二日，窄门堡

# 关于作家的思想者化

作家的思想者化问题，久结我心，萦绕徘徊，然而不好表达，更不能淋漓尽致地表达，原因是复杂的。

王蒙曾经提出作家应该学者化，这有其社会背景。在20世纪的某一个阶段，中国作家多以具有贫农成分才获信任，并使其作品行走于世，因为当时也是需要作家这种社会角色的。作家没有了，谁赋赞歌！可惜斯曹文化不足，其作品远离风雅，摒弃温厚，简单且粗鄙。20世纪70年代以降，政治解冻，文艺复兴，作家聊以宽松地写作。事实是，禁锢稍一打开，作家的创造力便暴发，并能给自己的国家提供软实力。恰恰处于这种格局，一些作家反倒踌躇不前，其病在知识的捉襟见肘。于是王蒙就提出了作家的学者化问题，强调文化修养对于作家的重要。王蒙之论，及时且智慧。

我是在作家学者化的启示之下考虑作家的思想者化问题的。学者化非常必要，因为作家不是什么老大粗所能担任的，固然老大粗也必受尊重。作家应该学富五车，然而这还不够。学者化是一个基础，王蒙的学者化也只不过是补残而已，但思想者化却是作家真正的升华和飞跃。

　　当然，思想者化并非要求作家有一个哲学的体系，若这样那么就干脆当康德或黑格尔算了。思想者化也并非一定要在作品之中长篇议论，像伏尔泰或狄德罗一样。作家不可能没有政治倾向和政治激情，但作家却不应该把作品作为政治工具，以实现政治意图，所以思想者化更非政治化。

　　有的作家会做一个社会阶层和一种社会力量的代言人，甚至他就是为一定的利益集团服务的。这样的作家在文学史上屡屡可见，既是今天，在朝鲜有，在美国也有。我完全理解这类作家，我以为不必苛求他们，也不应该责骂和嘲笑他们，因为作家本有选择的自由，本有充当代言人或进行服务的权力。这便是我所推崇的宽容态度。不过这类作家似乎不是真正的作家。他们应该算是一种载道作家吧！然而道有大有小，有正有邪，所以不可一概而论。这类作家有的是自觉的，有的是不自觉的，而有的则是无奈的。

　　一个作家若采用了意识形态化的生活为题材，那么他往往会受到误解。米兰.昆德拉便是这样一个捷克作家。1967年他出版了一部小说，其作品反映了社会以专制而产生的畸形，从而弥漫着一种凄苦的情绪。捷克当局认为他用小说向共和国进攻，其书遂遭查禁，其人也不得不移民法国，而西方一些论者则认为这部小说是对斯大林主义的控诉。这使米兰.昆德拉的作品在两端受到误解，很是悲哀。他既谴责捷克当局的做法，也反感西方一些论者的观点，甚至他当场批评了西方的论者，他说："请别把你们的斯大林主义难为我了。"多年之后，他仍在声明："我的敌人是媚俗，不是共产主义！"米兰.昆德拉所生活的时代，是一个意识形态化的时代，他所选择的题材难免具有意识形态化的气味，但其小说却是在诗意和哲理之中浸泡以后打捞出来的，艺术极为高超。遗憾世人总是注意其政治色彩，从而忽略了作品的艺术价值。米兰.昆德拉真是冤枉！这位捷克作家的文学活动显然提供了一种教训：作品与意识形态化的生活应该保持适度的距离。我的意思是，作家要严格选择题材，否则一端会枪毙你的作品，一端会利用你的作品，尤其是它会使你的作品短命。

在丛林行进，必须拨开种种草木枝蔓之蔽障，以防止腿脚的绊磕。探索作家的思想者化问题，有在丛林穿梭之感。为了顺利表达我的意见，我也就要先发地清除一些可能会夹缠的观点。当然意见遇袭总是难免，这也像在丛林之中行进总会碰到纠葛是一样的。

实际上非常简单，我以为思想者化，是指作家的天职在于发现人类所遭遇的压抑和困境，并以形象化的述作，勇敢地为人类的精神解放开辟道路。人类早就处于不断解放的进程之中了。解放是与时俱进的，然而压抑与困境也是与时俱进的。道高一尺，魔高一丈，似乎准确地反映了人类的生存状况。每个国家有每个国家的压抑和困境，每个时代也有每个时代的压抑与困境。作家便是要发现他身在其中的一种典型的压抑与困境，描绘它，表现它，并创造性地奇迹般地把自己的同胞从其中拯救出来，从而让人类的一个部分获得精神的解放。思想者化的作家大抵就是这样。当然，新的压抑和新的困境还会出现，所以新的思想者化的作家总是会有所承担，他们也不会失业。

作家的思想者化应该具备的基本品质是什么呢？其一，怀疑精神。人类的一切所谓文明，都在盘诘和重估之列。作家对自己身在其中的人类行为方式，尤其要一问为什么，再问为什么。其二，独立人格。作家有的会出身于所谓的社会底层，有的会出身于所谓的社会上流，作家在情感上和理念上落下他所在社会阶层的烙印很是正常，但摆脱自己的圈子己的影响却十分有益，无命可尊和有命不尊更是可贵。作家应该比老虎和狮子还要敢于自来自往。作家要做代言人就做所有人的代言人，以表现无限的行动和无限的梦幻，当然，作家是通过做自己国家和自己时代的代言人而做所有人的代言人的。其三，批判态度。包括作家在内的所有艺术家，本是用审美的眼睛衡量事物，容易看见生活的假丑恶，并合为时而述，合为事而作。颂扬自有颂扬者，然而作家属于批判者。作家不可以僭越自己的本分，变成颂扬者。其四，开拓人性的疆域。人性的版图已经绘制出来，这是前贤的功劳。不过人性仍像黑暗一样辽阔和苍茫，并有待天才的作家去垦荒，去耕植。我以为对人性的任何一点新的发现，都可能给一部作品嵌入杰出与伟大的宝石。其五，从现实进入存在。作家可以从现实写作出好文章，不过也许还可以从存在写作出更好的文章。存在就是人类具有的种种可能，勘探这些可能将使作家充满了冒险的快感。养成如斯品质的作家，就是作家的思想者化。这样的作家将激情不竭，灵感不断。他们永远会在燃烧，因为思想本是发光发热的火焰。

在文学史上，那些成为作家导师的作家，无不是思想者化的。法国拉伯雷的庞大固埃，是一个从母亲耳朵出生的人物，恰恰是他肩负了反对教会和神权的任务。西班牙塞万提斯的堂吉诃德，向风车舞剑，从而把一部小说变成了一个内涵丰富的寓言。英国莎士比亚的哈姆雷特，难以决断生存还是毁灭，遂使忧郁弥漫到了整个世界。美国海明威的渔夫，虽然坚强得可叹，不过他得到的终于是一副鱼骨架，坚强也徒劳了。德国君特.格拉斯的奥斯卡，是一个呆在母亲子宫而不愿意出生的人物，后身高只有1.23米，然而能唱破玻璃，正是他打通了反思德国市民如何依附纳粹势力的管道。曹雪芹的贾宝玉，衔玉而生，遂在荒诞与魔幻的掩护之下，不仅仅唱出了一个王朝的挽歌，而且唱出了一种文明的挽歌。曹雪芹的作品，远接神话之奇妙，近融唐诗宋词之精美，是中国文学艺术之大成。曹雪芹的伟力和魅力，就在于斯。

遗憾曹雪芹死，中国艺术精神便涣散了。陈子昂当年说："文章道弊五百年矣！"今天，曹雪芹之后，文章道弊三百年矣！中国的现代文学和当代文学，就是在这种辽阔而荒凉的背景之下进行的。其中掀起过五四文学的浪潮，实践过人的文学之理念，并产生了鲁迅，然而悲哀啊悲哀，中国也出现过对知识分子包括作家的思想改造，其一挥手就把他们划进了臭且反动的范畴。改造几乎就是对思想的阉割。于是沈从文一类作家，干脆就用思想研究服饰或其他什么了，冰心一类作家，经过一阵思想的洗澡，虽然保存了思想的潜能，但思想却不得不隐藏起来，就偃旗息鼓了，而田汉一类作家则戴着领导的冠冕，从而个人的思想就幻化为国家的思想了。在这种气候之中，会有什么杰出与伟大的作品呢！什么也没有，这是连毛泽东也承认的，他在1975年签发了一部电影的发行以后抱怨说：没有小说，没有散文，没有诗歌！有一个在西安南部农村生活了十三年的柳青，尽管用其智慧绕着走，不过其作品还是掺进了国家政策的沙子，从而难以构成有价值的遗产。1978，形势发生变化。之后三十年，中国作家共同努力，把文学从一种喉舌状态之中引领出来，并时有喧哗和光彩的表现。然而毕竟作品与现实太近，作品与自然主义的生活太近，有的作品像承包的工程，有的作品为琐碎和污浊的细节所填充，有的作品滴答着味道杂混的汤汤水水，有的作品是没有灵魂的空壳子或肉皮囊！

中国作家现在应该特别意识到自己的天职，并通过自己的作品为国家增加软实力。不是谁都有机会处于让艺术突破的关口，然而胆怯，规避，谋取小名小利，将不会有艺术的突破。历史只会给那些竭尽求索的作家留下位置。在一种有专制元素的地域，饱含真理水分的作品无不命途多舛。然而正是这样的作品，才会不朽。不朽之作品总是诞生于禁锢之下，因为它是冲着一种浓厚深重的郁闷的。仅仅为一己之私写作的人，不但有愧于国家和时代，而且时间必将像秋风吹落叶一样扫去他们。有的作家会在临终之际追悔莫及，他们会发现自己的作品没有意义，把才华都浪费了。当然，在今天惟有思想者化的作家才可能出现艺术的突破！

原载文学自由谈.2008年1期

# 关于散文的几个问题

散文属于审美性文章，艺术追求极切。随笔和小品也是审美性文章，甚至把其算作散文也可以。不过散文毕竟还是散文，它有自己的体性。

凡大家的散文，凡散文的名作，必琢磨其文字，融化其知识，流通其文气，设计其结构，以成风格。提升散文的质量，这几个问题不能不思索。

## 文 字

语言接于耳，更宜于说话，文字接于目，更宜于写作。语言与文字固然血肉相连，不过其功能，还是各有偏重。

文言一变为白话，散文的语言就露出一副俗相：随便和粗糙。文字欠炼，作品难免乏味。丰厚不存，蕴藉不足，没有风雅和经典。毛泽东，周氏兄弟，林语堂一流，尽管也以白话写作，然而由于深具古汉语的修养，文字既平素又润泽，不失现代汉语写作的成功。遗憾继承者少，超越者无，而且每况愈下，于今为荒。现代汉语的写作，能否出现孔子玉一般的温润，孟子水晶一般的明锐，庄子海一般的恣肆，陶渊明山一般的浑然，苏东坡泉一般的涌流，似乎是一种考验。当然，文言文几千年，白话文才几十年，苛求不得。不过文言有其长，白话有其短，翻译体语言有其恶与劣，不能不察。

散文语言除粗糙，改随便，应该揽文言之芬芳融入白话。诵古汉语之著，并驻于胸，想见圣贤，可以得其精华，以资现代汉语作品的远奥和壮丽。除粗糙，改随便，还应该词必心出，言必由衷。目所观，耳所闻，鼻所嗅，舌所味，肌所触，灵所动，最能准确和最能鲜润表达的，也许只有一个文字。发现如是文字，是作家的天职，拣选如是文字，是作家的水平。不这样，散文的语言便不能标致。

中国素有讲究语言艺术的传统。贾岛的推敲之举，杜甫语不惊人死不休之志，鲁迅删繁为简之方，无不是启示。

实际上孔子早就有其教导，他说："言之不文，行而不远！"

## 知　识

今之散文，有一路专以历史为材，当然满是知识。我也有集子一二，走古迹，叹古人，念天地之悠悠，遂为论者归为这一路。不过我所谓的知识，不是这种历史散文，或文化散文，也不是拙笨的掉书袋。

旧体诗词的写作，有用事之法，就是对典故的援引，以增加表达效果。"陈王昔时宴平乐，斗酒十千恣欢谑。"此诗有典故。"会稽愚妇轻买臣，余亦辞家西入秦。"此诗也有典故。李白本是性情之人，不援引典故完全可以长吟成篇，不过他还是要用事。这不仅仅是写作的习惯，而且用事确实会使作品变得丰厚。

给散文注入知识，其意思仿佛旧体诗词之用事。如果仅仅由自己抒发，一个角度，那么散文就难免平淡，单薄，或怪，滑，甚至陷入哗众取宠之地。过分表达，也有强加之嫌。境界要宏阔一点，情味要深长一点，思想要沉远一点，妙用古人之事迹，化用古人之句子，显然是一个策略。

山不在高，有仙则名。水不在深，有龙则灵。斯是陋室，惟吾德馨。苔痕上阶绿，草色入帘青。谈笑有鸿儒，往来无白丁。可以调素琴，阅金经。无丝竹之乱耳，无案牍之劳形。南阳诸葛庐，西蜀子云亭。孔子云："何陋之有？"

刘禹锡若不用诸葛亮和杨雄之事，若不用孔子之大言，那么其作品便可能只限于表达自己的生活情趣，最多不过反映了封建士大夫的一种清高而已。典故之援引，作品顿然升华，因为它有了邦国与仁爱的精神符号。文学是一个系统，给作品以适当的知识，不但会使作品元素增加，信息密集，也会使斯作品进入文学的传统之中。往往是这一传统的背景，斯作品便显得高出一筹。

人皆可以写作，然而惟有熟悉文史哲并以其知识养其作品的人，才可能缓朽或不朽。

# 文　气

曹丕说："文以气为主，气之清浊有体，不可力强而致。"他还评价孔融文气高妙，徐干文气舒缓。

曹丕以后，文气之论，流行千古。刘勰，韩愈，程氏兄弟，颜之推，姚鼐，无不有所体悟，并指导自己的写作实践。遗憾唯物主义出世，中国人有一度怕有唯心主义之嫌，文气理念便渐渐偃息。

即使没有文气之论，作品也会充之以文气，因为文气原是存在的。当然，把作品固有的一种现象高度概括，进行提炼，呼之为文气，并以文气检测作品，从而促进作品有气韵，有气调，盈而不瘪，灵而不木，岂不是有大益于艺术的发展么？

我以为，文气是贯注于作品及文字之中的一种生命节奏，发自个性，补于修养。

阅今之散文，由于文气短缺和亏损，作品便常常成了文字列队或堆积，软若骨碎，僵若挺尸。有的文气浊，秽，阴，邪，下，贫，俗，美丑不分，贵贱不辨。文气的清，净，阳，正，高，盛，雅，既要调，又要育，调是求诸内，育是求助外。

文章之道，也是随时世变化而行藏的吧！中国要好诗，上天重抖擞！

# 结 构

散文固然能随物赋形，行于所当行，止于不可不止，不过它并非不要结构。什么是结构？王羲之指出："结构者，谋略也。"

散文的结构显然关乎三个方面：一在谋篇，就是策划如何开头，如何结尾，如何安排主体。目光要透，思路要全，否则修修补补，必然疙疙瘩瘩；二在分段，就是调控虚实，有所断续，以顺利过渡；三在词法，就是寻找最适合最恰当的文字，以组成最简洁最神奇的句子。

刘勰认为首唱要荣华。沈德潜是清代饱学之士，研究结尾颇有心得，曾经总结有三种方法：放开一步，岩出远神，本位收住。今之散文作家，也未必要效仿过去的结构之法，不过有结构意识，并对结构反复考虑，十分需要。也许有结构，作品才能两翼远飞，三足久立。

原载散文.2009年5期

# 二十一世纪第一个十年的文化状态和文学状态

检讨最近十年的文化状态与文学状态，由陈忠实先生提议，是极好的命题，使人奋发，给人灵感。

中国的变迁十年算一个度，两个五年计划也就是十年。过去毛泽东有七八年之论，七八年几近十年，不过十年为段似乎更合心理与情理。

这十年总体呈现为先进文化与腐朽文化激烈交锋的十年，泾渭互荡，激浊扬清。

有一种价值：民主，自由，人权，法制，已经通过种种途径根植于人心。它像种子一样，入壤破土，萌发为芽，渐有翠微。一旦这种以人为本的观念进入灵魂，那么就必然繁衍。网络是这种观念传播的有效途径，众望所向，灭之徒劳。中国人希望过上尊严的生活，其中包括有民主，有自由，有人权，有法制。中国人从来不拒绝世界文明。有容乃大，中国人有雄伟之魄。我以为，十年以来，这是最显中国希望的一种先进文化的状态。

还有一种对公平和正义的追求，也构成一种充满希望的先进文化状态。有人为了维护自己的利益，不惜焚身牺牲以阻暴力拆迁。这就是对公平和正义的追求。从杨白劳欠债而死，到贫下中农对毛泽东感恩戴德，无限忠于，再到为维护自己的财产奋不顾身，中国人的精神显然在觉醒并成长。这也是十年以来才呈现的文化状态，需要继续观察和分析。

这十年也掀起了国学风潮。所谓国学的风潮，指对国学专家口称之，教授手教之，电视播之，明星演之，甚至广场有少男少女排列为阵而唱之。随着中国的崛起和复兴，有中国文化以支撑，非常必要，也非常紧迫，然而这种风潮似地掀起国学之热，恐非理性。其锐进者其速退，要防止国学风潮之速退。国学显然有积极的元素以构成中国崛起与复兴的文化支撑，不过国学也有妨碍中国融入大同世界的消极元素，所以一派国学并非上策。正确的态度是，国学也好，西学也好，任其自然的继承与吸收，因为中国的发展有它能动地为自己建设文化的选择机制。过分地扬之抑之，也许非大计。当然，理性地保护中国本土文化，以防其流失是应该的。也要注意国学风潮的潜在问题，就是为了产业而推动国学。如果这样，国学便变成了一种行为艺术，那么其不但不会有助于国学，而且会有损于国学。

物质主义在此十年大行其道，从而加速了中国的道德滑坡。为政腐败，学术造假，执法作伪，行医有诈，甚至给儿童奶粉之中掺毒，争小财而灭人命，竟屡屡出现。然而物极必反，所以简单生活或慢生活的理念与实践在某些阶层渐渐萌发。中国人在反思并质疑人生是否值得埋头于赚钱，而且为赚钱疲于奔波。随着这种反思，一种注入智慧的包括有道德的生活方式，有可能在中国出现。

在几近相似的文化背景之下，过去苏联出现过索尔仁尼琴这样的作家，过去捷克出现过米兰·昆德拉这样的作家，过去中国出现过司马迁这样的作家，中国几十年，最近这十年出现过谁呢？让人忧患的是，为奖项而写作，为版税而写作，总之为急功和近利而写作，似乎风头很硬。如此现象也还需要观察与分析。一直有对大作家和大作品的呼唤，不过大作家和大作品似乎并未出现，去年的法兰克福书展便透露了如斯消息，铁凝女士也知道其中的情况。这难免让中国感到焦虑，因为中国需要有与它的经济地位相应的作品。中国作家应该努力。

二〇一〇年二月十六日，正月初三，窄门堡

原载秦岭.2009年冬之卷

# 贾余散文比较论

余是余秋雨，贾是贾平凹。余没有小说，懂学问，贾不做学问，多小说，各有各的优势。他们的文学既成功，又成名，影响甚广。当然余风度翩翩，口才杰出，遂能适时发展，秉持现代传媒为自己所用，腾声三地，身游两岸。贾形象黯然，嘴笨，方言难脱其舌，便入了书画，不过他以拙致静，以静致远，誉播宇内而扬海外。他们是好朋友，曾经一再互相支持。

白露满天，寒蝉噤声，饱食而无聊，遂想比较一下他们的散文以为乐。

贾余皆是应运而生。贾的散文发踪于20世纪70年代初，繁盛于20世纪80年代，连绵如流，时有泠响，是对以杨朔和秦牧为代表的国家意识与大众情感的一种反动，悄然回归于性灵及神气。余的散文萌生于20世纪90年代初，是对后新时期泛滥于世的小情小调的一种反动，昂昂回归于见识。贾显然是从明的公安派和清的桐城派得到了启示，余博览典籍，文史兼备，远接洪迈之韵。遗憾他们都绕开了现代文学的最强音，主旋律，人的文学。也许心存忌惮，也许这就是历史的局限，不必苛求。贾余散文的问世有十年之差，贾前余晚，卒成大家。

贾是感觉性的，胸臆尽淌，余是思考性的，学理纷呈。贾以体验作深泉，余以知识为雄资。贾的结构多动之于心，遂有行云流水之态，余的结构多来之于脑，乃留逻辑之轨。贾在山里长成，孤独着，喜欢自言自语，往往便忘了散文也是要见绅士淑女的，竟不禁把风情隐秘猥亵展示出来，不过这恰恰构成了艺术的趣味。余是教师出身，久向学生授业，早就养成了面对受众的习惯，述作虽然异于讲台，但它却仍难免使其想到芸芸隐形之受众，散文便声调严正，冠冕堂皇，不过也就流失了一些妙感。

余是长句，叙事中夹陈述，陈述中夹叙事，明理，分析问题，要你点头。

如果说先后在巨大的社会灾难中迅速开创了"贞观之治"和"康雍乾盛世"的两位中国历史上最杰出帝王都不是汉族，如果我们还愿意想一想那位至今还在被全世界历史学家惊叹地建立了赫赫战功的元太祖成吉思汗，那么我们的中华历史观一定会比小学里的历史课开阔得多，放达得多。

按照我们往常的观念，富裕必然是少数人残酷剥削多数人的结果，但事实是，山西商业贸易的发达、豪富人家奢华的消费，大大提高了所在地的就业幅度和整体生活水平，而那些大商人都是在千里万里间的金融流通过程中获利的，并不构成对当地人民的勒索。因此与全国相比，当时山西城镇百姓的一般生活水平也不低。

范钦的选择，碰撞到了我近年来特别关心的一个命题：基于健全人格的文化良知，或者倒过来说，基于文化良知的健全人格。没有这种东西，他就不可能如此矢志不移，轻常人之所重，重常人之所轻。他曾毫不客气地顶撞过当时在朝廷权势极盛的皇亲郭勋，因而遭到廷杖之罚，并下过监狱。

贾用短语，绘声绘色，绘形绘态，善于营造一种气氛，逗你会意。

闲人不怕苦，不怕死，满世界里唯有两怕。一怕结婚，虽然不断地有姑娘相伴，但闲人已经是老大年龄了仍未结婚。他们总希望有一个美丽的，既温柔又风野，能吸烟能喝酒能跳舞能谈人生能打麻将的老婆，遗憾的是没条件总不能集中于一身的姑娘。二怕寂寞。寂寞如狼怕火，寂寞如鬼怕唾。他们预防着某一日任何人任何力量治不倒他们而要将他们寂寞独处的残酷，于是就幻想着真有那么一日，他们要爬上城中的报话大楼的顶尖上，然后用一条绳索一头系在楼顶尖一头套在脖子上纵身一跳，吊在半空了。因为吊在城中的最高点，全城的人都看得见，而且报话的大钟是每一小时要长鸣一次。

洛南和丹凤相接的地方，横亘着无尽的山岭，蜿蜿蜒蜒，成几百里地，有戴土而出的，有负石而来的，负石的林木瘦笋，戴土的林木肥茂；既是一座山的，木在山上土厚之处，便有千尺之松，在水边土薄之处，则数尺之蘖而已。

有一年，来了一个石匠，为我家洗一台石磨，奶奶又说：用这块丑石吧，省得从远处搬动。石匠看了看，摇着头，嫌它石质太细，也不采用。

显然，余在于表达清楚，注意语法，句长而规整，辞达而已。不过贾有所追求，言而有文，遂行之远。尤其贾能求物之神，求神之态，具捕风捉影之功，语短而意丰。

在中国从事文学何等之难！贾余皆为才俊，能识时务，遂当有所规避，也善规避。贾以陶醉而逃，余以高蹈而逃。贾之逃有其悦，余之逃有其憾。以风骨考量，贾之风盛，骨略不壮，余之骨柔，风嫌不华。贾是绝望的，余尽管约约有其遥致，终于是无望的。

王国维对三代以下的诗人曾经有高论，盛赞屈原，陶渊明，杜甫，苏东坡，隆推他们的天才和道德。仰天长叹，先贤是伟大的，吾辈惭愧！

让我开窗透一透空气吧，我要远方清新的空气。

原载光明日报.2012年8月27日

# 陕西作家是地域性作家吗

陕西作家是地域性作家吗?

观察陕西作家,如果拘于其墟,或以邻居的眼睛打量他们,那么认为陕西作家具地域性,也未尝不对,然而这种观点起码也是视觉出了问题。若以晋人或蜀人的目光展望我三秦作家,那么他们一定不敢以地域性小觑,甚至还会钦佩,当然也可能嫉妒。假如巴黎人读贾平凹的小说,韩国人读陈忠实的小说,那么他们也许会为世界文学的景观感到惊异。假若外太空或银河系有人,那么一旦他们发现陕西作家,不但不会以地域性待之,相反,他们将致以星际之礼。所以仅仅注意到陕西作家的地域性,是视觉不正,视觉不正是文学观不全,文学观不全,是知识浅薄。

陕西作家对当代中国文学的贡献是巨大的,成绩是辉煌的。没有陕西作家及其作品,当代中国文学将分量减弱,高度降低,色彩衰淡。陕西作家是生活在黄土高坡、关中平原和汉水流域的中国作家,有的还是世界性作家。先把他们的地域性放大,之后指出研究他们没有意义,如斯观点,真是可笑。

陈忠实和贾平凹不能再研究了吗?

陈忠实和贾平凹是陕西标志性作家和旗帜型的作家。在中国也是一流的当代作家。向世界展示中国文化软实力，也不时需要抬出他们。研究他们的学者甚众，且一茬接一茬，关于他们的研究著作如春暖花开，硕果累累，在陕西，也不止一家高等学校设立了研究他们的机构，这惟一的原因是——需要。

难道研究陈忠实和贾平凹已经很多，就不能再研究了吗？这显然是一个昏头涨脑或私心狭胸的问题。对孔子已经研究了几千年，对曹雪芹已经研究了几百年，对鲁迅已经研究了几十年，其都比对陈忠实和贾平凹研究的多。尽管多矣，也有再研究的根据。事实是，随着新观念和新方法的出现，一代一代的学者继续进行着研究。正是对他们及其衮衮作家和熠熠文章的研究，包括唐诗宋词的研究，才汇聚成了条条批评流，学术流，思想流，才沉积着灿烂的中国文化。如果由于对他们的研究已经很多了，就早早割断其研究，那么中国文化将不知道是怎样的贫瘠。

对陈忠实和贾平凹的研究比其他陕西作家的研究是要多，然而多并不是停止研究的理由。研究得多，恰恰是因为他们更杰出，更丰富。实际上是否有研究的必要，是由作家及其作品的价值决定的，价值大，研究的就多，价值少，研究的就少，没有价值，就没有研究，这公正极了。据此分析，对陈忠实和贾平凹的研究不是多了，相反，还不够。他们作品的思想，艺术形成，人物，神秘现象，风俗民情，语言表达，皆有数辈的空间需要挖掘，怎么能认为很多了，就不能再研究了呢？

谁可以规定他人研究什么或不研究什么？

没有谁能规定。当然，在中国历史上还是发生过给学术划定禁区的事，防民之口甚于防川，禁毁其书，兴文字狱。在德国，希特勒也曾经封杀马克思和列宁的著作。然而学术自由，言论自由，是人的权力，也是衡量社会文明的一个标准。人类反复探索，持久抗争，才获得了这种表达的权力。凡剥夺这种表达权力的人，秦始皇，希特勒，皆钉在了耻辱柱上，足见人类何等珍惜表达的权力。

以陕西作家具地域性，以研究陈忠实和贾平凹已经很多，从而规定不要选择陕西作家研究，小曰是不懂常识或贫智致病，大曰是犯忌，因为此举已经是在限制他人的研究了。中国正在推动文化建设，陕西也在以自己颇有影响的作家为资源，发展文化产业，身处如是背景，鼓吹不要选择陕西作家研究，不但可笑，而且荒谬。

我并不认为陕西作家就是花，也不认为吃了三秦的粮便一定要研究三秦的作家。选择何方作家研究要凭兴趣，尤其应该考量作家及其作品的价值。陕西作家可以研究，晋或蜀的作家也可以研究，西方作家也可以研究，如果外太空和银河系有作家，那么也可以研究。然而仅仅推崇外太空和银河系作家具宇宙性，指控陕西作家具地域性，这显然比较拙劣。如果由于某些陕西作家被研究得很多了，那么就当摒于研究之外，这种观点尤其拙劣。

　　附记：我在此驳斥的是一位女教授的观点，其为某大学文学院文艺学学科点负责人。2012年6月6日下午举行研究生开题报告会，此女发现有以红柯和贾平凹创作为论题的，遂予以拒止，认为他们都是陕西作家，是地域性的，并称对陈忠实和贾平凹的研究够多了，可以不研究了。凡此观点，很快在陕西文学界传播，并误解为文学院有规定，不准研究陕西作家。此女的观点，使文学院意外地出现了一个低度。学术讨论，有比无好，遂略有其评，并已经公开发表。天热，哪里凉，哪里居，天寒便取暖，此皆本能之选择。

二○一二年六月十三日于窄门堡

原载陕西师大报.2012年9月29日

# 高考作文的命题与散文写作

在一个以应试为主宰的时代，高考作文的命题颇具象征性，甚至会变成日常写作教学的风向标和指挥棒。

对高考作文的命题进行研究，显然极为重要。研究不能不分为两端：一端是教学者的研究，目的在根据命题的特点和变化调整自己的写作课程，以使未来的高考学生得以适应；一端是命题者的研究，目的在能提高命题的水平，以使高考学生的写作获得灵感，成功作文。哪一端的研究更为重要呢？我以为命题者研究更为重要，它也更难。不要陶醉在命题权的得意和光荣之中，因为责随权至，福祸功过皆有所伏。

高考作文的命题，在根本上应该通过写作这一途径探测学生的精神境界和表达技巧。实际上即使一位伟大的作家，他的伟大也以其精神境界和表达技巧为衡量的指标。我以为精神境界包含着或渗透于一篇作文的立意、情感和见解之中，表现技巧包含着或渗透于一篇作文的叙述、结构和语言之中。立意有高下，有深浅；情感有雅俗，有贵贱；见解有新旧，有异凡。叙述要会叙事，会陈述，并掌握它们的比例，尤其要会找到叙事点，拉出叙事线，组成叙事团；结构就是要善于布局，开头精彩，结尾自然而有余味。问题是，没有结构的意识，就不懂结构；语言当然要准确、流畅，或有个性，也要把中国古代汉语化在现代汉语之中。我以为，一个好的高考作文的命题就必须让学生激动，给学生以灵感，唤醒学生的人文积累，发挥学生的语文经验，调集学生写作训练的全部功能，以尽呈自己的精神境界和表达技巧，并接受评估。如果是一个坏的臭的糟糕的命题，那么它将不能有效探测学生的精神境界和表现技巧。它只会让学生发呆，左右逢困，没有思路，遂勉强成篇，并终为天下所笑。

高考作文的命题，显然会强劲影响写作教学。没有人不想取得写作教学的成就。当然，写作教学的成就取而得之也非常难，因为它不仅仅是作文的分数。关键是：学生到底会不会写作。只要会写作，遂一通百通，任何命题的作文也没有障碍。然而不会写作，就唯有以有限地训练应付无限的命题了。碰准了，套巧了，也许会得高分。然而虽有高分，还是不会写作。

我荣幸地坐拥两个观察点，一个是陕西师范大学文学院基地班的学生，属于高考分数的最高者一类，一个是中国文坛，我很关注20世纪80年代出生的青年作家。我有什么意见呢？我以为，高考分数的最高者一类学生，几乎不会写散文，当然也不会写小说和诗，甚至不会写收据、书评和申请报告。他们的突出问题是不会发现，缺乏感受，不知道怎么叙事。我以为登上中国文坛的青年作家寥寥无几。并非青年不想写作，成为作家，痛点是青年不会写作，当不了作家。闪烁在中国文坛的几位青年作家，似乎多是传统写作教学的逃离者和背叛者。然而凡伟大的作家，他又多是经过大学培养的。他是学者化的，思想者化的，否则伟大不了。

那么天才都到何处去了呢？他们多在教育的磨坊耗损殆尽了。如果写作教学，或语文教学，还不忍让天才湮灭，那么从精神境界和表达技巧两个方面进行培养，也许尚存希望。然而这容易吗？不。所以先让学生学会叙事吧，之后他们愿意称颂什么或批判什么，就任凭他们的自由！

高考作文的命题也当遵循探测精神境界和表达技巧的原则，否则写作教学与高考作文便处于矛盾之中。命题也不应该硬性加入政治元素，因为政治自有政治的命题，所以恺撒的物归恺撒，神之物归神。高考作文通常的文体都是散文。显然，我在此所讨论的写作，也是从散文出发的。

二〇一五年七月五日，窄门堡

原载光明日报.2015年8月17日

# 周氏兄弟散文比较论

　　鲁迅的作品，我大量地读过，觉得好，愿向其学习，受其影响。多年之后，我接触到周作人的作品，也觉得好，别有味道，也愿向他学习，受他的影响。

　　这种状况大约发生在1975年至2005年之间，足有30年。我知道饭要杂吃，书要杂读，所以我也会古今读，东西读，不过周氏兄弟的书，我是断断续续，一路读下来的。

　　陶渊明、杜甫和曹雪芹，我基本上也这样一路读下来。显然，我的精神食谱以中国为主。

　　以对周氏兄弟久怀的兴趣和热情，我一直在脑子里比较他们。

　　鲁迅才更大，凡文学的小说、散文和诗，都有其成。他也有翻译，学术课也颇坚硬。周作人是长寿的，翻译甚丰，诗也具功誉，不过他的业绩主要表现在散文上。鲁迅也更深刻，更洞明世事。

　　周氏兄弟的作品都隐含着一种苦涩，然而鲁迅会把装着苦酒的瓶子打碎，扬其于天空，并洒到地上，但周作文却一直在咀嚼苦药，冥观苦雨。

鲁迅风流，潇爽，甚至放纵，周作人谨严，肃穆，尽管道术也强，终于不免有一点装圣装贤的做作。

周氏兄弟竟为悲剧，这使我不胜惋惜。当然，真正的作家谁不是悲剧的角色呢？

考察周氏兄弟的散文需要一个背景，它应该由整个文学活动、全部人生经历和艺术传承构成。以对周氏兄弟散文的喜欢，我一直在脑子里比较他们。

周氏兄弟的散文有很多相似的内容，凡故乡，风土，家庭，女性，儿童，都呈现着几近共鸣的体验和表达。鲁迅后有时局散文和辩驳散文的旁逸，执着于批判，愤怒极了，常常抒发失望的喟叹。周作人后有知识散文的斜出，并渐渐蔚然为派，成了他的散文的一个主干。我以为这种变化是各自对环境的反应，也符合各自的性格，更是各自创作的衍化。总之，鲁迅和周作人是一座山的两面，一个向阳，一个向阴，兼具散文的审美性。

然而周氏兄弟的散文毕竟相异甚大。我在对鲁迅迷恋了三十余年以后，对周作人欣赏了十余年以后，卒断我对鲁迅的喜欢多于对周作人的喜欢，尽管周氏兄弟都是我所推崇备至的作家。我以为，在中国能出其右的散文作家，鲜矣！

鲁迅的感情始终是强度的，这在中国散文史上极为罕见。他并非不知道温柔敦厚的传统，然而他的文学源出生命，他的文学就是生命的外化或变形，从而生命是怎样极致的体验，感情就是怎样的强度倾吐，自己是无法修饰的，也不用修饰。像鲁迅这种强度的感情。我只从贝多芬的音乐，以及波德莱尔的诗和陀思妥耶夫斯基的小说领略过，显然属于艺术的奇迹。让我选他一些句子，以体会鲁迅的热血和烈性吧！

我在破获秘密的满足中，又很愤怒他的瞒了我的眼睛，这样苦心孤诣地来偷做没出息孩子的玩意。我即刻伸手折断了蝴蝶的一支翅骨，又将风轮掷在地下，踏扁了。论长幼，论力气，他是都敌不过我的，我当然得到完全的胜利，于是傲然走出，留他绝望地站在小屋里。后来他怎样，我不知道，也没有留心。

当我失掉了所爱的，心中有着空虚时，我要充填以报仇的恶念。

我总要上下四方寻求，得到一种最黑，最黑，最黑的咒文，先来诅咒一切反对白话，妨害白话者。即使人死了真有灵魂，因这最恶的心，应该堕入地狱，也将决不改悔，总要先来诅咒一切反对白话，妨害白话者。

周作人偶有感情的激动，明显的是，他记女儿若子的死。不过这在他确实是太少了。他的基调始终是平缓的，平稳的，平妥的，平实的，平静的，安然的，淡然的，圆润与拙涩融通的。这是功夫，经营出来的。周作人的文学也源出生命，但他的感情却是弱度的。平和冲淡似乎是他的风格，我以为这靠的是养。

也选择周作人三个句子吧！

　　每逢伊抱着猫来看我写字，我便不自觉地振作起来，用了平常所无的努力去映写，感着一种无所希求的迷蒙的喜乐。

　　并不问伊是否爱我，或者也还不知道自己是否爱着伊。总之对于伊的存在感到亲近喜悦，并且愿为伊有所尽力，这是当时实在的心情，也是伊所给我的赐物了。

　　今年冬天特别的多雨，因为是冬天了，究竟不好意思倾盆的下，只是蜘蛛丝似的一缕缕地洒下来。雨虽然细得望去都看不见，天色却非常阴沉，使人十分气闷。

　　清明前后扫墓时，有些人家——大约是保存古风的人家——用黄花麦果作供，但不作饼状，做成小颗如指顶大，或细条如小指，以五六个作一攒，名曰茧果，不知是什么意思，或因蚕上山时设祭，也用这种食品，故有是称，亦未可知。

　　比较周氏兄弟的体魄，也会发现鲁迅属于强度感情的一种，周作人属于弱度感情的一种。鲁迅瘦硬，其作品读着解恨，周作人胖软，其作品读着舒服，悉为精舍宝玉。不过鲁迅的作品意思大，滋味多，周作人的作品意思小，滋味少。

　　鲁迅的散文开放的，活的，汹涌的，奔流的，遂能变化无常，气象万千。他的散文固然也要叙事、抒情和议论，不过也不拒绝象征、神话和梦。有时候瑰丽，明快，有时候也晦暝，曲折，仅作暗示。

他的散文像殷人的玉器，用阴线，也用阳线，用浮雕，也用透雕，是随物赋形，随心所欲。他的散文像周人的青铜器，雄壮，峥嵘，让兽面露出精致的龙纹、凤纹和虎纹。

鲁迅的精神世界是广袤的，也是黑暗的，不过黑暗之中总是闪烁着爱的光。他也往往神经过敏，以偏激到了病态，然而总是不失其正义。

鲁迅的散文是从他的精神世界生出的林木和花丛，看到它，投身它，徜徉林海与花海，就使人惊异，惊奇，惊喜，甚至使人颤慄和震撼。

周作人的散文一般都徘徊在现实的范畴和层面，属于一种人生的艺术。他有巨万的知识积累，在这一点，任何作家也比不上他，也许鲁迅也比不上他。其是儒家，又谙熟释迦牟尼的佛学。他的隐士之架势，又显然通向老子和庄子。他称颂并推广希腊文化，也敬重基督思想，其行为方式，又显示他倾慕日本的菊与刀。理性是周作人本质的特点，这反映在散文上，遂能一以贯之地破除迷信，摈弃虚妄，反对暴力，也反对极端，从而使人聪明，并确立人的尊严。

他的散文总是清清楚楚，朴朴素素，不渲染，更不夸张。不过他在艺术上也是大有追求的，虽然叙事、抒情和议论都很明白，但他却拒绝表达得直接和简单。他要意趣，要丰腴，要风神，要不紧不慢的一种呼吸。他不强加人，也不征服人。他像一位长者，老者，智者，临窗而坐，一边品茶，一边论道。其谆谆然，循循然，描绘着一种有价值有愉悦的人生。

周氏兄弟都是语言大师，然而各有各的精彩。

鲁迅对语言的运用非常从容，仿佛是一位富于经验的猎师，凡豹呀，熊啊，鹰呀，鸥呀，他欲擒，不管其藏在何处，也逃不出他的手，遂没有语言的忙乱，更没有语而言穷的匆匆。只要他想，他就能把自己观察到的外在之妙，感受到的内在之奥，表达得尽情尽理。在一层一层的意思之间，他的转承无不轻巧，迅速，应接圆润。

鲁迅更像庖丁解牛，牛虽大，牛骨虽硬，牛肉虽厚，但他却能游刃有余。其肉皮相裂，骨筋相离，神遇发音，自己也很快乐。

总之，他的语言可以迂回纵深，可以曲径通幽，可以挥霍勾勒，可以细腻刻画，无不透彻见底，惟妙惟肖。

周作人对语言的运用犹如高明的裁缝，其针脚的一深一浅，一长一短，都有娴熟的把握。他的语言不但疏密有致，冷热有调，而且韵律有节。

读周氏兄弟的散文，也许会校正当代散文在语言上的粗糙和随便。

二〇一七年六月十九日，窄门堡

原载鸭绿江.2017年10期

# 李浩随笔论

文化写作与学人随笔专题研讨会暨李浩作品系列新书出版座谈会，是一次颇有吸引力和极具发言性的雅集，很想出席。遗憾我有两个班的四节创意写作课，不能来了，因为课比天大呀！心向往之，并祝雅集大有收获。

李浩兄在教学和学术研究之余，写了大量的随笔，内容涉及人生感受、文史所悟、教育所思、姓氏所究及名僧之传。其文化视野的开阔，知识网络的繁密，思想触角的机敏，皆可钦佩。

李浩兄系列新书的出版，不仅是文学界的喜悦，而且是教育界的惊奇。

大学的教授，窃以为主要是社会科学的教授，以论文为重中之重，谓之学术成果。可惜这些论文只在某种圈子里存在，甚至只在某个狭窄的专业链条上存在。它几乎没有市场，它的价值实现得极少。大学的这种论文主要是它的形式排挤了活的感觉和思考。它是概念到概念、资料到资料的产物。它像试管婴儿一样，是缺乏激情的。务弄这种论文，久而久之，将堵塞幽情的通道，甚至败坏精神活动的机制，使随笔一类需要性灵的写作不可为也。

实际上真正的论文是应该且能够保留活的感觉和思考的，它的所有概念和资料都有生命的温度，它将像一个真正的婴儿一样会撤离子宫，穿越阴道，胜利地降落在大地上。它的哭泣就是一鸣惊人，再鸣惊史。没有这样的论文吗？有的，马克思、弗洛伊德、弗莱、福柯、宗白华、闻一多、俞平伯、史念海、黄仁宇，或者张春桥、姚文元，几乎都是这样的论文。

置李浩兄的写作于这样一个传统之中，便会发现他的随笔走在大道上。他的随笔是文学与学术的融合，正如论文以文学而飞扬一样。他的作品并未由于笼罩在僵化的论文之中而胎死腹中，或者发出让人肉麻的文艺腔和老朽调。喜悦在此，惊奇也在此。

当然不唯如此。李浩兄的随笔总是充实的，其感慨不自生活中来，便从问题中来，绝不空发。有时候，他的表达是破格的，会扰乱他一向留在现实中的严肃的印象。他作品的结构是逻辑思维与放射思维的结合。他注重准确性，不过也追求趣味性。他把一种学究形象转化为风雅之士，也许就有赖于作品中的趣味性。这一切，都铸造着他的随笔独具的风格。

2017年9月27日于窄门堡

原载秦岭.2017年夏之卷

# 窄门堡

只要有心，何处不能读书或著书呢！

然而筑其精舍，际会图籍，以成阵列，并在合适的位置摆几件古玩，养一盆花，尤要常拂尘埃，做到亮窗净台，便是文化，也更见风雅，还会体现一种精神向度。

我的书斋以窄门堡名之，是从耶稣所训："你们要进窄门。因为引到灭亡，那门是宽的，路是大的，进去的人也多；引到永生，那门是窄的，路是小的，找着的人也少。"

命运多舛，境遇久艰，无不出于罪。幸而有窄门堡，使我得以循自己之所求生活，真是神赐了福。可惜我的血液里有毒，我像一块石头，缓缓地移动。

窄门堡给了我十分重要的安慰和支持。它是我惟一的，也是我最美的避难所。这里充盈着大明。这里有光。

# 后　记

　　此书收录我2006年至2017年之间的散文，是经过认真挑选了的。

　　这些散文以纪事为多，也有小品和随笔。它们都是个人化的，或是性情的，不同于我的那些所谓的文化散文。

　　从世俗的角度观察，这些年我也很是积极。然而自己透视自己，我的心里一片悲凉和寂寞。我的三个亲人逝世了，他们像星星一样从天空落到地上，成了陨石。之后我按秩序，把他们火化成灰，装到盒子里。虽然生也自然，死也自然，不过我还是非常难过的。

　　忙忙碌碌，四方奔波，呈现的都是社会角色。也许这些岔开了我，遮蔽了我，包裹了我，使我的伤感难以流露。

　　实际上我希望宁静的生活，随心所欲的游一游，或是擦拭残玉，或是磨洗折戟，读一读书，想一想问题，并快乐地表达而出。

　　这也是我想退出的一个理由吧！

二〇一七年十一月七日，窄门堡

图书在版编目（CIP）数据

退出 / 朱鸿著 . —北京：民主与建设出版
社，2017.12
（名家散文自选集）
ISBN 978-7-5139-1813-8

Ⅰ . ①退… Ⅱ . ①朱… Ⅲ . ①散文集—中国—当代
Ⅳ . ① I267

中国版本图书馆 CIP 数据核字（2017）第 283186 号

© 民主与建设出版社，2017

## 退出
TUICHU

| | |
|---|---|
| 出 版 人 | 许久文 |
| 总 策 划 | 李继勇 |
| 著 者 | 朱 鸿 |
| 责任编辑 | 刘树民 |
| 封面设计 | 宋双成 |
| 出版发行 | 民主与建设出版社有限责任公司 |
| 电 话 | （010）59417747 59419778 |
| 社 址 | 北京市海淀区西三环中路 10 号望海楼 E 座 7 层 |
| 邮 编 | 100142 |
| 印 刷 | 三河市腾飞印务有限公司 |
| 版 次 | 2018 年 1 月第 1 版 2018 年 2 月第 2 次印刷 |
| 开 本 | 787mm×960mm 1/16 |
| 印 张 | 25 印张 |
| 字 数 | 230 千字 |
| 书 号 | ISBN 978-7-5139-1813-8 |
| 定 价 | 39.80 元 |

注：如有印、装质量问题，请与出版社联系。